白話文閱讀教學之實證研究

以建構式提問法進行

蕭文婷———著

推薦序／
國立高雄師範大學國文系教授　王松木

　　曾有學生問：「老師，我會說國語，為何還要學國文呢？」國文課程的目標與價值究竟為何？眾所周知，國文課程在於培養學生具備「聽說讀寫」的基本能力，尤其是「讀」與「寫」二者，涉及書面語言的理解與創作，更是國文課堂教學的重點，也是升學考試所要檢核的能力。就「閱讀」能力的培養而言，如何教導學生「閱讀理解」呢？如何證明教學的方法是否確實有效呢？這正是本書所要論述的重點。

　　如何讀出作者所表達的意涵？文本意義又是如何生成的呢？若從接受理論觀點看，作者創造文本形式，為讀者提供有待填補的概念框架，藉以引導讀者主動參與意義建構。因此，文本意義並非來完全來自作者，而是讀者與作者之間的相互交流、協同合作而成的，讀者並非被動接納，更得扮演主動參與的角色。面對不同類型的文本，如何能讓學生具備主動參與建構文本意義的能力呢？這無疑是「閱讀」教學成敗的關鍵。一般而言，傳統教學法以單向講授為主，教師分析文本時，或採取「由下而上」方式，先從由生難字詞入手，逐漸積字成句、積句成章，解說全篇之內容；或採「由上而下」的方式，先通觀全篇大意，再講解各段落之間的銜接，及各句之修辭技巧與生難字詞。無論採用何種教學策略，傳統教法大抵上是以「教師」為核心，將課本範文視為承載作者概念的語言形式，教學目標偏重於如何讓學生精準地「記憶文本知識」，卻忽略訓練學生自主參與之「閱讀能力」。換言之，老師通常只關心學生是否已「吃到魚」，卻不思索學生是否能夠自己「釣到魚」。

　　近來，台灣掀起「翻轉教學」的熱潮，許多老師意識到傳統教法的侷限，開始嘗試突破舊有的框架，改以「學生」為主體，著手實驗各種教

學方式，讓學生在課堂上有更多主動參與的機會。本書作者在翻轉教學浪潮的感染下，嘗試著以「建構式提問法」進行白話文閱讀教學，並以客觀的統計數據驗證教法是否有效，其研究步驟可概括為：首先，根據鄭圓玲教授提出的閱讀理解模式，將閱讀素養分成三個層次：擷取與檢索（螞蟻型）、統整與解釋（蜘蛛型）、反思與評鑑（蜜蜂型）；其次，依照不同閱讀層次目標，重新設計課程學習單，由淺至深，逐步引導學生理解文章意涵，並採「單組前測─後測」的方式追蹤受試者閱讀能力是否有顯著提升；最後，總結研究成果，提出對於閱讀教學之建議與反思。

　　本書作者蕭文婷為現任中學國文教師，渴望設計出能有效提升學生閱讀能力的教學方式，對於本課題之研究有著極為強烈的內在趨力。自高雄師大國文系畢業後，文婷又修讀交通大學「科技與數位學習學程」，既有國文教學的實務經驗，又能結合社會科學的研究方法，使得本文更能持之成理、言之有物。然則，本文雖有其值得參考的優點，但在文本分析上仍有其不夠完善之處，概略提出以下兩點：一是課程設計側重「情意」層面，忽略了文本「形式」層面。任何傑出藝術創作，必定是「形式」與「內容」的完美整合，閱讀文學作品不能只關注「內容」層面，也要關注「形式」層面，以及兩者之間的結合。換言之，教師分析文本時，不能只引導學生注意「作者寫了什麼」（what），更要提醒學生觀察「作者如何寫」（how）、「作者為何要這樣寫」（why）。本文對於文本形式分析著墨甚少，有待加強。以曾志朗〈螞蟻雄兵〉一文為例，文中改造若干成語--「守穴待蟻」、「『虎』視眈眈」等（為何虎字要加上引號？），如何改造既有成語形式？如此改造之用意何在？作者試圖營造何種閱讀效果呢？對這類文本形式問題，應該也要有所著墨才是。二是，教學過程忽略發掘作者的創意。任何傑出藝術作品，都是作者創意的表現，教師透過範文，不僅讓學生讀懂文本意涵，更要讓學生領悟到作者的創意，進而能夠自覺的模仿，提升自身的鑑賞力與表達力。如何發掘作者創意呢？本文在作品創意闡釋上，仍稍嫌不足。

　　教育的目的，在於協助學生發掘自身的潛能，及培養適應未來生活的

能力。因此，教學目標與內容必須「與時俱進」，才不會與時代脫節。平心而論，當前中學國文教材之編選欠缺自我檢視的機制，儘管隨著數位科技發展社會型態已產生了跳躍式改變，但國文教材內容卻是幾近於停滯狀態，只要仔細比較近三十年來的國文課本選文，便不難其中發覺變化幅度極為有限。當教材內容難以遽然改變時，想要讓培養學生具備適應未來能力，更需要教師在課程設計與教學方法上有所更新。本書內容雖然仍稍有瑕疵，但卻體現出作者想在閱讀教學上有所變革的意圖，這種願意自我省思、力求改善的精神，不僅令人感佩，更值得鼓勵。有鑒於此，個人樂於推薦本書。

國立高雄師範大學國文系教授　王松木

104年8月21日

推薦序／
國立交通大學應用數學系所教授　李榮耀

　　蕭文婷就讀於國立交通大學理學院在職碩士專班（科技與數位學習組），今年六月以論文〈建構式提問法進行有效白話文閱讀教學之實證研究〉一文通過口考，順利畢業。在此推薦我的指導學生蕭文婷的論文能獲得秀威出版社出版。

　　這份論文針對近年來流行的翻轉教育議題提出反思：

　　現今教育界重視翻轉教學，要求學生回家自行閱讀課文，或是觀看教師課前錄製的教學影片，並透過課堂討論落實學習。然而，類似傳統教學「課前預習」的翻轉，是否能達到落實教學的目的？若是學生回家可運用時間不足，如何搭建學生參與課堂的鷹架？教師是否一定要錄製教學影片供學生在家觀看，才能落實翻轉教學？

　　因此文婷運用理學院實驗精神，結合國語文科目，設計階段性的教學實驗進行實證研究。文中完整記錄研究數據及課程模組，附錄實驗課程的詳細教案及成果，值得提供給有心進行相關性質課程研究的教師們參考。

　　不同於一般常見教學實驗，多將學生區分為實驗組與對照組，透過不同的教學法或教學環境設計，比較不同組別的學生的學習成效。〈建構式提問法進行有效白話文閱讀教學之實證研究〉以七年級單一班級人數為樣本，進行教學實驗並記錄課堂觀察結果與學生學習成效。雖然樣本數僅30人，且礙於常態編班及教學排課因素，無法進行隨機抽樣；然而論文紀錄的教學實驗資料長達一年之久，貼近實際教學現場，是一份頗具價值的論文研究。再次強烈推薦文婷其論文能獲得秀威出版社出版，謝謝。

國立交通大學應用數學系所教授

李榮耀

推薦序／
國立交通大學教育研究所副教授　陳昭秀

　　現今社會各方面都快速演變中，例如科技與資訊日新月異，人們在制式教育體系中所學，未必能符應其未來工作與生活的需要，因此當前的教育政策與研究均強調如何培養人們問題解決、溝通合作、批判省思、統合創新等能力與態度。但是不管學者專家如何鼓吹、決策者如何推動，真正在教學現場的活動才是決定國民素養的關鍵。所以教育現場工作的教師們是否能夠接受並採納種種的創新理念，就決定這些理念能否被付諸實現，而文婷可說是一位願意接受挑戰，勠力於創新教學的中學國文教師。。

　　認識文婷是因為她曾修習我開設的一門「數位教材研發與評鑑」的課程，在該課程裡，我們討論很多直接講授之外的教學法及其相關的理論和模式，文婷能適切地整合實務的教學經驗與抽象的理論模式，讓課堂的討論增色許多。更難能可貴的是她展現出來的教學熱忱，她總是希望能從課堂裡吸取創新的概念，為自己的教學注入活水。從她在課堂的表現與作品成果上，都展現了她對教學的熱情、對於閱讀教學的深入理解。

　　很高興聽聞文婷順利完成她的論文，並且將她學習到的寶貴經驗付梓與更多人分享，在拜讀此書後，可以看到文婷所設計精彩的國文閱讀教學活動，而書裡也展示了學生的理解與作品。相信讀者們在閱讀此書之後也會和我一樣，對於如何深化學生的閱讀理解，有更深刻的體會，並且深受啟發。好的創意在相互的激盪下可以產出更豐盛的果實，希望有更多教師加入以啟發學生思考與創意為己任的行列。

交大教育所 陳昭秀 謹序
105年8月

推薦序／
前國立高雄師範大學國文研究所副教授　羅克洲

　　蕭文婷碩士，有見於未來社會讀寫能力之切要，針對學生的閱讀習慣與方法格外用心，所撰論文《建構式提問法進行有效白話文閱讀教學之實證研究》一書，既能深刻體察學生的學習心靈，又能夠對於相關學理取精用宏，撮其大要；從而把握教學之機會，在指導學生研讀國文課程時，用心設計教學過程，以建構式提問法進行教學，並詳細採錄學生學習的軌跡，集結成書。本書既忠實記錄了個人努力研究的過程，又可以提供社會相關課題的認識，值得輯印，謹此推薦。

前國立高雄師範大學國文研究所副教授 敬啟

自序

　　每個階段的學習，都是為了突破現狀的自我挑戰。闔上論文校稿的一刻，深深地吐了口氣。記錄著自己的教學反思歷程。

　　教育的脈動因世代成長迅速而躍動，教師們不約而同地掀起反思熱潮：「我們該如何教育下一代的孩子？」教育的核心關鍵由「教師」轉變為「學生」，以「學生為主體」的教學方式如雨後春筍般出現，教師們想知道，什麼樣的教學方式能給予孩子「能力」。這種角色概念的轉換，即是「翻轉」。

　　翻轉教育是全球最熱門的議題。這股積極熱絡、擺脫傳統式教學的風潮令人振奮！在研習活動中廣納講者論點，嘗試在課堂上推動各種新式教學法。然而，在改變教學型態的過程中，發現事實並沒有想像中的美好──在教育現場，當孩子的學習表現不理想時，不僅家長會跳腳，學校行政亦感為難。即便知道原因非在闡發式教學，而是評量仍採記憶性測驗的方式。

　　那麼，就該放棄教學變革了嗎？

　　換一個角度想：雖然現今評量仍採舊式，但傳統式教學法屹而不搖，在傳統式教育下也未有知識崩盤情況，顯證傳統式教學法權威性。那麼，為什麼改變教學方式就一定沒有辦法展現固有學習者應具備的能力？

　　「是否有方法可以透過改變教學歷程，啟發學生能力，又能夠展現傳統式教學法中所應具備的共同能力？」

　　就讀研究所的第一年，任課班級時值國三，學生面臨會考壓力，教師有檢討不完的考卷及進度壓力。即便如此，我仍在國文課堂上初淺嘗試多

種教學策略及教學方式,並試著找出最適合個人使用,且不會增添學生負擔的方法作為課程模組發展的基礎。

隔年,新任七年級新生國文教師,我認為這是一個機會:可以從基礎開始建構課程模組的經驗。七年級上學期作為前導性研究,七年級下學期則是正式研究,在論文〈研究設計〉與〈附錄〉教案中,可以看出教學改變的軌跡以及學生參與課堂後的學習反應。我蒐集個人教學省思以及學生學習後的反應,進行歷程紀錄分析探討,並不斷地調整自己的教學型態,希望能協助學生與自己持續精進成長!

研究過程中,接受很多人的幫助與鼓勵!

首要感謝的,是我的家人。由於在職進修運用週六時間上課,不能常常南下回家,但是謝謝我的父母,持續給我鼓勵,甚至在後半段為寫論文感到苦悶,想消極逃避時,鼓勵我專心完成課業。因為有你們的支持與鼓勵,我能夠堅持到最後並且完成結果!

感謝我的指導教授李榮耀博士!就讀理學院數位科技學習組,當我選擇偏向文學院性質的研究主題時,教授給予肯定地說:「由於是在職進修,研究主題最好能夠結合職場,並且對你的工作有幫助,這樣的學習才有意義!」也因此我能夠全力進行這項教學反思研究!

感謝口試委員余啟哲博士及蔡佳倫博士,因為您們給予建議,所以讓論文定稿更加完整,格式排版更具美感。一整天下來,感謝委員們仔細的聆聽,認真給予建議,並沒有因為時間長久而懈怠監督命,十分感謝您們!

感謝教育學院授課教授陳昭秀博士。研究所一年級,修習數位教材與研發課程,教授總是運用討論方式授課,甚至安排線上遠端學習,這股教學熱誠深深地影響我,也使我萌生以教學實證為主。教授曾回信鼓勵我「只要能持續反思就能不斷進步」,這句話銘感在心!

感謝高師大國文系所王松木教授。就讀大學時期,教授常常在課堂上給予學生們教育界最新的觀點,並且推薦書籍,鼓勵學生們要多思考,讓國文課堂成為活用的課程而非死板學問。至今會保持閱讀專業書籍並培養

反思的習慣，源自於老師的薰陶。久未見面，突兀請託老師撰寫推薦文，教授秉持著關愛學生的熱誠，仔細地閱讀拙作，給予一針見血的建議，這份照護的心思，十分感恩！

感謝高師大國文系所羅克洲教授。記得在教育實習時，由於教甄競爭激烈，一度萌生轉考公務人員的念頭。當時和克洲教授討論這個想法時，教授總是溫潤微笑著開導著我，勸我能學以致用，也因為在教授的鼓勵下，盡全力挑戰！若非教授的支持與引導，自己可能依舊在教育門檻徘徊猶豫，也不可能如今日完成相關教育實驗的實驗，感謝教授的栽培與鼓勵，也期許自己能夠傳承這樣的精神，陪伴學生們走過他們國中求學階段。

感謝學校的校長與行政老師們，在課堂嘗試教學法時，相信一定多少接收到不同的聲音，然而，我很幸運地在學校的照護下，能夠放心安排課堂，進行多方嘗試，獲得許多包容與鼓勵，十分感謝學校的支持。

感謝學校夥伴們，當我抱著疑問或是請託出現時，總是熱心地給予回應，並且熱心地給予建議。尤其感謝瑞容、心怡、聖齡、雅音，感謝你們願意熱心地校閱、指正我所設計課程學習單，並且一同討論、修正內容，讓課程學習單的效度提高，課堂也能夠更加充實，十分感謝學校夥伴的鼓勵與協助。

感謝授課班級的孩子們，每次的課堂都是很開心的學習歷程，謝謝你們願意相信老師，並且藉由問卷或是平常閒聊的回饋，給與我很大的啟發與激勵！

感謝授課班級孩子們的家長，謝謝你們同意我能在長期記錄孩子們的學習反應及成果後，能藉由教育研究或是教育分享會進行討論，激發成長！

感謝研究所的同學們，因為你們，這兩年過得很開心。

記得學長在聖誕節帶著草莓出現時的神情，記得崇偉老師課堂上要發表數位教材的歡愉帶著緊張的氣氛，記得班代庭蔚殷切地提醒，記得敏惠姊提供熱心且溫暖的建議，記得天祐兄關切與建議，記得偉雄兄的鼓勵與肯定，記得冠棋熱心地給與協助和爽朗的笑聲，記得佩玉溫和的笑意及超強美工長才！

其中，尤其感謝宛麟、之音、郁書，有時候因為學校活動缺課，或是參加競賽而神龍見首不見尾時，你們總是很熱心地提供我協助，給我支持與鼓勵！每次聚餐時閒談的放鬆，或是在我低潮持續降壓時給我打氣，謝謝你們給我好多好棒的回憶！

感謝秀威出版社給我這個機會出版拙作，也感謝每位曾閱讀過這本論文的讀者，且盼野人獻曝能起拋磚引玉之效。

最後，我想要小小地感謝自己，願意鼓起勇氣報考研究所進行教育研究，而獲得了改變、成長的機會。面對教學漫長的挑戰，持續加油！

文婷2015/06/26

摘要

　　本研究為設計一套增進國中生閱讀理解的學習策略訓練課程教學模組，提供國中教師做為促進語文學習之參考。以實徵性研究探討方案對國中生閱讀理解能力的影響效果。

　　本研究係以國中七年級學生一班共30名。研究工具包括研究者配合課程內容所設計的建構式提問學習單、半結構式問卷及坊間白話文閱讀理解測驗。採「準實驗單組前測─後測」設計，將學生區分為高能力組、中能力組、待加強能力組。以相依樣本T考驗，蒐集不同能力組在PISA閱讀素養三層次閱讀能力發展情形。

　　本研究將資料歸納分析如下：

　　一、學習單前後測結果，擷取與檢索能力提升。

　　二、問卷統計發現：學生多認為閱讀理解能力有成長，且能具體說明。

　　三、坊間閱讀理解測驗結果，顯示整體能力變化不顯著。

　　探究坊間閱讀理解測驗結果退步原因，根據專家意見可知，測驗卷題目類型的編排，會影響同類型能力測驗結果。以上結果多數支持本研究之假設，並驗證本研究設計之學習課程模組具有一定建構效度。

Abstract

The study was designed to enhance students' reading comprehension of a Learning Strategy Training Course Module, provide secondary school teachers as a reference to promote language learning. Use empirical research to explore students' reading comprehension.

Select 30 seventh grade middle school students for the study. Research tools include: Text Title, Semi-structured questionnaire,and Printing vernacular reading comprehension test. In one-group pretest-posttest design, students classified as high-ability group, middle ability group, lower ability group.

Collect samples of different groups paired T test, in order to observe the development of students' ability to read situations.

The study found that:

1 Text Title results, improve access and retrieve capability.

2 Survey statistics showed that: many students think reading comprehension skills have grown, and can be specified.

3 Printing vernacular reading comprehension test results show no significant change in overall capacity.

4 Explore the reading comprehension test result printing regress reason, Experts believe that the type of test paper topic, the same type of ability to influence the test results.

Most of the experimental results support the hypothesis of this study, And confirmed in this study vernacular reading curriculum has some construct validity.

Key word: Reading strategies, vernacular teaching, reading teaching

目次
CONTENTS

第一章　前言

「人生是一個面對問題並解決問題的過程。問題能啟發我們的智慧，激發我們的勇氣；問題是我們成功與失敗到分水嶺。為解決問題而付出努力，能使思想和心智不斷成熟。」——M·斯科特·派克《少有人走的路》

教育型態隨著社會脈動演進，當未來人才需要的能力不再侷限於過往知識時，大環境開始反思究竟哪一類型的能力得以適應未來世界？二十一世紀知識社會的共通貨幣稱為素養（literacy，或稱讀寫能力），培養個人蒐集、整合資料、判斷資訊真實性以解決問題、產出知識，參與社會的能力〔1〕。學校為能力培養的基礎環境，教學重心由教學重心轉變為學習者中心〔2〕。

臺灣在2010年啟動十二年國民教育，期望藉此提高臺灣學子的學習力。在這場變革中，教師如何運用有效教學策略兼顧班級差異化情形，採取多元評量關注學生各項能力發展，以達適性輔導成效〔3〕，勢必成為改革中備受關注的重要一環。那麼，我們該如何教育下一代的孩子？

教育論壇百家爭鳴，每一種論調都是為了促進孩子們的學習。教育的核心關鍵由「教師」轉變為「學生」，以「學生為主體」的教學方式如雨後春筍般出現，這種角色概念的轉換，即是「翻轉」。翻轉教育為全球熱門議題。在臺灣，臺灣大學葉丙成教授，以及臺北中山女高國文教師張輝誠引領改變浪潮，提倡翻轉教學〔4〕。

除教學法的轉變，各家教學策略也持續精進發展。臺灣師範大學鄭圓鈴依據PISA閱讀素養層次發展的「建構式提問策略」〔5〕，與國中國文各家出版社合作所設計的學習單，為教育現場廣泛使用。臺南市復興國

中王秀梗老師所屬團隊，以圖像組織策略分析文本〔6〕；南投縣爽文國中王政忠老師的M.A.P.S.心智圖教學法〔7〕，亦是國文課堂上引導學生思考、學習的常用方式。

研究者參加多場研習，吸收各家所長，嘗試在課堂上推動各種新式教學。然而，在改變課程型態的過程中，發現事實並沒有想像中的美好——在教育現場，當孩子的學習情形不理想，不僅家長會跳腳，學校行政亦感為難。初始推動教學改革，也有不少學生擔心成績問題，頻頻表達希望能夠回歸傳統式教學模式。

那麼，該放棄教學變革嗎？

研究者反向思考：傳統式教學法長久屹而不搖，在傳統式教育下也未有知識崩盤情況，顯證傳統式教學法權威性。即便未來世代所需要的能力以閱讀理解、推論應用為主，但不代表學科基礎能力可被忽視。那麼，研究者改變教學方式將導致傳統式教學中所應具備的基礎能力減弱，令人生疑，也表示研究者進行教學變革時，並未設想周到。如果課堂以學生為中心，則必須培養其自學能力，亦即協助學習者搭建鷹架。

由於文言文及白話文教學策略及層次有異，文言文類型文本進行閱讀理解分析前，必須先推論文本用詞，需要較多的先備知識及長期運用課程地圖規劃培養能力。因此，本研究以**「如何建構有效『白話文』閱讀課程教學模組，協助學生搭設自學鷹架，以推動國語文課堂翻轉？」**為待答問題。

在第貳章〈文獻探討〉中，分三小節回顧「閱讀理解理論」、「閱讀教學策略」、「閱讀教學評量」等概念，做為建構課程模組的基礎。進行閱讀教學必須考量學生解讀文本的能力，教師可以透過控制「讀者、文本與閱讀活動」〔14〕降低學生理解文本之情形。

然，讀者受其先備知識影響閱讀結果外，閱讀過程中也可能受個人生理、心理因素，如：心情、健康等影響閱讀結果。教師可直接操控的變項

為「文本」，學生於學年學期間，學習課次包含白話文及文言文之連續性文本，考量文言文判讀需要更高層次閱讀理解能力，故本研究以白話文連續性文本作為施測內容。

據國內外研究探討，一致認為學習活動經歷課前、課中、課後三階段〔48〕，能夠達到最佳的學習效果，故本研究進行教學設計時，除針對課堂活動採取交互教學設計外，亦將課前與課後活動設計列入課程模組設計，運用學習單進行課程學習深化。

此外，教學現場面對學習者，教師需給予明確的指令協助學生運用策略，鄭圓鈴〔5〕「建構式提問設計」將策略具體化，發展具體行動方法，運用具體明確的引導詞，協助學生建立個人閱讀步驟流程，故本研究採之。

本研究藉教學實驗，思考「如何運用建構式提問法設計之白話文連續性文本提問學習單，安排課前、中、後三階段之教學活動？」，並以此為待答問題進行實證研究。

自103年9月起，以新竹市立某國中七年級生為研究對象，七年級每班皆30人，採常態編班，班級男女人數相近。該校屬升學型學校。研究者有兩班授課班級，其中一個班級家長多數同意公布學生作品，另一班級則半數以上不希望公開學生相關資料及作品，因此在本研究中，研究發現及相關資料僅記載多數同意公布資料班級之學習表現及相關數據。

由於教育情境受限於班級編列，研究者較難隨機分派受試者，加之本研究採課程本位設計課程，是故以研究者自身教學班級共30人為主要研究對象，採取準實驗設計。樣本數僅30人，為觀察常態編班之差異化教學結果，而採能力分組，使得樣本實驗結果更受限制。為彌補樣本數不足，本研究採長時間觀察觀察學生閱讀能力遷移情形，透過一學年的翻轉教學紀錄教案與成果分析，以及從學生回饋中獲得教學設計採取「單組前測—後測設計」持續追蹤，依據受試者前後測所取得數據，運用檢定觀察其結果是否顯著，以解釋研究待答問題。

第二章　文獻探討

　　教育型態隨著社會脈動演進，當未來人才需要的能力不再侷限於過往知識時，大環境開始反思究竟哪一類型的能力得以適應未來世界？二十一世紀知識社會的共通貨幣稱為素養（literacy，或稱讀寫能力），培養個人蒐集、整合資料、判斷資訊真實性以解決問題、產出知識，參與社會的能力〔1〕。學校為能力培養的基礎環境，教學重心轉變為學習者中心〔2〕。

　　傳統行為學派認為學習者透過強化刺激與反應之間的關聯，獲得學習遷移；認知學派則以訊息處理模式看待人類接收外來信息：訊息刺激經由神經傳導致大腦後，自動搜尋過往經驗和知識並與新知結合。這兩種派別多探討學習者進行學習時，接收學習內容的方式。近年來新興教育思潮中，重視以認知主義為基礎而發展的建構主義[1]。

　　從教育觀點來看，建構主義認為知識係指個體透過與他人對話、質疑辯證的過程澄清疑慮而產生的結果。在建構主義式的學習活動中，教師的身分由知識權威象徵，轉變為協助學生以個人意見建構知識的引導者，重視學生的主動探究及社會互動能力。學生透過群體交流、協作完成個人獨立學習。

---

[1]　建構式主義歷經兩千多年發展，大略可分為三大派別〔10〕
　　（1）傳統建構主義：美國Ausubel有意義學習派所主張的：「新知的學習是靠學習者先前的知識和經驗」即知識是認知個體主動的建構，不是被動的接受或吸收。
　　（2）個人建構主義：書中符號的意義是讀者賦予的，要把意思直接傳輸給學生其實是不可能的事情。當學生說他聽懂老師的意思時，其實，是學生對老師所發出之訊號所賦予的意思頗能用來合理的解釋學生個人的經驗而已，並非學生「真的接收」到老師要傳輸的意思。即認知的功能在適應，認知是用來組織經驗的世界，不是用來發現本體的現實。
　　（3）社會建構主義：所建構之知識的意義雖然是相當主觀，會受到當時文化與社會的影響，需要與別人磋商和和解來不斷的加以調整和修整。

　　課堂學習中，學生多藉閱讀[2]活動獲得認知。閱讀認知歷程十分複雜，教學現場中，教師多以教材（文本）引導學生進行閱讀活動，藉此培養閱讀能力。

　　Goodman〔8,70〕認為閱讀是讀者以先備知識與文本進行對話，並與閱讀情境緊密互動而產生的有意義建構歷程。有效閱讀教學並非僅有指導學習者辨識字詞、記憶文句，而是引導學習者在閱讀外在訊息後，能結合個人既往經驗建構知識，發展獨立思考及解決問題的能力。

　　教師進行閱讀教學時，必須了解學習者的閱讀理解歷程，選擇適用的閱讀教學策略做為鷹架，協助學習者與文本對話，選用合適的評量方式，提供學生進行後設認知調整，提升閱讀理解能力以達學習目的。

　　本研究以臺師大鄭圓鈴〔5〕所提「建構式學習單提問法」進行閱讀教學，為使教學知識完備，研究者以「閱讀」為概念探討「閱讀理解理論」、「閱讀教學策略」、「閱讀教學評量」，擷各家所長以運用於教學模組上，並於〈第參章、研究設計〉中檢證教學模組的實驗成效。

2.1 閱讀理解理論

2.1.1 閱讀的定義

　　「閱讀」是讀者在日常生活中，試圖瞭解書寫文字及符號所表達的意義之複雜認知歷程〔9〕，分為識字（word recognition）與理解（comprehension）兩個階段〔71〕。識字是理解的礎石，理解是閱讀的橋梁，內化省思則是閱讀的最終目標，藉由閱讀交互作用，讀者從閱讀中獲得知識及對生活的認識與感觸。

---

[2] 「閱」字本義為「觀覽」。依《說文解字》段玉裁注，「閱」字「引申為閱歷……明其等……積其功。」指用眼睛察看後，所觀察、體會到的全部事件累積在記憶中。「讀」字本義為「誦書」，段玉裁認為讀書必須「抽繹其意蘊至於無窮」，即讀者藉由閱讀文本，推繹其中所蘊含的寫作初衷。故所謂閱讀，即「閱覽」和「誦讀」。讀者藉由閱覽事物獲取個人知識經驗，誦讀文本以推敲創作者真實意含，結合二者內化為個人想法的歷程，是為閱讀。

社會學家Robert Parker〔72〕曾說：「我們之所以為人是因為我們能說；但我們為文明人卻是因為我們能讀。」人類以視覺和聽覺閱讀外在訊息，內化為個人的知識經驗，運用語言溝通、憑藉文字記錄傳承文化。

OECD在國際學生能力評量計劃[3]（the programme for International Student Assessment，簡稱PISA）中，將閱讀素養（reading iteracy）定義為：「理解、運用以及省思文本內容（writtentext），以便實現個人目標，增進知識、發揮潛能以及參與社會的能力。」〔12〕。

是故，閱讀係指：「學習者藉辨識字詞、組織文句接收外在訊息，與個人先備知識結合後，得發展獨立思考及解決問題能力的動態過程」。

2.1.2閱讀理解歷程

閱讀理解（reading comprehension）是讀者內在知識和文本外在訊息之間的對話，也是問題解決的歷程，需運用高度複雜的認知能力：讀者辨識文字符號，與內在先備知識互動後由心智建構內容，轉譯成義。

「傳統觀點」認為閱讀理解是技能的一種，擁有技能就能促成理解。讀者從字句義「了解」文章主旨，根據文中描寫細節結合個人經驗進行「解釋或推測」（inferential），「判斷」（evaluative）文章價值觀，「分析」（critical）閱讀材料。

「心理語言學觀點」認為閱讀理解是讀者從文本中獲得意義的思考過程，讀者具備知識和經驗，形成個人認知基模〔13〕。van den Broek &Kremer〔14,73〕歸納閱讀理解過程係指讀者找出文本訊息間的相關性，釐清其中的因果關係，使用背景知識，建構文章間的推論訊息。

---

[3] PISA測驗是「經濟合作暨發展組織」（Organisation for Economic Cooperation and Development, OECD）於1997年籌劃的一項大型國際性學生能力評量計畫，其目的是為了針對15歲的學童進行大範圍的跨國評量，藉以了解各國推動教育的情況，並反映出該國學童在「科學」、「數學」與「閱讀」的素養，及包含知識與學科能力，可以了解各國學生在校的學習表現與品質以及該國家未來的競爭力〔11〕。

1.Gagn'e：閱讀理解歷程

Gagn'e將閱讀理解歷程分成「解碼（decoding）、文字理解（literal comprehension）、推論理解（inferential comprehension）、理解監控（comprehension monitoring）」四個階段〔15,16〕。

解碼是閱讀的基礎，根據閱讀心理學家Ehri的解釋，解碼歷程分為「比對」（matching）及「補碼」（recoding）兩種：前者指當讀者看到單字時，能瞬間瞭解單字意義；後者則是讀者看到單字能經讀音或猜測，從長期記憶中檢索字義。讀者透過組織句中個別單字的正確意義，完成文法解析（parsing），形成命題後，以「統整⁴」（integration）、「摘要⁵」（summarization）、「引申⁶」（elaboration）推論文本意涵〔15〕。

閱讀活動後，讀者藉由目標監控個人理解情形。Gagn'e認為介入理解監控的歷程有四個：「安排目標（goal setting）、選擇策略（strategy selection）、查核目標（goal-checking）、補救（remediation）」。這套技巧被稱為「後設認知」（meta-cognition），即讀者會在閱讀前決定閱讀目標，並選擇合適的閱讀策略，在閱讀後查核閱讀成果是否符合目標，並且尋找方法補救〔14〕。

2.Mayer：閱讀理解歷程

Mayer回顧閱讀理解文獻後，認為閱讀理解基本上包含基本閱讀及高層次閱讀兩大歷程〔16〕：

4　統整：讀者運用先備知識（prior knowledge）統整文章概念，使文章具有意義。如：當讀者看到「小明滿身大汗」和「他拿著籃球」這兩個句子，可能會運用先備知識進行推論，而統整成「小明因為去打籃球，所以滿身大汗。」

5　摘要：讀者對文章的主要概念產生「宏觀結構」（macrostructure），即類似心理大綱（amentaloutline），用以代表主要概念的命題。

6　引申：讀者使用先備知識來增加文章概念的蒐集。如：讀蘇軾〈水調歌頭〉：「明月幾時有？把酒問青天。」看到「把酒」一詞時，想起學孟浩然〈過故人莊〉「開延面場圃，把酒話桑麻」句中，「把酒」為「端起酒杯」之意，以此義套入詞中，可知「把酒問青天」一句，乃指「端起酒杯問天上（神仙）」

（1）基本閱讀理解歷程：

閱讀時，讀者將文字符號轉換成聲音進行「解碼認字」、從長期記憶中搜尋字的意義完成「字義觸接」，與將句子中所有的字聯結在一起使之成為前後連貫的「語句整合」。

（2）高層次閱讀理解歷程：

指新訊息同化到現存知識的過程。閱讀者在閱讀過程中隨時監控自己是否了解文章的內容，檢查自己是否學到足夠的東西，並根據自己設定的目標來調整閱讀的技巧。策略包含「理解監控」、「自我查核」、以及「為目標而閱讀」。

Mayer將閱讀認知歷程依目的可分為二者：「藉由閱讀學習新知」與「學習閱讀策略」。讀者藉由解碼認字、區辨字義、組織命題初步認識文本內容，由閱讀學習新知；為提升閱讀理解層次，讀者必須運用閱讀策略、設立目標，檢核閱讀學習成果以達高層次閱讀。

3.國際閱讀素養研究

閱讀能力是未來世紀重要素養之一，國際組織依不同年齡層學童設定評量計畫，並對家長和學校進行閱讀問卷，以探討各國與讀寫能力有關政策、實務發展趨勢〔17〕。以下參考《臺灣四年級學生閱讀素養PIRLS2006報告》〔17〕及《PISA閱讀素養應試指南》〔12〕，整理PIRLS及PISA的閱讀理解歷程，如表2.1.2-a（見27頁）。

研究者以陳惠珍〔18〕綜觀文獻後歸納之閱讀理解內涵六層次：「文章的文字處理、文章的字面意義、文義的推論理解、文本的整何解釋、文本的比較評價、讀者自我理解監控」，整合閱讀理解層次，如表2.1.2-b（見28頁）。

表2.1.2-a、PIRLS & PISA閱讀理解歷程表（研究者整理）

測驗名稱	促進國際閱讀素養研究 （簡稱：PIRLS）		國際學生能力評量計劃 （簡稱：PISA）	
時間	五年一次		三年一次	
機構	國際教育評估協會 （簡稱：IEA）		經濟合作暨發展組織 （簡稱：OECD）	
對象	四年級學童		十五歲青少年	
測驗內容	閱讀成就		閱讀、數學和科學素養 （素養＝基礎知識和技能）	
核心能力	理解並運用書寫語言的能力 從文章中建構意義的能力		思考、判斷和自學能力	
閱讀素養	理解並運用書寫語言的能力，從各式各樣的文章中建構出意義，從閱讀中學習。		理解、運用以及省思文本內容，以便實現個人目標、增進知識、發揮潛能以及參與社會的能力。	
閱讀歷程	直接歷程	1.提取訊息[7]： 找出文中明確寫出的訊息。 2.推論訊息[9]： 連結段落訊息，推斷其關聯。	文本訊息	1.擷取與檢索[8]： 從文本中找出特定的訊息。 2.統整與解釋[10]： 正確解讀文本各部分的意義 （1）形成廣泛理解：確立文章主旨 （2）發展解釋：比較整合訊息。
	詮釋歷程	3.詮釋整合[11]： 以先備知識理解建構文章。 4.比較評估[9]： 批判性考量文章中的訊息。	外在連結	3.反思與評鑑[9]： （1）反思與評鑑文本的內容 （2）反思與評鑑文本的形式

---

[7]　提取訊息：讀者閱讀文章時，能夠找出文章中明確寫出的訊息。

[8]　擷取與檢索：涉及尋找、選擇和收集資訊。讀者會尋找特定的文章資訊。

[9]　推論訊息：讀者閱讀文章時，需要整合不同句子或段落間的訊息，推論出訊息間的關係。

[10]　統整與解釋：涉及文本內部的統整，了解文本各部分關係或加以推論。

[11]　詮釋整合：讀者除了閱讀文章以外，還需要運用自己的先備知識去推論詞句中隱涵的意義，並建構出文章的細節及內容。

[12]　省思與評鑑：涉及利用文本外在知識、想法和價值。

[13]　比較評估：讀者閱讀文章後，需要透過自己的知識架構，批判並考量文章中的訊息。

2.1.2-b、閱讀理解內涵層次分析表（研究者整理）

閱讀歷程		文字解碼 （基礎）		閱讀理解 （高層次）			
閱讀 理解層次		文字 處理	表面 意義	推論 理解	整合 解釋	比較 評價	理解 監控
研究者	Gagn'e	解碼	文義 理解	推論理解			理解 監控
	Mayer	解碼 認字	字義 與語句 整合	策略知識			後設 認知
評量	PIRLS		直接 提取	直接 推論	詮釋 整合	比較 評估	
	PISA		擷取 訊息	形成 理解	發展 解釋	省思 文本	評鑑 文本

綜上所述，閱讀理解歷程即讀者透過組織字、詞、句，認識文章表面訊息後，根據文意推論隱含在文句間因果訊息，連結篇章架構，結合個人先備知識與經驗，評價文章的內容邏輯與真實性，賞析其寫作架構與形式，並能監控個人學習情形，調整學習策略的過程，分為三個階段：

(1) 基礎閱讀：學習者辨識符號，解碼及重組而了解文章內容。

(2) 高層次閱讀：讀者以先備知識（prior knowledge）推論文本、詮釋內容。

(3) 後設認知：對知識進行省思評鑑，監控個人學習情形，並調整學習策略。

2.1.3閱讀理解模式

閱讀認知歷程複雜，國內學者在討論閱讀的歷程時，通常將閱讀理解模式分為三類：以Gough〔14,74〕為代表，「由下而上模式（Bottom-up Model）」；以Goodman〔19,75〕為代表，「由上而下模式（Top-down Model）」；以Rumelhart〔20,76〕為代表的「相互作用模式（Interactive Model）」。

1.從下而上的模式（Bottom-up Model）：

二十世紀前半，行為主義學派為學習理論主流，多數學者認為閱讀是讀者逐字、逐句被動地解碼的歷程。

1976年，Gough〔21,74〕藉眼動儀追蹤讀者閱讀時眼球移動的情況，發現眼球的移動是一連串的停留、前進過程。Gough以此研究發現為基礎，提出資料導向模式，認為閱讀是讀者接受訊息刺激後，將訊息內容先暫存在短期記憶中，藉由解碼字詞理解文本的歷程。

然而，「由下而上」（bottom-up）模式無法完全解釋閱讀過程，如：由假字所構成的句子：「如國你能保持忍貞踏實，就能穫得罪好的學習程果。」此句的用字幾乎全錯，但是有能力的讀者能藉由文句架構推論句義。

> 「Gough（2004）在國際閱讀協會最新一版的閱讀研究專書Theoretical Modelsand Processes of Reading中，承認由下而上的閱讀歷程，忽略了語法和語意在閱讀理解歷程中的重要性。」〔22,77〕

儘管如此，資料導向模式以讀者解讀文本的角度進行理解，為教學提供一個合理的安排：閱讀教學以文本為分析基礎，引導讀者先認識字母、單字，運用文法組織文句，最後達到了解文意的目的。

2.從上而下模式（Top-down Model）：

當從下而上模式無法完全說明閱讀理解歷程時，研究者們轉從認知心理學的角度探討閱讀理解，其中以Goodman為代表。

Goodman〔22,75〕提出心理語言猜測遊戲（psycholinguistic guessinggame）閱讀理論，即讀者在建構意義的過程中，預測下文，推想文本隱藏訊息，印證文本線索以證實預測及推想是否正確；若是與預想有出入，讀者會重新處理語言訊息，推翻原有想法，重新預測及推論。

閱讀理解程度受讀者的先備知識（prior　knowledge）和個人經歷影

響,強調語言訊息的處理與意義的建構。此種模式適用具備一定閱讀能力的讀者,因為這樣的閱讀者,對字詞的解碼已達到自動化的境界。但是對於字詞較不熟練的閱讀者,如第二語言閱讀者來說,由於解碼尚未達到自動化,因此他們在閱讀時會花費很大的心力在解碼的處理上〔22,78〕。

3.相互作用模式(interactive-activation Model):

閱讀理解是一具動態性的高層次心理認知過程,「由下而上模式」或「由上而下模式」為單向性工作,兩者均無法單獨說明閱讀理解模式。

Rumelhart〔20,76〕結合前述兩者,認為閱讀理解是一種互動產生意義的歷程。讀者閱讀圖像產生文字知識(Orthographic knowledge)、詞彙知識(Lexical knowledge)、句法知識(Syntactic knowledge)及語意知識(Semantic knowledge)等訊息後〔23〕,將這些訊息集中於「信息中心」(pattern synthesizer),產生一個「可能詮釋」(most probable interpretation)〔24,76〕。讀者依據「可能詮釋」提出各種假設,運用文本預測假設、推論合理解答,直到假設完全被確認,形成最可能的解釋為止。

此模式較能全面解釋閱讀過程中訊息處理的方式,但是理論中並未考量缺乏文化背景或後設認知技巧等元素對閱讀理解過程的影響。

Stanvich提出交互補償歷程(interactive compensatory processing),認為閱讀過程中,各層次所接收的訊息彼此獨立,卻又和其他層次交互影響,藉由這樣的交互補償歷程,讀者得以解決困難或補足不同層次中所缺漏的訊息〔9,79〕。

Just & Carpenter提出「循環模式(Recycling Model)」強調閱讀的歷程非直線運作而是一種循環歷程〔9,80〕。

之後學者們以互動理論為基礎,發展各項閱讀理論,以下就「基模理論(schema theory)」及「交易理論(transaction theory)」進行探討:

（1）基模理論（schema theory）

又稱為圖式理論。

心理學家Piaget〔81〕在認知發展論（Cognitive-developmental theory）中，提到認知發展過程有四個核心概念：認知結構（cognitive structure）、基模（schema）、組織（organization）、適應（adaptation）。

基模理論將人腦所保存的知識分成單元，探討知識的表徵方式（knowledge representation），說明人對客觀事物的理解過程及發展有利於知識應用的方法。

Armbruster〔82〕認為，在學習歷程中所使用的重要基模有兩種：儲存人、事、物等片段知識的「內容基模」（content schemas）及具有特定脈絡的組織化架構「結構基模」（textual schemas）。

閱讀過程中，讀者運用已有資訊、知識、情感、經驗、文化等基模帶入文本，與文章交互作用，使文本產生意義；即閱讀者與文本輸入的訊息交互作用後，納入一個有意義的架構之中的歷程〔25〕。

Baker&Brown〔26,83〕認為當讀者不能適應文本訊息時，從基模理論的觀點，失敗的原因有三種：「讀者缺乏合適基模、文本線索不足或讀者先備知識與文本原意不符。」此時讀者必須對原有的基模進行調整、補充和修正，使之能順應新的基模。

因此，閱讀教學上，教師必須協助學生形成良好的認知結構，將文本知識、閱讀策略及程式組合成新的基模〔27〕。

（2）交易理論（transaction theory）

二十世紀，Dewey主張社會化互動教學，認為孩子藉著提問和討論表達個人觀點，收到回應並自我修正，從實際經驗中獲得學習。將前述教學理念推廣到中小學，有三位舉足輕重的學者，依年代順序為：Mortimer Adler、Louise Rosenblatt以及Matthew Lipman。

其中，Rosenblatt〔28,84〕認為教師必須帶領讀者在文學作品中找到個人的意義，進行自我批判，強調讀者和文本的對話，她將這類對話稱為一種思想交流或交易（transaction）。閱讀教學歷程中，讀者和文本不再

是單純個體，而是經由交流，創造性地理解作者意思。藉由交易模式，讀者可以從文本中獲得更高層次創造性理解。

綜上所述，「由下而上模式」以閱讀材料為重點，強調文意理解建立在識字基礎上；「由上而下模式」則著重個人先備知識及經驗對文本的影響，但讀者閱讀的方式，並非單從資料獲得資訊，或僅依賴個人經驗與先備知識對文本進行詮釋，因此Rumelhart以「互動模式」綜合二者。然而，以認知歷程來看，讀者藉由「解碼認字、組織命題和統整」這三個歷程不斷循環以理解文章意義，Just & Carpenter提出「循環模式（Recycling Model）」強調閱讀的歷程非直線運作而是一種循環歷程。

是故，閱讀理解模式係指：「閱讀者與文本間的對話，讀者藉辨認字句組織文義，了解主旨，並結合本身主觀先備知識與文本細節，創造新的知識基模；當閱讀者無法準確解讀文本意涵時，則重新解碼、組織命題、統整全文，以獲得更高層次的創造性理解。」

2.1.4影響閱讀理解的因素

柯華葳等〔17〕認為影響學童閱讀成績因素為：讀者、先備知識（生活經驗）、文本、閱讀策略（後設認知）。讀者個人能力與閱讀時的態度、家庭生活與學校學習經驗，文本內容架構的呈現方式以及閱讀策略運用技巧等，皆會影響閱讀理解的解讀情形。

發展閱讀研究團體（Rand Reading Study Group，簡稱RRSG）認為閱讀理解是讀者、文本以及閱讀活動等變項交互影響後的產物〔29〕，多數研究者亦以前述三個變項為主軸研究影響閱讀理解因素，以下分別論述：

1.讀者：

Stennett〔30,85〕認為讀者本身能力包含：語文能力、教育程度、年齡、興趣、價值觀和工作記憶容量等，會影響閱讀理解情形。閱讀過程中，閱讀理解程度同時也會受到讀者本身所擁有的「閱讀技巧」、「後設認知」、「推論推理能力」、「先備知識」影響〔14〕。

2.文本：

　　閱讀是讀者與文本間的對話，依賴讀者對文本的理解進行產出式詮釋，讀者是否能順利解讀，為閱讀理解過程中一大重要因素。行為主義學派認為，一篇文章大致符合「沒有太多生難字詞」、「文句長短適中」這兩個特點，對讀者而言，就是一篇可讀性高的文章；認知學派則認為閱讀過程中，讀者結合文字與個人知識經驗進行對話，因此文章以「讀者為中心（user-friendly）」的方式敘寫，標題明確、結構清楚、表達完整、內容前後連貫即有助於讀者理解〔14〕。

3.閱讀活動

　　綜合Schunk & Rice〔86〕、Meyer & Poon〔87〕、van den Broek & Kremer〔73〕的看法，研究者認為閱讀活動中的影響因素為：閱讀情境、閱讀任務以及閱讀策略，以下分別討論〔14〕：

（1）閱讀情境

　　讀者會因閱讀情境不同調整閱讀目標，進而影響閱讀理解情形。若是在休閒情境下閱讀，讀者採取較低層次閱讀標準，達成基礎理解；當情境轉換為測驗時，為了掌握測驗內容，閱讀者會採用不同的閱讀策略，達到高層次理解。

（2）閱讀任務

　　讀者會因為閱讀目標不同而調整閱讀理解層次，而文本的呈現方式、內容組織層次以及閱讀文本的目的等等，會影響讀者閱讀理解的情形。

（3）閱讀策略

　　閱讀過程中，後設認知會監控閱讀情形，並運用重讀、提問等方式協助理解。即閱讀過程中，閱讀理解程度同時也會受到讀者本身所擁有的「閱讀技巧」、「後設認知」、「推論推理能力」影響。

2.1.5 小結

閱讀是學習者藉辨識字詞、組織文句接收外在訊息，與個人先備知識結合後，得發展獨立思考及解決問題能力的動態過程。讀者透過組織字、詞、句，認識文章明顯訊息，推論隱含在文句間因果訊息連結篇章架構，結合個人先備知識與經驗，評價文章的內容邏輯與真實性，賞析其寫作架構與形式等方式進行閱讀理解，創造新的知識基模；當閱讀者無法準確解讀文本意涵時，則重新解碼、組織命題、統整全文，以獲得更高層次的創造性理解。

閱讀理解歷程分為基礎內涵及高層次閱讀內涵，基礎內涵為學習者辨識符號，進行解碼、重組以了解文章；高層次閱讀則是讀者以個人先備知識推論文本、詮釋內容；閱讀後能省思評鑑文本，監控個人學習情形，並調整策略。

閱讀理解模式係指閱讀者與文本間的對話，進行閱讀教學活動時，教師先協助學習者認識文本內容，了解其中隱含訊息，再選用策略分析文本細節、推論內容，引導學生結合個人先備知識判斷文本的價值，最後則是賞析、評鑑文本。

閱讀理解過程中，「讀者、文本、閱讀活動」會影響理解情形。教師根據讀者本身能力、態度及其先備知識了解學習者的學習需求；根據文本架構決定運用何種閱讀策略。

綜上所述，教師在進行閱讀教學課程設計或閱讀教學活動時，先設定明確目標排除可能干擾因素後，根據閱讀理解歷程及理解模式，以下列步驟進行課程設計或是教學：

(1) 聚焦文本：告訴讀者閱讀目標及任務，請讀者從文本中找尋解答。
(2) 辨識字句：閱讀文章，認識字詞義，以文章標題，找出主題相關線索。
(3) 解釋因果：找出線索的彼此關聯，並說明因果關係。
(4) 選用策略：指導學生運用策略統整文本。

(5) 推論內容：推論文本隱含訊息，說明訊息效果或作者的寫作用意。
(6) 判斷價值：以個人先備經驗及價值觀與文本對照，並創造理解結果。

2.2閱讀教學策略

學習是能力遷移的表現，教學過程中，教師搭設學習鷹架，協助學生建構能力。柯華葳〔31〕認為閱讀教學中進行策略指導，可以幫助孩子獲得更高層次的閱讀理解能力。因此教師在發展閱讀教學課程時，閱讀教學策略為不可或缺的工具。

鄭圓鈴〔32〕指出，閱讀策略指讀者能靈活選擇或組織適當的閱讀方法，以有效達成閱讀目標。本研究中，為求教學模組設計之完備，故本小節就「閱讀教學定義」及「閱讀教學方法」、「影響教學重要因素」及「閱讀教學策略」分別探討。

2.2.1閱讀教學

閱讀最終的目的是為了獲得理解。

閱讀教學則是指教師透過課程設計及教學活動，發展閱讀者上述理解能力的教學活動。有效的教學課堂，重點為教師如何引導學生「學習」，協助學生自行建構與發展學習技巧、方法與能力。為了協助學習者在學習過程中能夠順利內化知識，教學者可利用鷹架輔助學習者學習，擴充其認知負荷承載量，以達教學目的。

綜合上述，有效閱讀教學係指：「教師透過閱讀活動指導學生辨識字詞、記憶文句，並能透過建構閱讀訊息以理解知識，結合個人既往經驗，發展獨立思考及解決問題的能力的教學課程。」

2.2.2閱讀教學法

閱讀教學研究從不同的學派觀點發展不同的教學法：

　　行為主義將人的行為簡化成「刺激—反應」，此派學者認為教師透過「增強」協助學生熟練解碼和理解技巧，可以達到有效閱讀教學。認知主義將閱讀視作複雜的心理歷程，讀者除了解碼分析文本之外，更要運用個人先備知識與文本交流互動，方能了解文本意義，以後設認知策略監控個人學習情形。

　　上述兩派著重教師在課堂中誘發學生能力，行為主義學派透過增強協助學生熟練技巧，認知主義學派則認為教師和學生藉由對話，誘發先備知識以結合新概念。此二學派皆強調教師在閱讀教學課程中，所扮演的引導價值：「以教師為中心，學生為對象，進行講授或互動」，故教師多採用「直接教學法」教導進行課堂教學。建構主義則認為知識是人與社會互動產生的結果，唯有同儕討論，運用鷹架支持建構過程，才能在閱讀對話中獲得理解新知，因而發展「合作學習法」和「交互學習法」〔14〕。

　　綜觀閱讀相關專書及研究資料（參考第四小節），可以知道常用閱讀理解教學普遍採用「直接教學法、合作學習教學法、交互教學法」。

1.直接教學法

　　行為主義重視細部化、系列性呈現教材，採「直接教學」模式。

　　Rosenshine〔14,88〕提出直接教學的步驟為：「事先複習、呈現新的訊息、引導練習、校正與回饋、獨立練習、每週每月的複習。」認為教師教學時應該步驟明確，提供豐富內容，給予學生更多學習機會，並「經由『示範』、『引導練習與回饋』、『獨立練習』，協助學生完成學習。Winograd和Hare〔14,89〕建議教師在進行閱讀策略的直接教學時，先告知學生使用策略的用意，解釋如何運用策略並進行示範，協助學生練習使用策略，給予相關建議，最後請學生獨立練習運用策略。

　　直接教學法使教學設計簡約具有邏輯性，教師藉課前安排活動，系統化呈現教材，指導學生學習相關知識技能。進行閱讀教學時，教師先告知學習目標，教學目的，經過示範與練習後，讓學生能夠熟練閱讀策略的使用，檢視其運用策略能力是否達到精熟作為學習最後評估。

　　然而，閱讀歷程是讀者本身與文本的對話，易受外在因素影響，而使讀者個別對文本產生不同的解讀方式；直接教學法著重在策略運用的熟練情形，對於教學而言可達到「明確教學[14]」（explic itinstruction）的效果，較難呈現讀者閱讀理解層次的能力。

2.合作學習教學法

　　「合作學習法」（cooperative learning instruction）指學習者運用合作方式完成指定作業，達到學習效果。這種教學法強調將學習回歸給學生，讓彼此藉由討論、互動，同儕間彼此協助以提升能力。多數研究指出，學習者藉互動過程解決問題，可提高學習動機。Slavin認為合作學習引起學生學習動機，強調酬賞，使團體成員藉互動過程彼此協助，加強訊息處理，協助學生建構、深入了解知識，提升學生的表現〔33〕。

　　合作學習法[15]種類眾多（附件一），常見運用於閱讀教學的合作學習法主要有兩種：「合作統整閱讀與寫作教學」及「交互教學法」（reciprocal teaching）〔14〕。其中交互教學法為現今最常運用於課堂的合作學習方法，以下就其特點在下文單獨探討。

3.交互教學法

　　Palincsar和Brown〔90〕根據Vygotsky「近側發展區、預期教學」以及Wood「專家鷹架」（expert scaffolding）理論設計而成，廣泛運用在閱讀教學課程上。課堂開始前，教師先讓學生了解閱讀的目的，激發相關的背景知識，再針對文本進行分析討論。

---

[14] 明確教學（explicitinstruction）：認知心理學派認為教學活動中，除告知學生學習內容外，亦告知學習策略及如何運用。

[15] 合作學習法：學生小組成就區分法（Student's Team Achievement Divisions, STAD）、小組遊戲比賽法（Teams-Games-Tournament, TGT）、拼圖法（Jigsaw）、拼圖法二代（Jigsaw II）、團體探究法（Group Investigation, G-I）、小組協助個別教學法（Team Assisted Individualization, TAI）、合作統整閱讀寫作法（Cooperative Intergrated Readingand Composition, CIRT）、共同學習法（Learning Together, LT）等〔53〕。

教師在課堂上，藉由和學生對話的方式，以「提問（question generating）、預測（predicting）、摘要（summarizing）、澄清（clarifying）」四種閱讀理解策略協助學生融合先備知識與文章內容，監控個人理解情形，並解釋文章結果。

綜上所述，直接教學法以教師呈現教材與示範策略，引導學生練習運用；合作學習法以小組合作討論的形式共同完成任務或作業單；交互教學法由合作學習演變而來，強調師生對話，教師協助學生搭建閱讀策略鷹架後，進行學習責任的轉移。

由於閱讀歷程是建構的過程，直接教學法重視教材與閱讀技巧而忽略讀者本身的先備知識；交互學習法以對話為方式，策略為鷹架，有架構式的協助學生建構個人理解歷程，因此在閱讀教學中為廣泛運用。

閱讀教學活動並非教師備好教材，就可以協助學生完全理解文本。閱讀理解的歷程受到讀者、文本及閱讀情境影響。讀者本身具備的認知推理技巧及先備知識，文本呈現的形式或是長度是否以讀者為中心編寫，不同閱讀環境設立的閱讀目標差異，都會影響其閱讀理解情形〔14〕。

根據文獻〈第一節〉探討內容，可以知道「讀者、先備知識、文本、閱讀策略」會影響讀者本身的閱讀理解情形，其中「文本」及「閱讀策略的運用」是教師在進行課程設計時可以預先避免的因素，為減少教師進行閱讀教學時的干擾，下一段就閱讀教學重要因素進行探討。

2.2.3閱讀教學重要因素：

1.文本：

閱讀是讀者與文本間互動交流的過程。讀者是否能夠理解文本，進而開啟高層次思考層次，文本的編排及呈現具有重要影響因素。

從閱讀發展的觀點來看，早期行為主義認為一篇文章只要能夠引起讀者反應（理解），符合「沒有太多艱難字詞」、「文句長度適中」等，就是可讀性高的作品。之後從心理學角度探討閱讀理解層次，發現即便文章

容易理解，若沒有以讀者為主設計文章脈絡，結合生活相關經驗，則不容易理解文意〔14〕。

　　陳茹玲〔34〕認為，對讀者而言易讀（reader friendly）的文章，必須具備以下特性：符合讀者的先備知識、留意命題或句子組織的連貫性以減少推論難度，先前內容適當的重述以幫助現有段落理解，讀者所需要做的連結被清楚的描述出來，相關的知識清楚呈現，將與文章無關的干擾訊息降到最低。

　　由上述內容可知，文章的脈絡呈現會影響讀者辨讀文本，因此教師進行閱讀教學時，有必要先了解文本類型。依據PISA定義，文本可分為兩種：「以文字」為主要內容的連續性文本，及「以表格、地圖、廣告等」為內容的非連續性文本。由於本研究中探討閱讀策略運用於課程文本的學習成效，故以連續性文本為探討重點。

　　陳滿銘〔35〕認為文章的結構型態會因為切入的角度不同，得出不同結果。梁崇輝〔36〕將篇章結構的類型分為篇法與章法兩種，藉由分析文章脈絡發展寫作訓練的方式。一般而言，國內在進行文本篇章研究時，會將文章段落區分為「自然段」和「意義段」。

　　自然段係指文章中空兩格的新段落，意義段則是根據文意脈絡，結合多段自然段所形成的段落。

　　徐慧芳〔37〕綜合多位學者見解，認為國中生國文課本中較常使用的章法類型分別為：知覺[16]、空間[17]、時間[18]、正襯[19]、反襯[20]、虛實[21]、因果[22]、凡目[23]，並整理篇結構、章結構與段落間的關係，如表2.2-a：

---

[16] 篇章定義註解〔37〕：
　　知覺類章法：以視覺、聽覺、嗅覺、觸覺、味覺、心覺等各種知覺來組織篇章。
[17] 空間類章法：文學作品空間的長、寬、高可藉由視線延伸轉變而有不同變化。
[18] 時間類章法：包含今昔、久暫及問答法，依據敘述內容而有烘托背景的作用。
[19] 正襯類章法：運用相類似的人事物，做為組織篇章的內容材料以凸顯主旨。
[20] 反襯類章法：運用映照、對比得關係凸顯文中主要事物，產生鮮明印象。
[21] 虛實類章法：藉由「實筆」、「虛筆」相互對應，透過想像產生對實物描寫的延伸。
[22] 因果類章法：根據事（情）理的順序組織篇章，具有因果邏輯條理。
[23] 凡目類章法：敘述同一類事、景、理、情時，運用「總括」與「條分」來組織篇章。

表2.2-a、文本篇章結構類型分析〔37，徐慧芳〕[24]

篇結構	內容	章結構：意義段
知覺	知覺轉換	視、聽、嗅、觸、味、心覺
	狀態變化	甜鹹、靜動、睡醒
空間	空間順序、視角轉換	遠近、內外、高低、前後、左右、大小、虛實
時間	時間順序、時間長短	順序、倒敘、今昔今、久暫、問答
正襯	對象	賓主、並列
反襯	立論順序	抑揚、正反
虛實	時間、空間、情景 假設與事實	時間、空間、情景、假設與事實
因果	本末、因果	多因一果、一因多果、因果配對
凡目	凡（主題）、目（內容）	凡目、目凡、凡目凡、目凡目

　　教師進行閱讀教學時，除選擇適當的閱讀文本，更可運用篇章結構作為鷹架，協助閱讀者看出文章脈絡及其隱含的特徵，得以清楚了解文章脈絡，並能進行推論詮釋〔37〕。

2.閱讀策略（strategy）：

　　連啟舜〔14〕認為策略是個體在認知狀態下，為了解決問題而思考如何運用自身知識、能力的方法。鄭圓鈴〔32〕指出，閱讀策略指讀者能靈活選擇或組織適當的閱讀方法，以有效達成閱讀目標。PIRLS測驗認為，讀者在閱讀過程中必須具備的能力[25]為「提取、推論、詮釋整合、比較評估」。PISA閱讀評比則強調未來人才需培養「擷取與檢索」、「統整與解釋」、「省思與評鑑」三大素養。綜合上述PIRLS和PISA的特點，閱讀應

---

[24] 資料來源：徐慧芳，國中國文教科書篇章結構之研究——以南一版為例，國立東華大學，碩士論文，2013，19-42。

[25] 提取與特定目標有關的訊息、想法、論點，句子的定義或文章中明確主要觀點；推論事件的因果關聯，歸納文句重點，描述文中人物關係；歸納文章訊息，詮釋文中人物的行為和做法，推測文中事件的語氣及氣氛；並評斷文章完整性，找出作者論述立場。歸納其具體策略能力。

具備的共同能力，包含：「尋找訊息、解釋說明、提出看法」。

閱讀策略研究依策略目的，分為兩類：「認知策略[26]（Cognitive Strategies）」及「後設認知策略[27]（MetaCognitive Strategies）」。前者指讀者以畫重點、做摘要、做筆記、分析文章結構等方式進行表層訊息理解；後者指讀者運用提問、重讀、調整閱讀速度、解釋文章、和先備知識綜合比較的深層對話歷程〔38,39,40〕。

（1）國外研究：

Knight、Waxman和Padron〔41,91〕透過文獻整理合適的閱讀策略，經過教學實驗後，歸納四項於教學活動中，具體可行的策略，分別是：摘述要點（summarizing）、自問自答（Self-questioning）、預測內文（predicting）、澄清疑慮（clarifying）。讀者用個人習慣性語言摘述文章主要概念，針對概念提問自答，結合先備知識預測內文發展，採用策略以深入了解文章含義。

> 「Waxman,Padron與Knight（1991）依訊息處理的層次（the depth of processing），將閱讀理解策略分為強勢的策略（strong strategies）與弱勢的策略（weak strategies）。」〔42,91〕。

他們訂定結構性晤談題目作為訪談基礎，蒐集一般讀者常用的閱讀策略後，依據前述分類，可整理常用多項閱讀策略，如下表：

---

[26] 認知策略：個體在解決問題時，運用既有的知識經驗，以達到目的的一切心智活動統稱為「認知策略」。認知策略的研究可分「學習與記憶的策略」及「問題解決的策略」兩部分。

[27] 後設認知策略：是一種系統的訓練計畫或方法。採用後設認知策略時，一方面要提供學生有關後設認知的知識，一方面要訓練學生知道如何調整學習歷程，增加學習效果。

表2.2-b、閱讀理解策略分類表〔42,43,44〕[28]

	策略名稱	策略內容
強勢策略	同化經驗 （Assimilating to personal experience）	將文章與個人生活經驗的相似處產生同化與連結。
	摘要重點 （Summarizing）	將文章內容做簡單、精簡的重述。
	自我提問 （Self-generated questions）	針對文章內容提出疑問，以了解自我對文章了解程度。
	形成心像 （Imaging）	自我在心中形成文章描述情節或事件畫面。
	預測下文 （Predicting outcomes）	預測文章內容後續的情節發展。
弱勢策略	選擇性閱讀 （Selective reading）	僅針對文章有趣處閱讀，或跳過困難部分。
	重讀 （Rereading）	重讀一次或針對某部分再讀一次。
	改變速度 （Changing speed）	改變閱讀的速度，過快或過慢。
	注意並找出明顯細節 （Noting/searching for salient details）	注意過於細節的部分。

　　強勢的策略係指依據目前研究理論或是教學實驗證明，閱讀活動中可以提升讀者在閱讀文本時思考層次的方法；弱勢的策略則沒有足夠的研究理論或實驗能證明其有助於閱讀能力的提升。

（2）國內研究：

　　國內針對閱讀理解研究，多以既有策略進行教學實驗，或是以閱讀課程教案呈現教學活動。教育部集合全國各閱讀策略研究團隊的研究結果，集成〈閱讀理解策略教學手冊〉〔45〕一書，包含五大閱讀策略：「預測、連結、摘要、筆記」。

　　「預測策略」指讀者據自己的經驗與先備知識（或稱背景知識），

---

[28] 本表格整理自：吳訓生，2002；陳文安，2005；林文藝、楊滿春，2015。

針對閱讀文本的線索，對文本內容發展形成假設。閱讀過程中，讀者透過尋找資料檢證先前的假設。「連結策略」則是讀者在閱讀文章時，能連結文本字句訊息，使閱讀達到連貫性，進而將文本內容與自己的經驗或先備知識結合，產生有意義的理解。透過「摘要策略」刪除不重要、重複的訊息，找出文章的主要概念，合併濃縮文章的內容，再以連貫流暢的文字呈現文本意義。「筆記策略」可增進讀者對文章材料的處理能力，幫助其有效組織文章內容。

潘麗珠〔46〕認為，課堂上要活化學生的學習力，必須活用提問、討論技巧。她提出「閱讀6C策略」，包含：「聯結、合作、團體、評論、比較反思、持續」，藉這六個策略，為閱讀此一內在活動建立「系統架構」：先對題目進行聯想，「聯結」先備知識；設計課內提問請學生共同「合作」完成提問；針對文章的用字修辭、取材及文章內涵進行「評論」；「思考」文本內的價值觀，與個人想法「比較」；運用課外知識延伸文本知識，「持續」文本學習；透過設計課內衍伸至課外提問，將學生分為「團體」小組進行報告。

此外，閱讀是一思考建構的過程，為了引導學生建構思考歷程，課程需要設閱讀目標，並且依閱讀目標選擇所使用的閱讀策略。鄭圓鈴〔47〕根據PISA閱讀素養三層次，認為必須培養閱讀能力的課程必須具備以下閱讀目標：

(1) 能擷取：「找一找」重要、有用的句子。

(2) 能統整：「說出主要的」概念，並以概念圖統整。

(3) 能解釋：A.表層訊息：「為什麼」事件發生？內容順序為何？句意為何？

B.深層訊息：「想一想」文章寫作的目的及寓意。

(4) 能評鑑：「你認為」文中意涵是，請舉證說明。

教學現場，教師需給予準確提示，協助學生進行閱讀理解。鄭圓鈴提出方法，可運用具體明確引導詞，協助學生建立個人閱讀步驟流程，使教學步驟更明確。

2.2.4閱讀教學階段：

閱讀教學必須依據閱讀理解歷程進行規劃，張桂琳〔48〕根據Pressley和Afflerbach所提有效理解策略[29]及美國國家閱讀委員會分析[30]之閱讀方法，參考Gill理解矩陣（comprehensionmatrix）將閱讀教學階段分為閱讀前（prereading）、閱讀中（duringreading）和閱讀後（postreading）三部分，如表2.2-c：

表2.2-c、引自張佳琳〔48〕閱讀理解教學之階段與方法[31]

階段	重點	教學提要	主要教學方法	其他輔助
閱讀前	1. 提升閱讀動機 2. 活化先備知識	1. 說故事 2. 向學生大聲朗讀 3. 介紹讀物引起動機 4. 活化先備知識連結 5. 解釋閱讀策略 6. 介紹新概念及字彙 7. 教師問問題 8. 預測	1. 圖表創作 2. 心智地圖 3. K-W-L三段設定 4. 組織走透透 5. 預期指引	1. 習慣帶一本書進教室（說故事、引介、朗讀，誘發注意、引起動機） 2. 呈現實物（強化動機與聯結）
閱讀中	1. 強化學生閱讀策略的運用 2. 鼓勵讀者與文間的思考與對話	1. 融入基本策略（預測、提問、朗讀、故事、摘要） 2. 善用交互朗讀（教師朗讀、學生向全班大聲朗讀或分組大聲朗讀）	1. 讀與想活動 2. 互惠問題策略 3. 重問 4. 放聲思考 5. 請問作者 6. 交互教學	1. 善用夥伴閱讀（buddy reading） 2. 分組閱讀 3. 適當時間默讀

---

[29] Pressley和Afflerbach（1995）綜合分析相關研究提出有效理解策略包括：活化先備知識、在閱讀時產生問題、將文本意象化（visualizing）、下結論、分析故事結構〔48〕。

[30] 美國國家閱讀委員會分析指出有8種閱讀教學方法具備改善理解的科學基礎，分別是：理解監控、合作學習、圖表語意、故事結構、問答教學、自問自答、摘要文本、多元策略〔48〕。

[31] 資料來源：張桂琳（2012）。有效促進理解的閱讀教學方法，教育人力與專業發展雙月刊，29（3），85-86。

		3. 要求學生自行默讀 4. 做筆記或心智地圖		
閱讀後	1. 確認閱讀理解程度 2. 深化閱讀理解與聯想體驗	1. 討論互動找出大意或主旨 2. 重說故事確認理解程度 3. 提出支持或反對理由 4. 比較自己經驗 5. 激發聯想體驗 6. 鼓勵分享心得 7. 比較不同作者或文本風格 8. 轉化創作報導、劇場、寫作等	1. 摘要 2. 找主旨 3. 重讀 4. 重說故事 5. 聯想比較 6. 風格比較 7. 閱讀劇場 8. 時間線 9. 心智地圖 10. 電視廣播製作 11. 新聞報導 12. 文本改寫	1. 其他延伸活動 2. 輔助電子書有聲書 3. 比較其他讀物 4. 推薦延伸閱讀

綜觀國內學者見解，可將不同階段所用閱讀策略，整理如表2.2-d：

表2.2-d、閱讀教學歷程三階段常用的閱讀策略〔32,44〕[32]

	閱讀前	閱讀中	閱讀後
運用策略	・預測文章內容 ・設定閱讀目標 ・活化先備知識經驗 ・瀏覽標題關鍵詞 ・瀏覽全文	・區辨重要概念 ・自我提問並推論 ・重讀不完全理解處 ・監控自我理解 ・解釋澄清 ・摘要重點	・重點回顧 ・劃線筆記 ・重述或摘要 ・以組織圖或因果圖整理段落大意 ・評估比較價值觀 ・表達自我感受

2.2.5 小結

　　學習是一種能力遷移的過程，教師透過閱讀活動搭設學習鷹架，指導學生辨識字詞、記憶文句，運用策略建構閱讀訊息，發展獨立思考及解決

---

[32] 本表格整理自：陳文安，2006；鄭圓鈴，2013。

問題的能力。

探討教學法後可以得知：「直接教學法」以教師呈現教材與示範策略，引導學生練習運用；「合作學習法」以小組合作討論的形是共同完成任務或作業單；「交互教學法」由合作學習演變而來，強調師生對話，教師協助學生搭建閱讀策略鷹架後，進行學習責任的轉移。

閱讀是建構的過程，「直接教學法」重視教材與閱讀技巧，忽略讀者本身的先備知識；「交互學習法」以對話為方式，策略為鷹架，協助學生建構個人理解脈絡，因此在閱讀教學中為廣泛運用。然而，閱讀理解的歷程會受到讀者、文本及閱讀情境影響。讀者本身具備的認知推理技巧及先備知識，文本呈現的形式或是長度是否以讀者為中心編寫，不同閱讀環境設立的閱讀目標差異，都會影響其閱讀理解情形〔14〕。從閱讀教學角度而言，教師可以藉由課程設計減少干擾的影響因素為文本與策略。

依據PISA定義，文本可分為兩種：以文字為主要內容的連續性文本，以及以表格、地圖、廣告等為內容的非連續性文本。由於本研究中探討閱讀策略運用於課程文本的學習成效，故以連續性文本為探討重點。此外，由於文言文及白話文教學策略及層次有異，文言文類型文本進行閱讀理解分析前，必須先推論文本用詞，需要較多的先備知識及長期運用課程地圖規劃培養能力。

徐慧芳〔37〕綜合多位學者見解，認為國中生國文課本中較常使用的章法類型分別為：知覺、空間、時間、正襯、反襯、虛實、因果、凡目，並認為當教師進行閱讀教學時，除了選擇適當的閱讀文本，更可以運用篇章結構作為鷹架，協助閱讀者清楚了解文章脈絡，並進行推論詮釋。

研究者探討文獻後，發現國內外學者們多數認同閱讀教學必須依據閱讀理解歷程，將教學區分成閱讀前、閱讀中、閱讀後三階段，並發展不同階段合適的閱讀理解策略。

教學現場面對學習者，教師需給予明確的指令協助學生運用策略，鄭圓鈴〔47〕建構式提問法，配合閱讀理解歷程發展各階段能力，運用具體明確的引導詞，協助學生建立個人閱讀步驟流程。因此，本研究中採鄭圓

鈴所提出之建構式提問法，進行閱讀理解教學。

2.3 閱讀能力評量

　　國內評量閱讀理解的紙本測驗，主要使用兩種工具：「綜合性學業成就測驗」及「特定編製的標準化工具」，前者將閱讀理解評量列為測驗題型的一部分，能提供的判別能力的訊息有限；後者編制特定的標準化工具，常見有三種：「閱讀理解困難篩選測驗」、「中文閱讀理解測驗」、「國中閱讀推理測驗」。

　　「閱讀理解困難篩選測驗」及「中文閱讀理解測驗」適用對象為國小二至六年級學生，「國中閱讀推理測驗」則是以國中生為對象，檢測文法結構能力，共18題。Resnick and Beck〔50,92〕認為，以特定編製的標準化工具而言，目前閱讀理解測驗的文章太短、問題內涵過於膚淺。測驗具有一定的信度及效度，適合用以測驗學生當下閱讀理解能力，卻無法看出長期能力的變化情形。

　　教學現場檢測閱讀能力的形式，可分為「課程閱讀評量」及「課外閱讀評量」兩種。「課程閱讀評量」指教師利用課本內容進行閱讀教學，閱讀能力的檢核多搭配國文紙筆測驗的方式進行，較少單獨針對閱讀能力進行評量。「課外閱讀評量」則是在課程時間外，設計閱讀活動並請學生完成活動學習單（通常是結合圖書館的閱讀活動，或是線上閱讀認證活動），較少有針對文本內容進行深入的閱讀分析的機會。

　　閱讀能力具動態發展層次，非連續參與並持續記錄的評量，無法作為教師評鑑學生閱讀能力的確實依據。閱讀教學培養閱讀能力，教學現場由於各別科目的配課需求，國語文教學時間縮短，教師較難有充裕時間以課外文本進行閱讀理解教學，必須運用搭配正規課程的現有文本進行閱讀教學，並能發展合適的閱讀評量方式進行評鑑。因此本小節從評量定義、形式、實施方法等特點，探討以課程為本位的評量方法。

2.3.1評量的定義

「評量是取得資訊，進而形成判斷，並據以作成決定的過程。在整
個教學歷程中，評量更具有承接轉合、提供回饋的積極功用。」
〔51〕

評量在師生互動中，扮演重要回饋功能。教學活動結束後，教師藉測驗
資料了解學生學習成果，給予學生學習上的協助，並據以調整教材及教法。

Wiggin〔51,93〕以評量目的為區分要件，提出「審核性」評量
（auditive）與「教育性」（educative）評量。前者認為評量目的是為了審
視教學活動結束後，學生的學習情形；後者則是透過多元的評量方式，提
供學生在學習過程中透過回饋，獲得再學習的機會。鄭圓鈴〔47〕認為評
量的價值不是讓學生寫出標準答案，而是幫助教師及學生觀察個人閱讀理
解的建構過程，診斷閱讀理解問題而進行補救教學。

本研究中，評量定義為：「教學者藉蒐集、分析學生測驗或學習記錄
等歷程性資料，針對學生學習情形提供回饋，並找出輔助教學方法的診斷
性過程。」

2.3.2教學評量（instructional assessment）

1.定義：

Kibler〔53,94〕認為教學基本模式（The General Model of Instruction, GMI）
依教學歷程可分為：「教學目標、學前評估、教學活動、評量」四部分。
評量雖常列為教學歷程中的最後階段，卻非表示教學活動結束，教師得依
據評量結果提供學生回饋，分析教學得失及診斷學習困難，作為實施補救
教學和個別輔導之依據。

教學評量是一個歷程，而非考試，不同階段的評量有不同的目的。教
師在教學前藉由教育測驗瞭解學生起點行為，作為有效教學起點；教學後

施測則可以評定學生的學習成就，發現學生學習困難，觀察其學習進步情形，並以此檢核教學目標的適切性，作為改進教學的參考。

2.教學評量的類型：

教學評量在不同教學階段，目的各有所異，整理如表2.3.2〔53〕：

表2.3.2、教學各歷程評量類型及目的統整表〔53〕[33]

階段	評量類型	評量目的
教學前	預備性評量 （readiness evaluation）	藉由評量了解學生學習新課程前，是否已經具備學習活動所必要的技能和知識。
	安置性評量 （placement evaluation）	又稱為前測。課堂前，教師預先知道學生對教學內容的精熟程度，了解學生「起點行為」。
教學中	形成性評量 （formative evaluation）	教師可透過隨堂測驗、家庭作業、課堂表現、觀察、會談等，了解學生學習成長歷程，目的在於及時發現學生困難，以進行補救輔導。
教學後	診斷性評量 （diagnostic evaluation）	發現學生學習產生困難而施以編製量表測驗，並據以實施補救教學或個別輔導。
	總結性評量 （summative evaluation）	教學活動之後或單元課程結束，以定期考試或測驗，評斷學生的學習成就、教師預期的教學目標達成的程度及其適切性。

3.教學評量的方法

近代教育思潮開放，評量方式轉為多元。Gardner〔54,95〕認為人有八大智能，僅由單一評量進行學生學習成效評斷是不夠的，評量的重點不僅著重在認知，也應兼顧情意、技能等成果。運用多元方式，結合學生真實生活經驗來設計評量，以達到評量促進學習的效果。

傳統教師重視靜態評量（static assessments）的結果，從某個時間點以測驗評定學生學習表現；近代教學環境轉變為以學生為中心，教師們關注學生學習的軌跡和改變情形。學習是動態的歷程，教師以個人化評量

---

[33] 本表格整理自：陳嘉陽（2008）。教育概論（下冊），陳嘉陽出版，133-142,183-189。

（individual assessments）協助學生訂定學習計畫、評估學習情形。常見的個人化評量方式有以下四種：

（1）檔案評量（portfolio assessment）

　　檔案評量是一種有目的、有系統地蒐集學生學習成果的評量方式，可評估學生在某個或數個領域中，學習的努力、進步與成就依據。從檔案內容的選擇到評量標準的建立，都需要學生參與，從中鼓勵學生發展所能，成為獨立與自我導向的學習者。檔案評量具有檔案蒐集目標化、檔案內容組織化、學習呈現歷程化、評量方式多元化、學習內省化、實施過程互動化等特色〔55〕。

（2）實作評量（performance evaluation）

　　實作評量則是藉由評量瞭解生活情境中，應用知識與技能以解決問題的能力。常見的實作評量為「行為或態度評量表」、「行為檢核表」。前者用來評量學生行為特質或是能力程度，後者則是教師依據教學目標將評量內容逐一分項，並請檢核者（包括教師、家長或學生）就學生表現情形依序勾選，以逐一評定學生行為或技能是否符合標準〔56〕。依據測驗情境的真實性，常用實作評量包含紙筆實作、辨認測驗、模擬實作以及應用技能實作四種。

（3）真實評量（authentic assessment）

　　Wiggins〔57, 96〕認為標準化測驗僅就零碎簡單的事實進行測驗，僅能得知學生表層理解層次，並不能探知更高層的學習能力。真實評量有六種理解層次：說明、詮釋、應用、洞察觀看、論證同理、發表自我知識，強調與教學和學習歷程緊密連結，藉由評量將課程概念應用於生活情境中，結合問題解決和批判思考技能，提高學生學習動機與成就。

　　《藉由設計導向理解》（Understanding by Design）一書中提出「反向設計」（backwards design）模式，建議教師先決定教學結果，設定合適的評量證據，再設計學習活動和教學方法，最後建立教學目標。

　　教師設計開放、複雜的任務，模擬真實生活挑戰，引導學生解決問題，從實作表現中評定其學習力，促使學生致力於實作歷程及產出成果，

引發學生學習動機；缺點是，真實評量為複雜任務模式，耗時、費力、不易呈現、評定困難為課程設計過程中，亟待解決的問題。

（4）動態評量（Dynamic Assessment）

Feuerstein〔58,97〕以Vygotsky近側發展區（zone of proximal development, ZPD）的概念提出動態評量，教師在學生學習歷程或測驗進行中，提供暗示線索及協助，使學生展現「最大可能操作水準」。

不同於傳統化測驗重視學習成效，動態評量注重個體潛能發展。教師藉前測—中介—後測的評量過程，探究學習者的認知發展，結合評量與教學，並以此作為鑑定診斷的處方〔50〕。常見的動態評量有三種：

A.學習潛能評量模式（the learning potential assessment device, LPAD）

Feuerstein〔53,97〕運用學習潛能評量設計（learning potential assessment device,LPAD）「前測—教學（中介訓練）—後測」的程序，評量受試者經由中介訓練後的學習表現。

B.漸進提示評量模式（Graduated Prompting Assessment）

Campion&Brown〔53, 98〕建構「由抽象到具體」的標準化提示系統，經由「前測—教學（中介訓練）—遷移—後測」四個階段來了解受試者的學習遷移能力。數學、閱讀、邏輯推理常以此類漸進提示評量作為評量內容，了解學生學習前後表現水準及能力遷移情形。

C.連續評量模式（Continuum of Assessment Model-Mediated and Graduated prompting）

Burns, Vye & Bransford〔53, 99〕結合前述二者的特點發展連續評量，認為教學（中介訓練）是增進學習認知發展的重要條件，採取「前測—訓練—再測—訓練—後測」的程序，測試受試者的認知能力與認知缺陷。此模式中，第一階段前測採用標準化評量，評估受試者的能力後，給予提示教學，再測試其學習情形，若未能達75%水準，則進入第二階段，持續給予中介訓練。

綜上所述，實作評量與真實評量主要是評斷學習者於生活情境中，運用所學知識或技能的能力；前者注重模擬所學知識或技能並重現的技巧，

後者則是結合生活與評量，觀察學習者運用所學知識或技能解決問題的能力。

　　檔案評量和動態評量著重於學習者學習歷程的發展，兩者都可以協助學生觀察個人學習表現，從中獲得回饋。檔案評量以學生為評量參與者，制定評量規準，蒐集各類型學習成果；動態評量則是教師在評量過程中，觀察、發現並協助學生克服評量過程中遇到的困難，展現更高層次能力。

　　　　「谷瑞勉認為『動態評量比起傳統評量，能為學生的閱讀程度和老師的閱讀教學提供一個較好的寫照。』」〔50〕

　　Burns,Vye&Bransford〔53,99〕以連續評量追蹤中介學習對學習者學習歷程的影響，適合用於教師進行閱讀教學時，評量學生閱讀理解能力經策略課程訓練後的改變情形。

2.3.3課程本位評量（Curriculum-Based Assessment, CMB）

　　Tucker〔100〕認為任何以實際上課的課程內容為依據，考量學生技能發展的程序，都可稱為課程本位評量。張世慧〔58〕認為教師以學生學習經驗相關之教材進行教學，藉由評量檢視學生的學習，修正教師教學，並安排補救教學及追蹤其課後學習進步情形，是一種整合課程、教學及測驗的非標準化評量。

　　「課程本位評量」透過觀察、測驗及評分者主觀印象蒐集資料，以學生課程內容上的表現為評量依據。常見的課程本位評量有下列三種：

1.流程性取向的課程本位測量

　　Deno〔59,101〕著重測量個人在單位時間內正確反應的次數。教師統計一定時間內學生正確答題數量，以學生反應測驗短期內進步情形。如：統計學生國文單字題測驗一分鐘內寫對的題數，與下次測驗再行比較，即可知道學生有進步。

2.標準參照取向的課程本位評量

Blankenship和Idol〔59, 102〕依據課程教學目標編寫對應的行為目標，事先決定評量標準，學習後據此評量學生學習程度是否已達精熟。

3.正確性取向的課程本位評量

Gickling&Havertape〔59, 103〕以答題正確比率，或是答對題數相對於答錯題數的比例來評量學生能力。例如教師以滿分100分的測驗卷進行測試，得到的分數直接換算成百分比率，若甲得分80，則可說甲在測試中答對了80%的題目；或者是滿分200分的測驗卷，乙得分80，則可說乙在測驗中答對了40%的題目。這種評量方式在現今一般班級中較易推行使用〔60〕。

「這三種課程本位評量模式都是以學生在課程中的表現作為決定的依據，且常被學校教師非正式的混合使用〔59〕」。

課程教學過程中，教師以不同年級學習需求，進行識字、詞彙和理解、策略運用等教學活動，協助學生在閱讀理解上能更上一層樓。

傳統教師進行課文教學時，多著重傳授內容知識，較少引導學生思考、提問。「課程本位評量」指教師進行閱讀教學時，以現行各版本教科書為文本，融入各年級相應學習策略，評量重點放在檢核學生運用學習策略的能力以及閱讀理解發展情形〔61〕。

此外，由於閱讀認知能力複雜，若能以多元方法進行閱讀理解之評量，將會對學生理解情形的能力評估獲得更完整具體的評斷結果。

2.3.4評量呈現

教師在評量結束後，應該將學生的測驗成績回報給學生，協助學生分析錯誤觀念，改進學習情形。成績評定的方式有三種：「相對比較法」、

「絕對比較法」、「自我比較法」。「相對比較法」係指以班級平均數為基準，平均數之上給予較高等第，較低則反之，此法可區別學生努力程度，不受題目難易度影響；「絕對比較法」則是將學生的學習表現與評量前預設的標準進行比較，此法學生的學習目標明確，不需與同儕比較。前兩者各有優點，但容易因訂定同一標準忽略個別差異。

另一種則是「自我比較法」，將學生前後幾次的成績列出，能夠比較個人學習情形，然而由於前後兩次測驗的難易度可能不同，造成分數增加，但實際學習成就並未進步的情形。

傳統成績評量結果常用百分制和等第制來表示。百分制以零到一百為範圍，以60分作為及格標準；等第制通常指將學生的表現區分成五等第，評定其在團體表現中的相對位置。一般而言，教學現場常使用的評等方式為百分制，唯在進行評量分析時，要留意測驗試題的難易情形，方能評估出學生真正的學習能力〔53〕。

進行閱讀教學時，學生個人閱讀能力的發展為關注重點，採用自我比較法評估個人學習成長情形，為避免由於前後兩次測驗的難易度不同影響分數情形，教師可以將閱讀測驗題目依閱讀能力層次分類，並給予不同的記分標準。

2.3.5小結

評量係指教學者藉由蒐集、分析學生測驗或學習記錄等歷程性資料，判斷學生學習情形，提供回饋，並找出輔助教學方法的診斷性過程。教學評量是一個歷程，而非考試，不同階段的評量有不同的目的。教師在教學前藉由教育測驗瞭解學生起點行為，作為有效教學起點；教學後施測則可以評定學生的學習成就，發現學生學習困難，觀察其學習進步情形，並以此檢核教學目標的適切性，作為改進教學的參考。

教學評量依評量方法，可分為實作評量、真實評量、檔案評量及動態評量。實作評量與真實評量主要是評斷學習者於生活情境中運用所學知識或技能的能力，前者注重模擬所學知識或技能並重現的技巧，後者則是結

合生活與評量，觀察學習者運用所學知識或技能解決問題的能力。檔案評量以學生為評量參與者，蒐集各類型學習成果，並請學習者自我評量；動態評量則是教師在評量過程中，觀察、發現並協助學生克服評量過程中遇到的困難，以展現更高層次能力。

閱讀能力是由基礎層次到高層次理解的發展過程，學習者透過策略重組基模，促進閱讀理解能力提升。Burns, Vye & Bransford〔53, 99〕認為連續評量能追蹤中介學習對學習者學習歷程的影響，適合用於教師進行閱讀教學時，評量學生閱讀理解能力經策略課程訓練後的改變情形。

近年來，「課程本位評量」興起，此派著重在評量學生對課程內容的學習情形，「以課文為本位」指教師進行閱讀教學時，以現行各版本教科書為文本，融入各年級相應學習策略〔61〕。是故以課程本位評量進行閱讀教學時，評量重點放在檢核學生運用學習策略的能力以及閱讀理解發展情形。

進行閱讀教學，為協助學生增進理解能力，觀察學生學習歷程，適合採取動態評量；以課程本位為主進行閱讀教學，則需要發展合適的閱讀評量方式與之對應。閱讀評量結束後，必須告知學生學習情形。

進行閱讀教學時，學生個人閱讀能力的發展為關注重點，因此可以採用自我比較法，評估個人學習成長情形，為避免由於前後兩次測驗的難易度不同影響分數情形，教師可以將閱讀測驗題目依閱讀能力層次分類，並給予不同的記分標準。

綜〈第二章、文獻探討〉內容建構教學模組，將在〈第參章、研究設計〉中，詳細說明課程教學設計與評量方式。

2.4國內閱讀相關專書

2.4.1閱讀策略

表2.4.1、閱讀策略專書列表

年份	書名	作者	出版	書籍內容
2015	閱讀6招讓你更聰明	楊寒	商周	本書介紹六種閱讀方法：確立態度，瞭解策略，利用關鍵字和因果脈絡閱讀文本，結合想像力與文本對話、培養閱讀的習慣。
2015	非讀不可：古文閱讀教學的有效策略	潘麗珠策畫	五南	本書中運用6c閱讀策略「聯結、合作、團體、反思、評論、延伸」進行文言文教學課程，共收錄13篇國、高中文言選文，並說明教學法、教學設計、重點提問等內容。
2014	閱讀的教學與導引	耿志堅	新學林	作者以國中國文課程為教材，運用心智圖架構分析文本，並收錄教學示例，進行有效教學。
2014	如何閱讀文學	泰瑞‧伊格頓	商周	以敘述、情節、角色、文學語言、詮釋、小說的本質、價值判斷等方式分析英文文本，是文學分析書。
2013	有效閱讀：閱讀理解，如何學？怎麼教？5大閱讀策略，9種課堂情境，19篇操作練習與引導示範，有效提升閱讀素養！	鄭圓鈴	天下雜誌	本書將閱讀歷程區分為三種，分別是：螞蟻式的被動閱讀，蜘蛛式的主動閱讀，到蜜蜂式的創造式閱讀，透過5大閱讀策略：「找一找」、「說出主要」、「為什麼」、「想一想」、「你認為」。
2013	教出國中生的閱讀力（十二年國教增訂版）	林美琴	小魯	本書以國中生為對象，介紹運用閱讀策略於繪本、詩歌、短文、橋梁書、文字書、小說／散文集／知識或科普書／古典文學，並結合班級讀書會及班級活動設計，發展學生的閱讀能力。

2012	閱讀教學ＨＯＷ上手：課綱閱讀能力轉化與核心教材備課藍圖	鄭圓鈴	萬卷樓	本書介紹閱讀理解六種能力：文類知識、主題結構、表層理解、深層分析、批判評論、表達應用，並收錄國中20篇教材的備課及提問。
2012	語文閱讀教學策略	林慧玲	秀威資訊	本書以教學活動、教學環境、教學法等，引導學生進行閱讀理解課程，建構策略內在邏輯。
2011	問好問題	陳欣希 柯雅卿 周育如 陳明蕾 游婷雅	天衛文化	本書以國小生為對象，教科書內容作為示範，記錄教學課堂示範與教案，幫助老師們在教學中透過問題引領學生思考，對閱讀素材獲得更深層的理解。
2009	教出閱讀力2：培養Super小讀者	柯華葳	天下雜誌	本書有系統的閱讀策略、閱讀教學與實用的教案，提供家長及教師正確的引導技巧，幫助孩子成為「有策略」的「優質」讀者
2009	閱讀的策略	潘麗珠	商周	本書作者討論基本的閱讀技巧，本書並提出了創新觀點「閱讀的6C策略」：連結、合作、團體、評論、比較反思、持續，為閱讀內在活動建立「系統架構」。
2003	中學生閱讀策略	蘿拉‧羅伯 譯者 趙永芬	天衛文化	作者以中學生為對象，示範成套的閱讀策略、閱讀理解及在教室營造閱讀氣氛的方法，包含：規劃閱讀活動的具體步驟、有效閱讀策略、選書原則、補救方法。
2003	如何閱讀一本書（修訂新版）	MortimerJ.Adler 譯者 郝明義 朱衣	台灣商務	閱讀分為四個層次：基礎閱讀、檢視閱讀、分析閱讀、主題閱讀。並介紹了不同讀物的閱讀方法，包含：理論、文學、歷史、科學與數學、報紙、廣告等。

2.4.2閱讀活動

表2.4.2、閱讀活動專書列表

年份	書名	作者	出版	書籍內容
2015	曾經，閱讀救了我：現在，我用閱讀翻轉一群孩子	梁語喬	寶瓶文化	作者設計多樣性閱讀活動引起孩子興趣，引導孩子喜歡上閱讀課外書籍，並在書中記錄了孩子參與閱讀活動後的回饋與成長。
2015	閱讀是一輩子的事	彭蕙仙 蘇惠昭 陳紅旭 游常山 採訪整理	天下文化	本書收錄二十位各領域名家，包含：王文華、曾志朗、林玫玲、戴勝益、吳寶春、馬玉山等，暢談自己的閱讀經驗，以及閱讀經驗對他們生命的影響與啟發。
2014	愛讀書：我如何翻轉8000個孩子閱讀信仰	宋怡慧	寶瓶文化	本書作者設計多樣性閱讀活動，運用圖書館資源及晨讀時間安排閱讀活動。
2013	大量閱讀的重要性	李家同	五南	大量閱讀的重要性在於提升國家整體的競爭力，訓練語文能力。
2013	閱讀的力量：改變生命的十趟閱讀之旅	吳錦勳 李桂芬 李康莉	天下	本書中收錄十位公眾人物對於閱讀的看法及體會，包含：李家同、陶傳正、嚴長壽、陳怡蓁、蘇國垚、林天來、沈方正等。
2013	沒有學校的魚：「閱讀之家」讓每個孩子都能讀書的夢想計畫	John Wood 譯者 李芸玫	網路與書	本書記錄一位愛書人放棄微軟高薪，為偏鄉孩童在十年間，興建了1,681間學校、建立15,320間圖書館等，為780萬名兒童提供高素質學習機會的故事。
2011	該如何閱讀：不必大師開書單，你能自己找到有趣又有用的閱讀方式	Alan Jacobs 譯者 林修旭	大是文化	作者提供讀者愛上閱讀的方法，如：「讀你自己」、「慢讀」、「重讀」、「在螢幕上閱讀」、「安靜地讀」、「和別人一起讀」，讓網路世代的讀者享受閱讀的樂趣。

2011	場域創意閱讀教學	黃紹恩	秀威資訊	本書介紹作者於不同場域,包含:學校、故事屋、教養院、志工培訓場進行創意閱讀教學的活動設計及課程記錄。
2011	說演故事在閱讀教學上的應用	林秀娟	秀威資訊	結合閱讀、藝術與人文、綜合領域等課程,建構適合教師在閱讀教學上運用的說、演故事模式,包括讀者劇場等教學策略。
2011	原來推動閱讀這麼容易	臺北明倫高中國文科老師	智庫	本書介紹明倫高中十年來的閱讀履歷,包含好書學習單、圖書館閱讀活動、班級閱讀競賽、圖書餐車、請大師來開講等活動。
2011	閱讀有方法	明雨編著	婦女與生活	分四章節:讀書的方法、讀書的經驗、讀書的情趣、讀書的境界。各章節分別收錄了文人學者對讀書的看法以及感受,並且在文末推薦好書提供選讀。
2009	江老師的閱讀魔法	江福佑	新手父母	作者介紹班級經營中結合閱讀活動,並善用學校圖書室及班級說故事活動帶動學生閱讀熱情,發展閱讀能力。

2.4.3閱讀評量

表2.4.3、閱讀評量專書列表

年份	書名	作者	出版	書籍內容
2015	PISA領航:從閱讀理解到下筆成文	林芳均	三民	分為閱讀及寫作兩部分,運用PISA閱讀階段設計閱讀題型,介紹五種作文結構,引導寫作。
2014	有效提問:閱讀好故事、設計好問題,陪孩子一起探索自我	陳欣希許育健林意雪等編著	天下雜誌	本書以國小生為閱讀對象,設計出層次分明的提問問題,指導老師依據不同的教學目的,選擇合適的題組問題,透過明確的指引步驟,逐步熟悉提問流程。

2013	挑戰閱讀理解力	陳欣希 許育健 劉振中 連瑞琦 編著	螢火蟲	本書以國小學童為對象，仿PIRLS設計故事體及說明文的閱讀評量，並附上閱讀技巧及詳解，協助讀者讀懂文本內容所隱含的訊息。
2013	閱讀素養一本通：3階段閱讀歷程×3大文章類型×105道閱讀能力檢測題提升閱讀素養，掌握閱讀關鍵能力，一本就通！	鄭圓鈴	天下雜誌	本書以PISA模擬試題的設計來診斷讀者的閱讀能力，閱讀素養檢測沒有標準答案，目的也不是在找出標準答案，僅有「答案核心」、「參考答案」以及解答的使用技巧，提供讀者使用參考。
2013	如何提升跨界閱讀力：每天10分鐘全面躍進	洪碧霞 段心儀 莊湞芬 詹子靜	正中書局	本書依國際學生能力評量計畫（PISA）閱讀評量規準與精神編製的閱讀測驗題本，題型設計多樣，包含多重是非題、多重選擇題、開放式問答題、封閉式問答題等共167題，以測出學生理解能力及書寫能力。並附有解答本，內含詳細解答及評分標準。
2013	閱讀評量之創意閱讀認證	周靖麗	秀威資訊	透過主題／概念的跨領域、科技整合的跨領域和多媒體運用的跨領域等途徑，發展創意閱讀認證方式。

第三章　前導性研究

　　研究者廣泛閱讀教學相關理論，包含：「閱讀理解歷程」、「教學教法」及「閱讀教學策略」、「閱讀評量」等研究。根據文獻探討結果，結合研究者自身實際教學經驗，設計「運用建構式提問法進行白話文教學」之教學模組，並以教學實驗檢核學生學習能力遷移情形。為了解教學模組初步實施成效，建構教學脈絡的完整性，研究者在正式實驗前，以前導性研究結果修正課程模組，提高教學現場實用性。

　　由於教育情境受限於班級編列，較難隨機分派受試者，加上本研究以課程本位設計配合正規教學，是故以研究者自身教學班級為主要研究對象，採取準實驗設計。為了觀察學生閱讀能力遷移情形，採取「單組前測—後測設計」持續追蹤模式，依據受試者前後測所取得數據，運用檢定觀察其差異是否顯著。

　　文言文及白話文教學策略及層次有異，文言文類型文本進行閱讀理解分析前，必須先推論文本用詞，需要較多的先備知識及長期運用課程地圖[34]規劃培養能力。本研究為探討「建構式提問課程模組」是否能使七年級學生閱讀能力出現顯著改變，因此以白話文作為研究主題，觀察學習者閱讀能力遷移情形。

3.1 準備階段

　　本研究準備階段，以103學年度入學，國小初升國中之七年級學童為教學對象，記錄研究者進行有系統的建構式提問教學實證模組的前段規劃。

---

[34] 詳細內容可參考研究者的其他研究：〈運用策略提升學生閱言文閱讀理解能力之研究——以國中國語文教學為例〉，新竹市教育研究集刊，2014，49-69。

3.1.1文獻探討

研究者自民國102年4月起至103年6月止，以上一屆教學班級（100學年度入學班級）共30人為教學對象，陸續嘗試「六何法」、「心智圖法」、「合作學習法」、「6C策略」〔46〕等策略，最後根據學生學習反應及研究者教學省思，採用具體提問的「建構式提問法」作為主要教學策略，並運用學習單進行閱讀前、中、後三階段授課，以達到最好學習效果。

3.1.2教學目標

初入學班級學生來自不同國小，因常態編班制，學生能力差異大。進行建構式提問法教學模組前，研究者必須先協助學生搭建基本閱讀能力鷹架，確定每位學生具備基本閱讀能力，包含：拿到一篇文章如何閱讀？如何找重點？如何區分自然段、文意段？如何整理課文架構？協助學習者具備「獨立閱讀」文本的基本能力後，再以學習單進行有系統的建構式提問課程教學。

3.1.3取得同意

自103年9月起，研究者擔任兩班七年級常態班級的國文科授課教師，每班皆30人，研究者以兩班級學生為教學對象，進行建構式提問教學。

為匿名公開學生作品，以問卷徵求班級學生家長同意：其中一個班級多數同意，另一班級則半數以上不希望公開學生相關資料及作品，因此在本研究中，研究發現及相關資料僅記載同意公佈資料班級之學習表現及相關數據。

3.1.4教學歷程

研究對象為國小升國一學生，教學之初，研究者引導學生獨立閱讀文本：

(1) 先看文章標題。

(2) 將課文中，只要空兩格的段落（自然段）標上編號。

(3) 引導學生認識課文中的對話內容該如何分段。

(4) 請學生閱讀一次文本時，將文章中不完全明白的字詞圈起來，並且邊閱讀，邊將課文底下的注釋寫在課文中。

(5) 閱讀第二次課文：請學生再次閱讀文本，畫出和課文標題有關的句子，或者是自己覺得重要的句子。

(6) 找出哪些自然段在講同一件事情，或是同一概念，將之組成文意段。

引導學生進行獨立閱讀時，研究者將每個步驟的關鍵詞寫在黑板上，並巡視學生個別完成情形。能力較佳的學生若迅速完成，則請他先行閱讀該課的題解、作者或其他內容；遇到需要協助的學生，教師則可以立即了解學生困難，立即給予鷹架支持。

經過上述階段，學生已獨立閱讀課文兩次，可進行課文分析。為了讓學生正確且清楚地掌握文章脈絡，研究者採文本線軸分析：

(1) 請學生在數線上畫出課文的自然段數量。

　　如：〈雅量〉一文共有七段，就在線軸上畫出七個點。

(2) 找出每段自然段中，和文章標題相關線索，並在對應點下方寫關鍵詞。

(3) 教師針對各自然段進行重點提問，請學生檢核關鍵詞填寫情形。

(4) 將相同概念或事件的自然段圈在一起，形成文意段，並標上編號。

此階段教學課目，搭配國中七年級國文課本翰林版內容，包含：〈雅量〉、〈做自己的貴人〉。教學流程可見本研究附錄：〈雅量〉教案。透過這個階段，研究者設計引導學生獨立閱讀，並培養「找到線索、思考並回答提問、畫出主要架構」的能力，為下個階段「使用學習單」進行準備。

3.2前導性研究

　　準備階段協助學生搭建閱讀能力鷹架，引導學生獨立閱讀及畫文本線軸的能力；前導性研究則是研究者根據文獻探討結果，設計課程本位結合建構式提問策略的課程，以七年級生為對象，根據研究結果，修正正式研究的課程模組。

　　前導性研究階段始自103年10中至104年3月，以國中七年級國文課本翰林版收錄選文為授課教材，運用學習單進行三階段「建構式提問法進行國語文教學」。

3.2.1前導性研究設計

1.研究時間

　　民國103年10中旬開始，至民國104年3月底。

2.研究方法

　　前導性研究分為兩個階段：

　　七年級上學期（103年10月至104年1月），蒐集專家無結構式訪談意見、學生半結構式問卷以及研究者個人教學省思資料，作為修正七年級教學模組的依據。

　　七年級下學期（104年2月至104年3月）以準實驗單組前測─後測設計，觀察調整模組後，學生的學習成效是否顯著改變，並輔以學生半結構式問卷及研究者個人教學省思，作為正式研究修正教學模組之依據。

3.研究對象

　　自103年9月起，以新竹市立某國中七年級生為研究對象，七年級每班皆30人，採常態編班，班級男女人數相近。該校屬升學型學校。研究者有

兩班授課班級，其中一個班級家長多數同意公布學生作品，另一班級則半數以上不希望公開學生相關資料及作品，因此在本研究中，研究發現及相關資料僅記載多數同意公布資料班級之學習表現及相關數據。

4.研究工具

（1）課程學習單：

　　研究者根據鄭圓鈴「建構式提問法」設計閱讀提問，經過專家（國文科教師）審核討論，藉此提高內在效度。

（2）半結構式訪談問卷：

　　研究者針對教學內容，以「學習」、「閱讀能力」為探討主題，設計四題開放式問答。問答內容皆經過專家審核（國文科教師），藉此提高內在效度。

（3）無結構訪談題目：

　　研究者蒐集針對學習單討論、分享、回饋等各專家意見，整理成文章，並且經過專家審核（國文科教師）提高效度。

（4）研究者教學省思：

　　研究者進行每一課次授課後，根據該堂課教學流程及感想做簡略紀錄，從紀錄中觀察可修正脈絡，作為教學模組參考依據。

5.研究架構

　　前導性研究階段，由於研究時間從七年級上學期跨至七年級下學期，因此區分為兩個階段進行觀察與資料蒐集，第一階段蒐集資料作為第二階段課程教學模組修改的依據，前導研究架構如圖3.2.1所示：

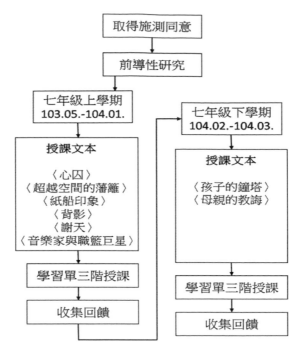

圖3.2.1、前導研究流程圖

3.2.2前導性研究之課程模組設計

1.教學目標

　　研究者設計「建構式提問法進行國語文教學」課程模組，目的是協助學生發展閱讀理解能力。根據九年一貫能力指標，國中國語文閱讀理解能力的對應項目如下表3.2.2-a〔62〕（見頁67）。

　　「九年一貫能力指標」詳列國中階段學生學習後所應具備的各項能力，但內容實在過於繁瑣，且未依閱讀理解層次排列。

　　閱讀能力包括「理解」與「應用」兩種能力，鄭圓鈴〔63〕擷取九年一貫能力指標中閱讀應用重點，依據Bloom2001年版的認知能力分類架構「理解」、「分析」，轉譯為「閱讀理解『理解』認知能力指標」，以「應用」、「評鑑」轉譯九年一貫能力指標為「閱讀『應用』認知能力指標」，如表3.2.2-b（見頁68）。

表3.2.2-a、九年一貫綱要分段能力指標說明表〔62〕

九年一貫課程綱要－分段能力指標	
語文知識	1-4-1能運用注音符號，分辨字詞音義，增進閱讀理解。 4-4-1能認識常用國字3,500-4,500字。 4-4-1-1能運用六書的原則，輔助認字。 4-4-1-2能概略瞭解文字的結構，理解文字的字義。 4-4-1-3能說出六書的基本原則，並分析文字的字形結構，理解文字字義。 4-4-2能運用字辭典、成語辭典等，擴充詞彙，分辨詞義。 4-4-5能用筆畫、形體結構、布局、行氣和行款等美觀原理賞析碑帖與書法作品。 5-4-1能熟習並靈活應用語體文及文言文作品中詞語的意義。 5-4-6能靈活應用各類工具書及電腦網路，蒐集資訊、組織材料，廣泛閱讀。 5-4-6-1能使用各類工具書，廣泛的閱讀各種書籍。
文意理解	5-4-2能靈活運用不同的閱讀理解策略，發展自己的讀書方法。 5-4-2-1能具體陳述個人對文章的思維，表達不同意見。 5-4-2-2能活用不同閱讀策略，提升學習效果。 5-4-2-3能培養以文會友的興趣，組成讀書會，共同討論，交換心得。 5-4-2-4能從閱讀過程中發展系統性思考。 5-4-2-5能依據文章內容，進行推測、歸納、總結。 5-4-3-1能瞭解並詮釋作者所欲傳達的訊息，進行對話。 5-4-3-4能欣賞作品的內涵及文章結構。 5-4-5能主動閱讀國內外具代表性的文學名著，擴充閱讀視野。 5-4-5-1能體會出作品中對周遭人、事、物的尊重與關懷。 5-4-5-2能廣泛閱讀臺灣各族群的文學作品，理解不同文化的內涵。 5-4-5-3能喜愛閱讀國內外具代表性的文學作品。 5-4-5-4能喜愛閱讀海洋、生態、性別、族群等具有當代議題內涵的文學作品。 5-4-8能配合語言情境，理解字詞和文意間的轉化。 5-4-8-1能依不同的語言情境，把閱讀獲得的資訊，轉化為溝通分享的材料，正確的表情達意。
綜合評鑑	5-4-3能欣賞作品的寫作風格、特色及修辭技巧。 5-4-3-1能瞭解並詮釋作者所欲傳達的訊息，進行對話。 5-4-3-2能分辨不同文類寫作的特質和要求。 5-4-3-4能欣賞作品的內涵及文章結構。 5-4-4能廣泛的閱讀各類讀物，並養成比較閱讀的能力。 5-4-4-1能廣泛閱讀課外讀物及報刊雜誌，並養成比較閱讀的習慣。 5-4-7能主動思考與探索，統整閱讀的內容，並轉化為日常生活解決問題的能力。 5-4-7-1能共同討論閱讀的內容，交換心得。 5-4-7-2能統整閱讀的書籍或資料，並養成主動探索研究的能力。 5-4-7-3能從閱讀中蒐集、整理及分析資料，並依循線索，解決問題。 5-4-7-4能將閱讀內容，思考轉化為日常生活中解決問題的能力。

表3.2.2-b、國中閱讀理解及應用認知能力指標說明表〔63，鄭圓鈴〕

認知能力	認知範圍	閱讀應用認知能力指標	閱讀技巧
1.能理解範文	1-1理解詞、句	1-1-1能詮釋詞、句涵義或重點	詮釋
		1-1-2能例舉文句，說明文法、修辭或特定概念	舉例
	1-2理解段落	1-2-1能分類段落內容	分類
		1-2-2能摘要段落要旨或人事物的特質	摘要
		1-2-3能推論段落的觀點、情意、事實	推論
		1-2-4能比較段落的異同	比較
		1-2-5能解釋段落的因果	解釋
2.能比較範文	2-1分析段落、篇章	2-1-1能區辨段落、篇章核心概念的組成要素	區辨
		2-1-2能組織段落、篇章的順序與結構	組織
		2-1-3能歸納段落、篇章的寫作手法、風格、目的、寓意	歸因
1.能應用範文	1-1應用段落、篇章	1-1-1能模仿段落動詞，表情達意	執行
		1-1-2能模仿段落修辭法，表情達意	執行
		1-1-3能模仿段落句型，表情達意	執行
		1-1-4能模仿段落的寫作手法，表情達意	執行
		1-1-5能模仿篇章的布局結構，表情達意	執行
		1-1-6能綜合運用各種寫作技巧與篇章結構，表情達意	實行
2.能評鑑範文	2-1檢查段落、篇章	2-1-1檢查段落的語詞	檢查
		2-1-2檢查段落的句子	檢查
		2-1-3檢查段落	檢查
	2-2評論段落、篇章	2-2-1能評論段落、篇章的形式	評論
		2-2-2能評論段落、篇章的內容	評論

　　從表3.2.2-b可以發現，九年一貫指標中，閱讀認知能力的運用轉譯成具體可行的能力指標，教師在進行閱讀教學時，可以更明確知道指標目的及其可以發展出的對應能力。然而，以課程本位融入閱讀教學，教學內容並不僅限於閱讀理解及應用，必須含括語文知識及賞析寫作等能力。

　　因緣際會下，研究者參與「國中學生學習成就評量」計畫，計畫中以「閱讀能力表現標準」評定學生的學習情形。評量常用以引導教學，因此研究者認為該表現標準也可以作為教師設計閱讀教學課程的重要引導，故選用〈國中學生學習成就評量：閱讀能力表現標準〉作為閱讀教學課程中認知能力指標。

　　〈國中國文科閱讀能力表現標準〉將閱讀理解能力分為：「語文知識、文意理解、綜合評鑑」，各類別中，依不同能力表現分為A-E五等級，如下表所示〔64〕：

表3.2.2-c、國中國文科閱讀能力表現標準[35]

標準	表現等級				
	A	B	C	D	E
語文知識	1.能理解並適切運用常用的漢字。 2.能理解語體文及文言文中常用詞語的意義及其在文句中的作用。 3.能具備詞類、詞的結構、簡單句型等基本語法常識。 4.能具備文化先備知識。	1.能理解並適當運用常用的漢字。 2.能理解語體文及文言文中常用詞語的意義。 3.能具備詞類、詞的結構、簡單句型等基本語法常識。 4.能具備與教材相關的文化先備知識。	1.大致能理解並運用常用的漢字。 2.大致能理解語體文及文言文中常用詞語的意義。 3.大致能具備詞類、詞的結構、簡單句型等基本語法常識。 4.大致能具備與教材相關的文化先備知識。	1.僅能理解並運用部分常用的漢字。 2.僅能理解部分語體文及文言文中常用詞語的意義。 3.僅能具備部分詞類、詞的結構、簡單句型等基本語法常識。 4.僅能具備與教材相關的部分文化先備知識。	未達D級
文意理解	1.能迅速提取正確且重要的訊息。 2.能深入理解文本涵義。 3.能指出作者寫作目的或觀點，並完整說明理由。	1.能提取正確或重要的訊息。 2.能理解文本涵義。 3.能指出作者寫作目的或觀點，並說明理由。	1.大致能提取正確或重要的訊息。 2.大致能理解文本涵義。 3.大致能指出作者寫作目的或觀點，並大致能說	1.僅能提取部分的訊息。 2.僅能有限理解文本涵義。 3.僅能有限地指出作者寫作目的或觀點，並有限地	未達D級

[35] 資料來源：國立臺灣師範大學心理與教育測驗研究發展中心（2014），國文科閱讀能力表現標準，2015年5月4日，取自：http://www.sbasa.ntnu.edu.tw/ch2-1.html。

綜合評鑑	4.能指出文本脈絡，並完整說明理由。	4.能指出文本脈絡，並說明理由。	明理由。 4.大致能指出文本脈絡，並大致能說明理由。	說明理由。 4.僅能有限地指出文本脈絡，並有限地說明理由。	
	1.能整合、比較文本或不同文本間的重點與細節，並完整提出個人的觀點。 2.能評鑑文本內容（如：邏輯、論據或實例）的適切性，並完整說出依據及理由。 3.能指出文本形式，評鑑其適切性，並完整說出依據及理由。 4.能指出文本如何反映文化與社會現象。	1.能整合、比較文本或不同文本間的重點與細節，並提出個人的觀點。 2.能評鑑文本內容（如：邏輯、論據或實例等）的適切性，並說出依據及理由。 3.能指出文本形式，評鑑其適切性，並說出依據及理由。 4.能簡單指出文本如何反映文化或社會現象。	1.大致能整合、比較文本或不同文本間的重點，並簡單提出個人的觀點。 2.大致能評鑑文本內容（如：邏輯、論據或實例等）的適切性，並大致能說出依據及理由。 3.大致能指出或評鑑文本形式，並大致能說出依據及理由。	1.僅能有限地整合、比較文本或不同文本間的重點，並有限地提出個人的觀點。 2.僅能有限地評鑑文本內容（如：邏輯、論據或實例等）的適切性，並有限地說出依據及理由。 3.僅能有限地指出或評鑑文本形式，並有限地說出依據及理由。	未達D級

指標能力分為三大類，每一類為四小項，綜觀上表後可以發現，擷取表現標準關鍵詞，可將閱讀表現能力歸納如下：

(1) 語文知識：漢字、詞義、詞性、句型、文化知識。
(2) 文意理解：提取訊息、理解文本、作者的觀點或目的、文本脈絡。
(3) 綜合評鑑：整合與比較文本、評鑑文本的邏輯或論據、指出文本形式、提出個人觀點。

上述關鍵詞清楚概括閱讀能力所應具備的表現情形，教師進行授課時，可以明確知道每一項指標內容所涵蓋的能力。「能力導向」為主的課程設計中，教師以欲評量能力進行主題設計，並規劃課程的教學目標〔65〕。

現行九年一貫能力指標過於繁雜，以簡約的關鍵詞做為教師課程設計目標，具有彈性又不會失去課程焦點。此外，課程設計重點為學生閱讀能力，著重在認知能力的探討，故本研究教學課程設計以「國民中學學生學習成就評量標準」作為閱讀能力教學指標。

2.教學策略

評量輔助教學者檢視學習者的學習成效，因為參與PISA評比測驗，我們才知道「學生的能力」和「現實應用所需」間的落差，而萌生改變教學型態的想法。改變需要地圖的引導，才能知道方向；成長需要策略的推進，才能持續精進；因應評量而轉換的教學，需要具體教學策略的填充，才能夠架構完整、長久發展。根據PISA評比測驗目標為依據，可得知國中學生（十五歲）應具備的閱讀能力可分為三項：

(1) 擷取與檢索：尋找、選擇和收集資訊。

(2) 統整與解釋：文本內部的統整，了解文本各部分關係或加以推論。

(3) 反思與評鑑：利用文本外在知識、想法和價值。

臺灣師範大學鄭圓鈴〔5〕提出「建構式提問法」，以PISA閱讀素養為依據，將閱讀理解能力區分為三個解讀層次，分別是：

(1) 檢索與擷取：尋找文本中重要、明確、特別的訊息。

(2) 統整與解釋：

　　①概覽全文，能夠知道文章的寫作架構。

　　②表層解釋：能解釋原因、比較異同、排列順序及詮釋觀點。

　　③深層解釋：分析文章寫作技巧或寓意。

(3) 省思與評鑑：學習者可提出自己的看法進行評論、推論及舉證。

根據上述閱讀素養理解層次分析，所提出適用於題目設計的關鍵詞，分別為：

(1) 檢索與擷取：「找一找……」。

(2) 統整：「說出主要的……」。（繪製文章概念圖）

　　①本文是使用何種寫作技巧？從「借事、借物、借景」辨別。

　　②本文內容屬於何種？從「抒情、說理、寫人、寫志」辨別。

(3) 解釋：

　　①表層解釋：「為什麼…」。

②深層解釋：「想一想……」。

(4) 省思與評鑑：「你認為……」。

結合關鍵詞及學習單設計，鄭圓鈴〔5〕提供題幹範例給教師作為參考：

表3.2.2-d、建構式學習單設計流程表[36]

閱讀策略	試題題幹範例
找一找	找一找……？重要訊息
說出主要的	說出主要的（表述方式）
畫出概念圖	畫出概念圖
為什麼	一、解釋 1.為什麼作者會「涕淚滿衣裳」（解釋原因） 表：因為／所以 2.根據下列表格，利用「……等」3個項目，統整……相關訊息。（解釋概念） 表：項目／項目／項目；內容 3.何者能寫出與「千里江陵一日還」相同的速度感？（解釋概念） 4.利用……，解釋……關係。（解釋關係） 二、順序 根據上文，排列下列項目的先後順序。（排列順序） 表：項目4／項目3／項目1／項目2
為什麼	三、詮釋 1.「」這句話，如果用自己的話，你會怎麼說？（詮釋詞句） 2.「」這句話的涵義是什麼？（詮釋詞句） 3.在地圖上，幫忙為……標示正確的位置。（詮釋圖文） 四、比較 1.依下列表格，利用「……」三個項目，比較……不同的……。（比較異同） 表：項目／項目／項目；比較；比較

---

36 資料來源：鄭圓鈴（2013）。國中國語文有效閱讀教學的課堂實踐——建構式學習單的製作與運用。中等教育，64（3），92-108。

想一想 （寫作技巧）	1.想一想……寫作技巧（寫人、寫景、寫事、寫物） 2.想一想……寫作目的？ 3.想一想……隱藏的涵義？
你認為 （推論內容 舉證說明）	1.讀完此文，***提出他的看法：……，請幫忙從文中舉例證據，支持他的看法。 2.讀完上文，你認為……？請至少舉出二種看法，並從文中舉例證據，支持你的看法。

　　鄭圓鈴〔32〕將策略概念更具體化，使得「能力策略」轉換為「行動方法」。她提出運用「能擷取」、「能統整」、「能解釋」、「能評鑑」作為閱讀目標所發展的能力，具體行動分別是：「找一找」、「說出主要的」、「為什麼…」、「想一想」、「你認為？」依據文章閱讀理解歷程，分層次建構讀者的閱讀能力。

　　閱讀策略是為了幫助讀者運用具體可行的方法進行閱讀理解的過程。教學現場，教師需給予明確的指令協助學生進行閱讀理解步驟。此策略一則配合閱讀理解歷程發展各階段能力，二來教師可運用具體明確的引導詞，協助學生建立個人閱讀步驟流程。因此，本研究中採鄭圓鈴所提出之建構式提問法，進行閱讀理解教學。

3.教學流程

　　閱讀歷程是建構的過程，根據〈第二章、文獻探討〉，可以知道交互教學法[37]最常用於閱讀教學。國內外學者們認同閱讀教學必須依據閱讀理解歷程，發展不同階段合適的閱讀理解策略。研究者將教學階段分為閱讀前、閱讀中、閱讀後，並將課程明確規劃為：「課前」運用學習單預習文本內容，「課中」以提問策略引導學生反思並補充學習單寫作情形，「課後」批閱學習單，找出需要補救教學的學生與以協助。以下為研究者依教學經驗歸納學習單設計及運用流程：

---

[37] 教師運用閱讀策略為鷹架，以對話進行交互學習，協助學生建構個人理解歷程。

(1) 教師依建構式提問單的關鍵詞在備課時先自我提問。

(2) 教師檢視備課筆記，並決定課堂學習重點。

(3) 設計學習單：區分自然段及文意段、依提問設計層次設計題目。

(4) 請專家（國文科夥伴）協助修正學習單。

(5) 學生課前預習，教師檢視起點行為。

(6) 課中授課，討論時可以依學生回答情形，調整授課模式或內容。

　　請學生填寫教師設計的提問學習單進行預習，教師於課前批閱，可知道學生起點行為及待釐清問題。課堂中針對困難（疑義）的地方重點討論，並請學生用色筆標註筆記。課後評估學習成效，亦可依學生課中補充筆記，進行檔案評量後安排補救教學。課程流程說明如圖3.2.2：

課堂實行流程如下：

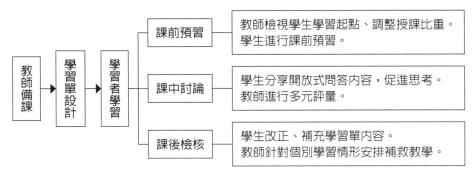

圖3.2.2、運用鄭圓鈴建構式教學策略設計學習單的教學流程（一）

(1) 課堂前，教師先批閱學習單，了解學生起點行為並給予評分。

(2) 課堂中，教師利用文本線軸輔以口頭提問，與學生進行文本討論。

(3) 課堂中，請學生將討論內容，以個人敘述邏輯補充在學習單上。

(4) 課堂後，收回學生學習單，批閱訂正情形，並予以加分。

(5) 課堂後，根據學習單最終填寫結果，安排能力中等者協助待加強者，完成同儕間補救教學後，找教師進行考核，重新予以加分。

4.教學評量

閱讀理解包含辨識字詞、組織文意、理解監控（策略）三大層次，進行閱讀教學時，學生個人閱讀能力的發展為關注重點，應發展與能力對應的評量方式，以檢測閱讀能力。因此可以採用自我比較法，評估個人學習成長情形，為避免由於前後兩次測驗的難易度不同影響分數結果，教師可以將閱讀測驗題目依閱讀能力層次分類，給予不同的記分標準。那麼，教師如何了解學生閱讀理解能力的遷移情形呢？

依據Vin Meter等人提出的「自我調整的做筆記模式」（Model of self-regulated note-taking），認為有效能的筆記者能夠根據筆記目標，選擇合適訊息，並且在發現筆記內容不足時，會重新謄寫或請求他人協助以補充筆記內容。這個過程即是閱讀理解過程中的自我監控。教師可以根據學生運用學習單進行學習的筆記記錄過程，觀察學生的閱讀理解能力遷移情形〔66〕。

因此，運用建構式策略進行閱讀教學，研究者根據教學歷程觀察學生三個學習階段所發展的能力作為評量依據：課前讓學生預寫學習單，並收回批閱，作為了解學生學習情形的起點；課中則觀察課堂學習互動表現，進行口語評量，偶爾輔以紙筆測驗；課後評量則是檢核學生經過授課後，在學習單上補充或是訂正筆記的情形。

那麼，如何針對學習單內容給予評分呢？研究者參考陳品華〔66,104〕研究設計中所採用的筆記評分方式：

「Peverly根據單元講授大綱逐項指出講授內容中所含括之內容領域（content areas）形成評分架構，再就學生各個吻合內容領域的內容，進行0至3分的項目品質評分：當學生寫的內容是錯誤時給予0分，若只提到主題但未有任何進一步的描述者給予1分，若提到了主題但解釋不完整者給予2分，若在主題外也有完整解釋者給予3分。」

由於學習單評分納入課程總成績評分中，必須以百分制為評分標準，因此研究者參考上述方法，將評分依據設定為以下：

每課學習單不論題數多寡，皆設定總分為100分，以每題5分為單位，採扣分方式進行評分。評分前，教師會先設定一個題目的核心回答，作為評分依據。學生寫的內容完全錯誤，則扣除5分；若提到主題但解釋不完整，則給予2.5分；若提到主題並能完整陳述，則給予5分。

3.2.3前導性研究過程與結果
3.2.3.1.第一階段（七年級上學期）：

1.研究過程

自103年10月至104年1月，以〈心囚〉、〈超越時空的藩籬〉、〈紙船印象〉、〈背影〉、〈謝天〉、〈音樂家與職籃巨星〉，進行第一階段授課。研究過程如下：

(1) 學習單分三階段進行教學。
　　①課前：請學生獨立閱讀並且回答學習單提問後，收回批閱。
　　②課中：以數線軸教學進行重點檢討，請學生補充學習單筆記內容。
　　③課後：根據學習單最後成果給予評分，並且安排補救教學。
(2) 研究者紀錄與專家討論課堂學習單與操作模式的內容要點。
(3) 研究者於上學期課堂結束後，利用半結構式訪談問卷蒐集學生回饋。
(4) 研究者整理專家意見、學生問卷回答內容以及研究者個人省思，作為第二階段調.整課程模組的參考依據。詳細教學流程，可參考附錄：教案〈音樂家與職籃巨星〉一文。

2.研究結果

　　教學後，研究者整合「專家意見」、「學生半結構式訪談問卷」、「研究者教學省思」內容，檢核教學模組建構情形，可得以下結論：

（1）專家意見：

　　以文本內容進行建構式提問分析，可以幫助教師建構提問層次；國語文教學除了培養閱讀理解能力之外，還有基礎語詞辨識、國學常識的介紹、修辭、詞性等，這個部分在文本線軸分析上並沒有看見；在進行提問教學時，回答問題的學生較為固定，若留意其他學生的學習情形，則會發現學生不一定全部專注在課堂上；課前以學習單提供學生練習，若是程度較落後的學生遇到困難不會寫，反而會降低其學習興趣，並且增添其學習負擔。

（2）不記名半結構式訪談問卷：

　　不記名半結構式訪談問卷共列有四題開放式問題：

①使用學習單進行國語文教學，你認為對你的學習是否有幫助，為什麼？

②使用學習單進行課程是否有困難？你認為你遇到的困難是什麼？

③使用學習單進行課程，你認為對你的閱讀能力是否有提升？為什麼？

④你想和老師分享的想法是？

　　研究者根據30份問卷內容進行編碼，「學習單進行國語文教學有幫助」的共有30人，「學習單使用上有困難」共27人，認為「使用學習單對提升閱讀能力有幫助」共26人。研究者根據各題回答再進行編碼統計，可得表3.2.3-a結果（見頁78）。

　　統整問卷回答，可以知道學習單使用對學生學習課文及提升閱讀能力是有幫助的，但由於當作預習作業回家寫，一則可能因題目難度高增加挫折感，也可能因為當日課業繁重情形，而使課前預習無法達到預習成效。

表3.2.3-a、前導性研究：第一階段不記名半結構式訪談問卷統計表

		人數（人）		原因
學習單幫助	有	30	18	掌握重點
			2	預習提高效果
			8	提升課文分析能力
			2	回答和題目無關連
	無	0		無
學習單困難	有	27	21	題目困難
			6	檢討時講解速度過快
	無	3		沒有困難
閱讀能力	有	26	10	深入了解文章的文意
			7	如何運用閱讀方法
			5	擴充文本內容，深入思考
			4	閱讀速度有提升
	無	4		感覺沒有差別，不知道怎麼找課文重點 考試時預到閱讀題目時仍舊不會寫
和老師分享想法	有	19	8	題目太多，常常會寫不完或寫很晚
			3	降低題目難度，困難題目在課堂上檢討
			3	採用小組代表發言的方式進行課程，以免回答問題時，忽略內向同學意見
			5	感謝老師或肯定學習單使用方式
	無	11		沒有意見

3.研究者教學省思：

　　進行學習單教學時，研究者將教學歷程分成三個階段，分別是：課前、課中以及課後。以下就三個階段的教學省思進行整理：

（1）課前：

　　課前和專家（國文科夥伴）一起討論學習單內容，確實會讓題目的完整度提升，然而由於校內教師配課時間不一，空堂時間較少，且偶有臨時或中、長期代課情形，使得要社群共同備課十分困難。因此在進行學習單修整時，多是由研究者設計完學習單後，轉請一至兩位教師看過後，給予意見。

　　學習單在課前提供給學生進行課前預習，有部分教師認為「課文沒有教，學生不懂如何寫」。研究者則認為學生的學習歷程中，不可能所有文章都由教師帶領後才能夠明白，只要學習單題目引導有層次，就能夠確實引導學生預習課文並回答題目。

　　然而，在課前收回學生學習單，檢查學生預習情形時，常有兩種情形：一是學習單沒有完全寫完，一是學習單經催繳後仍舊沒有繳交。觀察後發現，學生反應題目不會寫（常是能力待加強的學生），或是題目數量太多以至於在有補習的情況下，增添過多的作業負荷量而寫不完。

（2）課中：

　　由於事先批改學習單，教師能了解多數學生的起點行為，因此在運用文本線軸分析課文脈絡時，僅針對學生不懂的之處進行提問討論。

　　進行講解時，觀察學生回答反應良好。不過，課堂的提問方式，是以學習單題目設計為依據強化追問，若能夠增添文本比較以及個人價值觀評斷結果，相信對學生的學習會有更多正向幫助。

（3）課後：

　　課後觀察到學生課堂中用不同顏色的筆進行筆記補充，大部分學生的筆記都有補充完整，甚至以個人習慣方式重新整理一張，附貼在學習單上。課後從學習單觀察學生學習情況的遷移，找出能力相近的學生互相協助、解決困難，進行補救教學。

　　課後的補救教學，研究者傾向以中階程度的學生帶領待加強程度學生，主要原因為中階程度者為了協助待加強者解決問題，勢必得要澈底理解後方能以口頭敘述，在此同時，中階學習者可以強化學習內容，並訓練個人表達能力；待加強程度學習者則可以在中階學習者的引導下，進行完整地訂正，且依據研究者親身教學經驗觀察，發現同儕協助教學比起教師直接教學能獲得更大成效。若中階學習者也沒有辦法解決問題時，研究者提供他們高階學習者名單（口袋名單），請他們向同學求教，或是向教師尋求協助。課後學習單訂正完成，則重新再更正一次分數。

研究者認為，分數是學生能力表現的暫時性數據，並非絕對定位，也非為表達其在團體中具備能力所應在的位置。因此，站在教育立場，鼓勵孩子自我挑戰、自我突破，研究者認為給與學生機會修正錯誤，並獲得最好的結果，方能達到教學及評量的雙贏局面。

4.研究省思

根據準備階段教學回饋內容，研究者根據課前、課中、課後，針對教學內容調整，分階段進行討論：

（1）課前：

學生因為寫作時間不足或是不了解題目所問（需要鷹架協助），使得預習作業無法完成。因此研究者考量課堂授課時間及安排教學歷程後，可將課前預習單採取兩種折衷方式：勾選部分基礎題回家寫，較困難題目則在課堂上寫；或是利用完整一堂課讓學生獨立閱讀，並且在課堂上完成題目。

（2）課中：

課堂中直接檢討學習單，根據教學回饋，有兩種情形需留意：一是只講解課文文意而忽略了其他基礎知識，另一是直接檢討學習單，會造成學生學習片段記憶而與文本內容不完全連貫。因此，在下一階段前導性研究，研究者在課前，先引導學生認識字詞，針對文本內容進行簡單討論後，請學生再次獨立閱讀以完成學習單提問。

（3）課後：

課後補救教學是以「同儕相互教學，教師進行檢核」的方式提升學生學習成效。這個方式有兩個問題待克服：一是待加強能力學生對加分意願並不高，另一則是指定補救教學搭配組合，負責指導者不全然願意。可改成讓學生自由指定指導同學，並由教師給予鼓勵，或是設置榮譽制度，完成指導後給予獎勵。

3.2.3.2.第二階段（七年級下學期）：

根據第一階段回饋內容，調整學習單教學使用方式。研究時間為104

年2月至104年3月，以「準實驗單組前測─後測設計」，進行相依樣本T考驗，比較〈孩子的鐘塔〉、〈母親的教誨〉二課調整課程模組前、後，學生寫作學習單的最終學習結果是否產生顯著改變。

研究者參考Peverly筆記策略評分方式〔66,104〕，修正為：「每課學習單不論題數多寡，皆設定總分為100分，以每題5分為單位，採扣分方式進行評分。評分前，教師會先設定一個題目的核心回答，作為評分依據。學生寫的內容完全錯誤，則扣除5分；若提到主題但解釋不完整，則給予2.5分；若提到主題並能完整陳述，則給予5分。」予以評分。由於每課學習單題目設計依據PISA閱讀素養能力層次設計。題目數量接近，因此可作為前後測比較之依據。

1.實驗過程

前測：

    (1) 課前：請學生獨立閱讀並且回答學習單提問後，收回批閱。

    (2) 課中：以數線軸教學進行重點檢討，請學生補充學習單筆記內容。

    (3) 課後：根據學習單最後成果給予評分，並且安排補救教學。詳細教學流程，可參考附錄：教案〈孩子的鐘塔〉一文。

後測：

    (1) 課前：請學生在課堂獨立閱讀並且回答學習單提問後，收回批閱。

    (2) 課中：教師先導覽全文、提示重點，再以文本線軸教學進行段落分析。學生小組討論後，各組派人寫下板書，根據學生所寫內容重點講解，並請學生補充學習單筆記內容。

    (3) 課後：根據學習單最後成果給予評分，請學生自由指定補救教學。詳細教學流程，可參考附錄：教案〈母親的教誨〉一文。

2.實驗結果

（1）兩課學習單計分情形：

    兩課學習單計分，採研究者設計評分模式，以下為最終計分統計情形。

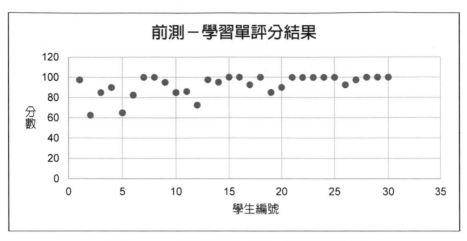

圖3.2.3-a、前導性研究：前測－學習單評分結果

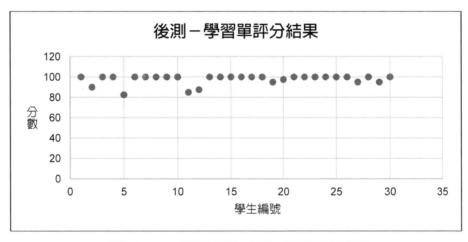

圖3.2.3-b、前導性研究：後測－學習單評分結果

　　由圖3.2.3-a、圖3.2.3-b比較前、後測結果，可以知道調整課程模組後，學生學習單的最終計分情形明顯改善。再以相依樣本t考驗檢核教學模組將「課前預習」由課後作業調整為課堂中進行是否有顯著改變情形：

　　虛無假設H0：μ1=μ2

　　對立假設H1：μ1≠μ2

表3.2.3-a、前導性研究：學習單計分基本統計量表

成對樣本	平均數	個數	標準差	平均數的標準誤
前測	92.8333	30	10.51955	1.92060
後測	97.5833	30	4.89032	.89285

從表3.2.3-a中可以讀出以下信息：樣本共30個，樣本平均數進行課程模組調整前是92.8333，調整後的樣本平均是97.5833，有顯著提升。

表3.2.3-b、前導性研究：學習單相依樣本t檢定結果表

	成對變數差異					t	自由度	顯著性（雙尾）
	平均數	標準差	平均數標準誤	差異的95%信賴區間 下界	上界			
前測－後測	-4.75000	8.41668	1.53667	-7.89284	-1.60716	-3.091	29	.004

從表3.2.3-b中可以發現：t統計量的值是-3.091，表示後測平均數大於前測。另外，95%的信賴區間是（-7.89284,-1.60716），臨界信賴水準為0.004，遠小於5%，否定虛無假設，說明課程微調後對學習者進行學習具有顯著成效。

（2）不記名半結構式訪談問卷：

課程模組調整教學結束後，研究者針對課程不記名半結構式訪談問卷共列有四題開放式問題：

①使用學習單進行國語文教學，你認為對你的學習是否有幫助，為什麼？
②使用學習單進行課程是否有困難？你認為你遇到的困難是什麼？
③使用學習單進行課程，你認為對你的閱讀能力是否有提升？為什麼？
④你想和老師分享的想法是？

回收30份問卷，研究者根據回答內容進行編碼統計，可得結果如表3.2.3-c所示：

表3.2.3-c、前導性研究：第二階段不記名半結構式訪談問卷統計表

		人數（人）		原因
學習單幫助	有	29	12	掌握重點
			10	提升閱讀思考能力
			4	補充內容多，能延伸閱讀
			3	回答和題目無關
	無	1		沒有考試成績不知道
學習單困難	有	20	14	題目困難
			6	課程進步太快 擔心回答不完整 不知道如何訂正 預習若不了解課文就不會寫
	無	10		沒有困難
閱讀能力	有	27	5	補充文章多，大量閱讀有幫助
			11	懂閱讀策略，運用閱讀方法
			8	提高閱讀速度，快速掌握重點
			3	回答和答案無關
	無	3		答題時仍舊有疑慮 還不知道 沒有感覺
和老師分享想法	有	24	8	希望持續使用，謝謝老師
			8	題目太困難，可以再簡單一些
			3	成績有明顯提升
			5	有些聽不懂 複習比較重要 上課討論不錯 希望加強國學常識
	無	6		沒有意見

　　研究者根據表3.2.3-a和表3.2.3-c資料，比較前、後測問卷結果，可得下圖：

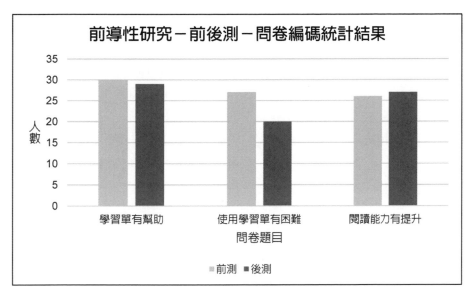

圖3.2.3-c、前導性研究：前後測－問卷編碼統計結果

　　根據圖3.2.3-c可以知道學生對建構式學習單進行課程學習，普遍抱持正向肯定；由於課程模組設計中，並未安排各課標準化測驗，有學生認為無法藉由學習單以外能力測驗結果掌握個人學習情形，而不確定此方法是否有實際幫助。

　　經過課程模組調整後，研究者發現學生認為使用學習單有困難的人數減少，而覺得閱讀能力有提升的人數增加。比對前測和後測問卷資料內容，前測問卷認為閱讀能力提升的原因有：深入了解文意、運用閱讀方法、提升閱讀速度；後測問卷認為閱讀能力提升的原因有：補充大量閱讀資料、懂得運用策略、提高閱讀速度、快速掌握閱讀重點。由前、後測問卷回答內容可以發現，學生藉由課程模組學習閱讀策略，也同時以後設認知監控個人改變。

3.教學省思：

（1）課前：

　　研究者發現由於現今學生放學後多有安排補習或是才藝班，常常九點後回到家，還要應付各科作業，使得學習單的預習效果不彰，因此將預習時間調整至課堂上，當學生有完整的時間進行學習時，方能達到預習成效。課程模組微調後，將課前預習階段從「回家作業」到「課堂預習」。

　　在課堂上進行學習單預習時，學生能夠專注於獨立閱讀，並能利用學習單進行閱讀。該堂課預習結束後，研究者批閱學習單結果可以發現學生回答情形普遍完整，而且原先因收繳作業產生的困擾情形也能有效避免。此外，研究者原先擔心是否會耽誤課程進度的情形並未發生，反而由於學生獲得充足的預習，而提昇教學品質。

（2）課中：

　　根據問卷調查結果及專家建議，研究者在課堂中加入大量討論活動，班級座位以每排5人，共有6排的方式安置。研究者在進行分組討論時，會以單一排為一組，進行討論時則開放學生自由移動座位，之後再共同上臺發表。

　　研究者觀察課堂分組情形，有幾個問題有待解決：

　　①小組討論聲音過大，有時討論內容會離開主題。

　　②小組討論時依舊多以組內能力較優異且敢於發言的同學進行互動。

　　　以排為單位進行分組，有時無法達到異質性分組的效果。

（3）課後：

　　課後學生的學習單筆記訂正成果大幅改進。由於研究者在課前預習階段，批改完學習單會給予分數，因此學生可以明確知道自己待修正的地方為何，提高課堂小組討論的參與度及專心度，並能夠適時向教師或同儕尋求協助，提高學習效果。

4.研究省思

　　根據前導性研究階段教學回饋內容，研究者調整教學內容，分階段進行討論：

（1）課前：

課前學習單調整成課堂完成，從準實驗資料數據可以證明，學生的最終學習成效可以獲得提昇；問卷結果也發現，學習單調整為課堂完成，降低學習單認為使用有困難同學的比例；根據研究者教學省思可以得知，課程模組調整後，不僅提昇教學效率，更能減少原先收發學習單造成的困擾。因此在正式研究中，學習單使用也採取課堂預習模式。

（2）課中：

研究者觀察課堂分組情形，發現以排為單位進行分組，雖可以提高分組效率，但卻難以顧及完全異質性或同質性分組；雖然六人小組討論過程十分熱絡，但根據研究者觀察，小組內發表意見者多為組內能力較優異且敢於發言的同學，其他未主動參與討論的同學則會聆聽同學發言，或者是各自聊天，造成教室秩序失控，無法達到教師預期的分組合作討論成效。分組方式會決定課堂小組討論的合作學習成效。研究者參考佐藤學的學習共同體〔67〕及張輝城的學思達法〔68〕，嘗試以四人小組選秀模式進行分組。

（3）課後：

課後給予訂正加分，從準實驗資料數據可以證明，學生的最終學習成效可以獲得提昇；根據研究者省思，也可以知道學生主動繳交訂正情形良好。

在此同時，研究者也發現仍有不少待加強學生對於主動訂正學習單以獲取加分的行動意願並不高，根據無結構式訪談後可以知道，可能原因有：同學沒有完整時間指導、不知道怎麼訂正、老師課堂檢討時沒有跟上進度，因此，在正式研究者，學習單使用也採取課堂預習模式，但必須思考如何讓待加強學生能夠獲得充分訂正的學習補救機制。

3.3前導性研究對正式研究之啟示

根據前導性研究結果可以發現，課後多數學生透過自主訂正獲取加分，能夠提高學生的訂正意願。部分學生訂正意願不高，探究原因是缺乏

完整引導或是補救教學，考量到教師利用午休或是課後進行少部分學生的額外授課，對學生或是教師而言都會增加負擔，研究者開始思考：「是否有方法可以確實達成『學習者在課堂時間內完成學習』這個目標？」

透過研究省思，研究者發現部分學生進行小組互動時，能透過間接性引導給予彼此建議與回饋，因此若運用課堂小組合作教學模式，讓學生透過討論協助彼此完成學習單訂正，或許可以提昇多數學習者的學習成效。因此，正式研究中，課中分組除了可以作為小組討論方式，是否也可以成為「藉由討論達到彼此合作學習的成效」？以此思考為出發點，研究者參考佐藤學的學習共同體分組法〔67〕，以及張輝誠的學思達法〔4〕，嘗試以四人小組選秀模式進行分組，在課堂中進行學習單的討論與訂正。

此外，研究者欲就本研究探討學生閱讀能力是否因教學模組而產生改變，因此只有課程學習單及標準化測驗成績分析，並不足以證明閱讀能力的變化，故在正式研究中必須加入閱讀文本測驗，增加研究探討資料方能實證效果。

第四章　正式研究

研究者以前導性研究修正課程模組，自民國104年4月開始，至104年5月底，進行為期四週[38]的正式研究。因教學現場無法隨機抽取樣本，故採取「準實驗設計中單組前測—後測設計」，以相依樣本T檢定考驗結果是否顯著。

4.1研究設計

4.1.1研究對象與限制

新竹市立某國中七年級生為研究對象（同前導性研究的實驗對象）。該校屬升學型學校。七年級每班皆30人，採常態編班，班級男女人數相近。

由於教育情境受限於班級編列，研究者較難隨機分派受試者，加之本研究採課程本位設計課程，是故以研究者自身教學班級共30人為主要研究對象，採取準實驗設計。樣本數僅30人，為觀察常態編班之差異化教學結果，而採能力分組，使得樣本實驗結果更受限制。為彌補樣本數不足，本研究採長時間觀察觀察學生閱讀能力遷移情形，以及從學生回饋中獲得教學設計採取「單組前測—後測設計」持續追蹤，依據受試者前後測所取得數據，運用檢定觀察其結果是否顯著。

---

[38] 前測及後測的授課單元，分別為第二次定期評量及第三次定期評量測驗範圍，因此中間除四課白話文之外，尚有兩課文言文選文，所以實際進行白話文課堂教學時間為4週。

4.1.2研究方法

研究者採「準實驗單組前測—後測」設計，先將學生依「國民中學閱讀推理測驗」結果分成高、中、待加強三組，並以相依樣本T檢定考驗各組閱讀能力變化情形是否顯著。研究者嘗試蒐集多方資料以增加研究信度：

(1) 以不同課次的課程預習單批改結果進行T考驗。

(2) 課程學習單依PISA閱讀素養層次分類，追蹤學生各類別能力變化情形。

(3) 學生半結構式訪談問卷蒐集學生資料，並進行問卷內容編碼統計。

(4) 教學現場使用閱讀理解測驗甲、乙兩種類型題目，每次測驗從題庫中選取題目同.時測驗，依PISA閱讀素養層次分類，追蹤學生各類別能力變化情形。

(5) 以研究者個人省思作為輔助說明資料。

(6) 以柯華葳、詹益綾編製「國民中學閱讀推理測驗」〔31〕進行前測及後測。

4.1.3研究工具

1.課程學習單：

正式研究中，符合白話文連續性文本條件共四篇，選自國中國文課本翰林版七年級下學期，分別為：〈螞蟻雄兵〉、〈蠍子文化〉、〈櫻花精神〉、〈在大地上寫詩〉四篇。研究者根據鄭圓鈴「建構式提問法」設計題目，並經過專家（國文科教師）建議，藉此提高內在效度。

2.半結構式訪談問卷：

研究者以「學習」、「閱讀能力」為探討主題，設計開放式問答。問答內容皆經過專家審核（國文科教師），藉此提高內在效度。

3.國民中學閱讀推理測驗：

由柯華葳、詹益綾〔31〕編製，用於辨別國中學生閱讀困難的篩選工具，共18題。閱讀推理測驗的內部一致性信度介於.77至.81，再測信度的範圍介於.76至.82。此外，全國常模與花東常模答題型態相似，顯示閱讀推理測驗題目的穩定性，可提供教育者作為瞭解學生閱讀能力的指標。

4.閱讀理解測驗甲式：

由鄭圓鈴出版《閱讀素養一本通》〔68〕一書中，選擇連續性文本閱讀測驗共6篇作為閱讀理解測驗題目。題目內容依PISA閱讀素養層次分類，並提供答案核心作為教師批改依據。

5.閱讀理解測驗乙式：

由品學堂文化出版《閱讀理解》季刊2014年第3期一書中選擇連續性文本閱讀測驗共6篇作為閱讀理解測驗題目。題目內容依PISA閱讀素養層次分類，並提供答案核心作為教師批改依據。

6.研究者教學省思：

研究者進行每一課次授課後，根據該堂課教學流程及感想做簡略紀錄，從紀錄中觀察可修正脈絡，作為教學模組參考依據。

4.1.4實驗設計流程

研究者欲探討「建構式提問法進行白話文閱讀教學是否能有效提升學生閱讀能力？」，蒐集多種類型資料，運用假設檢定T考驗教學活動後，三組能力學生的課程學習單、閱讀測驗結果、國民中學閱讀推理測驗結果是否有顯著提升，並以學生半結構式訪談問卷及研究者教學省思作為補充資料。

詳細實驗設計流程圖如圖4.1.4-a所示：

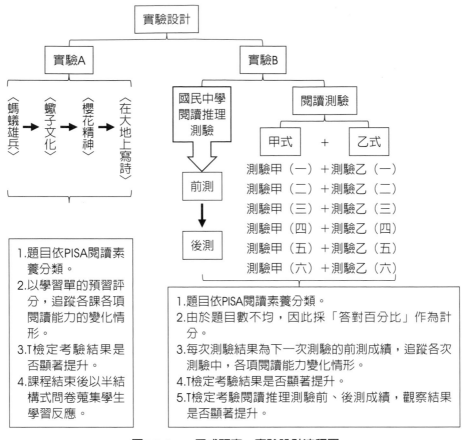

圖4.1.4-a、正式研究：實驗設計流程圖

　　正式研究開始前，為便於資料整理分類，研究者以柯華葳「國民中學閱讀推理測驗」結果所換算對應百分比測驗成績，根據美國學者Sturges提出的組距式變數數列[39]編製方式進行分組。

　　閱讀推理測驗結果換算對應百分比測驗成績數列中，最大值為100，最小值為33.3，預計將數列區分為高能力組、中能力組、待加強能力組。

---

[39] 組距變數數列公式：d（組距）$= \dfrac{\text{最大值-最小值}}{\text{組數}} = \dfrac{\text{全距（R）}}{\text{組數（}i\text{）}}$

運用公式可得組距為22.2。高能力組分佈數值為100～77.8，中能力組分佈數值為77.7～55.5，待加強能力組分佈數值則為55.4～33.2。如下圖：

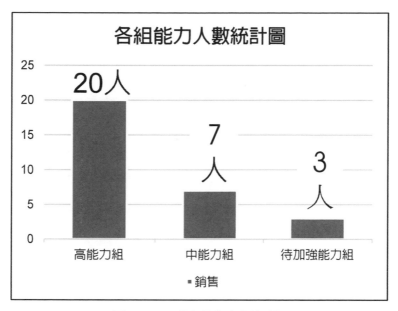

圖4.1.4-b、各組能力人數統計圖

4.2研究實驗A

4.2.1研究工具：

　　〈螞蟻雄兵〉、〈蠍子文化〉、〈櫻花精神〉、〈在大地上寫詩〉為103年版翰林國中七下國文課文，研究者運用建構式提問策略設計各課提問學習單。

4.2.2研究方法：

　　以〈螞蟻雄兵〉和〈蠍子文化〉兩課成績平均數，作為$\mu A1$，〈櫻花精神〉和〈在大地上寫詩〉兩課學習單成績平均數，作為$\mu A2$，運用相依樣本T檢定，考驗P值結果是否顯著（$\alpha=0.05$）。

4.2.3假設

1.待答問題：

(1) 課程學習單的題目依PISA閱讀理解層次分類題型，追蹤學習單預習評分結果，觀察學生閱讀能力是否顯著提升？

(2) 課程學習單的題目依PISA閱讀理解層次分類題型，追蹤學習單預習評分結果，觀察學生「擷取與檢索」能力是否顯著提升？

(3) 課程學習單的題目依PISA閱讀理解層次分類題型，追蹤學習單預習評分結果，觀察學生「統整與解釋」能力是否顯著提升？

(4) 課程學習單的題目依PISA閱讀理解層次分類題型，追蹤學習單預習評分結果，觀察學生「反思與評鑑」能力是否顯著提升？

2.虛無假設H0：

(1) 課程學習單的題目依PISA閱讀理解層次分類題型，追蹤學習單預習評分結果，觀察學生閱讀能力無顯著提升。（$\mu A1 = \mu A2$）

(2) 課程學習單的題目依PISA閱讀理解層次分類題型，追蹤學習單預習評分結果，觀察.學生「擷取與檢索」無顯著提升。（$\mu A1a = \mu A2a$）

(3) 課程學習單的題目依PISA閱讀理解層次分類題型，追蹤學習單預習評分結果，觀察.學生「統整與解釋」無顯著提升。（$\mu A1b = \mu A2b$）

(4) 課程學習單的題目依PISA閱讀理解層次分類題型，追蹤學習單預習評分結果，觀察學生「反思與評鑑」無顯著提升。（$\mu A1c = \mu A2c$）

3.對立假設H1：

(1) 課程學習單的題目依PISA閱讀理解層次分類題型，追蹤學習單預習評分結果，觀察學生閱讀能力有顯著提升。（$\mu A1 \neq \mu A2$）

(2) 課程學習單的題目依PISA閱讀理解層次分類題型，追蹤學習單預習評分結果，觀察學生「擷取與檢索」有顯著提升。（μA1a≠μA2a）

(3) 課程學習單的題目依PISA閱讀理解層次分類題型，追蹤學習單預習評分結果，觀察學生「統整與解釋」有顯著提升。（μA1b≠μA2b）

(4) 課程學習單的題目依PISA閱讀理解層次分類題型，追蹤學習單預習評分結果，觀察學生「反思與評鑑」有顯著提升。（μA1c≠μA2c）

4.2.4施測流程

依〈螞蟻雄兵〉、〈蠍子文化〉、〈櫻花精神〉、〈在大地上寫詩〉課次順序進行課堂預習的施測，並統計預習後施測結果。

表4.2.4、實驗A施測流程表

順序	施測日期	施測內容
一	4/27	〈螞蟻雄兵〉
二	5/4	〈蠍子文化〉
三	5/20	〈櫻花精神〉
四	5/28	〈在大地上寫詩〉

4.2.5課程模組

1.教學目標

研究者選用〈國中學生學習成就評量：閱讀能力表現標準〉作為閱讀教學課程認知能力目標。閱讀理解能力分三類：「語文知識、文意理解、綜合評鑑」，擷取表現標準關鍵詞，可將閱讀表現能力歸納如下：

(1) 語文知識：漢字、詞義、詞性、句型、文化知識。

(2) 文意理解：提取訊息、理解文本、作者的觀點或目的、文本脈絡。

(3) 綜合評鑑：整合與比較文本、評鑑文本的邏輯或論據、指出文本形式、提出個人觀點。

2.教學策略

PISA評比測驗將國中學生（十五歲）應具備的閱讀能力可分為三項：

(1) 擷取與檢索：尋找、選擇和收集資訊。

(2) 統整與解釋：文本內部的統整，了解文本各部分關係或加以推論。

(3) 反思與評鑑：利用文本外在知識、想法和價值。

臺灣師範大學鄭圓鈴所提出的「建構式提問法」〔5〕，以PISA閱讀素養為依據，將閱讀理解能力區分為三個解讀層次，分別是：

(1) 檢索與擷取：尋找文本中重要、明確、特別的訊息。

(2) 統整與解釋：

①概覽全文，能夠知道文章的寫作架構。

②表層解釋：能解釋原因、比較異同、排列順序及詮釋觀點。

③深層解釋：分析文章寫作技巧或寓意。

(3) 省思與評鑑：學習者可提出自己的看法進行評論、推論及舉證。

根據閱讀素養層次，鄭圓鈴〔5〕提出適用於題目設計的關鍵詞，分別為：

(1) 檢索與擷取：「找一找……」。

(2) 統整：「說出主要的……」。（繪製文章概念圖）

①本文是使用何種寫作技巧？從「借事、借物、借景」辨別。

②本文內容屬於何種？從「抒情、說理、寫人、寫志」辨別。

(3) 解釋：①表層解釋：「為什麼……」。

②深層解釋：「想一想……」。

(4) 省思與評鑑：「你認為……」。

研究者以上述關鍵詞進行課程學習單及課堂提問設計。

3.教學流程

根據前導性研究正向結果，本研究將學習單教學分成三個使用階段：利用課堂時間進行課前預習，以小組討論促進學生課中討論及互動，課後

以完全加分制鼓勵學生訂正學習單,教師追蹤個別學習結果,再安排同儕補救教學或是教師課後補救教學。課程階段如圖4.2.5-a所示:

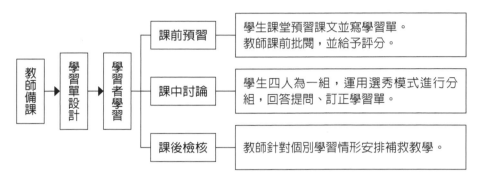

圖4.2.5-a、運用鄭圓鈴建構式教學策略設計學習單的教學流程(二)

(1)課前

　　課前教師進行學習單設計。以往學習單設計是以自然段為脈絡,設計閱讀理解層次低至高的提問;正式研究中課程學習單設計為了測驗學生綜合閱讀理解能力,因此調整成以文意段或者是文章主旨為脈絡,設計題組形式的題目。根據前導性研究結果,課前預習在課堂中完成效果較為顯著。

(2)課中

①分組方式:

　　研究者參考佐藤學〔67〕在學習共同體中提到的4人分組與教室座位ㄇ字型排列方式,及張輝誠〔4〕學習達教學法中,所運用的小組分派方式進行分組。以研究對象30名為例,分組方式如下圖:

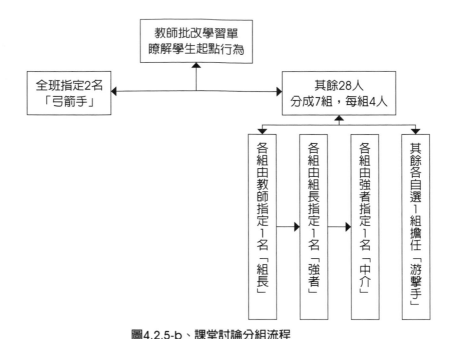

圖4.2.5-b、課堂討論分組流程

　　教師根據學習單預習評分結果瞭解學生起點行為，並能進行初步的異質性分組。分組模式[40]中，學生可分成四種身分：

　　A.弓箭手：由學習單預習評分結果最優秀的2位同學[41]擔任。

　　B.組長：由學習單預習評分結果待加強的7位同學擔任。

　　C.強者：各組組長指定1位班級表現佳且信任的對象擔任。

　　D.中介：各組強者指定1位班級合作對象擔任，為輔助角色。

---

[40] 分組類型基本上參考張輝誠教師的「大聯盟選秀法」：總經理→教練→明星球員←球員，由教師先公佈各身分組名單後，在讓學生依「組長→強者→中介＋游擊手」以四人為一組，在組員之外安排能力較強學生擔任弓箭手，依據教師調配隨機協助各組進行討論。

[41] 本研究中為配合組別人數，故設定弓箭手兩名，若多位同分且表現優異者則增列。教師可在每堂課程進行中，調派弓箭手前往各組支援討論，也可請弓箭手協助登記組別表現。弓箭手在課中討論發表時，不參與發表，而是在教師引導下擔任主持、指導員或是獨立活動角色。在本研究中，前測課次的弓箭手為2名，後測課次的弓箭手則為6名，擔任目的不同，詳見附件教案。

E.游擊手：未被選上的同學可自由選擇1個組別加入討論。

②組別發表：

教室座位排成ㄇ字型分組完畢，目的是為了保留各組學生發表空間。在課堂中，學生針對個人學習單回答不夠明確或不夠完整的內容和組員們進行討論。為避免學生拿彼此學習單互相抄答案，雖完成訂正卻未提升學習成效，因此討論結束後，教師會根據文本進行提問、澄清，並請各組同學發表意見。嘗試方法為「抽籤發表」及「搶答加分」。

A.抽籤發表：

教師準備「組別籤」7枚以及「身分別籤」4枚（除弓箭手外的四種身分）。教師提問後，先抽籤指定組別及身分別回答，其他組員可以補充被指定回答同學的說明，之後統計小組計分。

B.搶答加分：

「抽籤發表」結束後，教師詢問是否有要補充或是澄清的概念，開放各組回應。為提高學生仔細聆聽並進行自評、他評，教師製作「討論評分表」（詳見附件）給各組，於每課次討論發表過程中，請學生給予評分，若有補注建議，則可加小組分數。

（3）課後

根據前導性研究，可以知道「完全性加分」可以鼓勵大部分學生自行繳交訂正作業，也可以減輕學習單預習結果評分所帶來的壓力，因此在正式研究的課程模組中，一樣採完全性加分模式。

1.教學評量

每課學習單不論題數多寡，皆設定總分為100分，以每題5分為單位，採扣分方式進行評分。評分前，教師會先設定一個題目的核心回答，作為評分依據。學生寫的內容完全錯誤，則扣除5分；若提到主題但解釋不完整，則給予2.5分；若提到主題並能完整陳述，則給予5分。另外，由於學習單每篇題數及測驗能力取向分布不完全平均，故採答題百分比的方式計算閱讀能力結果。

4.2.6實驗A設計流程

1.學習單

　　以學習單進行課前、課中、課後教學三階段，研究時間為104年4月至104年5月，以〈螞蟻雄兵〉、〈蠍子文化〉、〈櫻花精神〉、〈在大地上寫詩〉進行授課。研究過程如下圖：

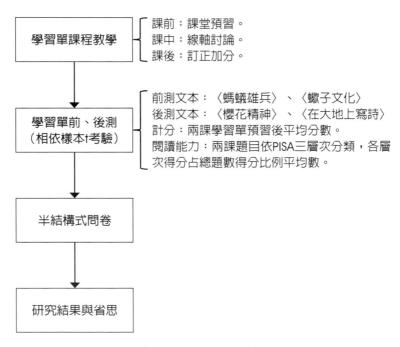

圖4.2.6、實驗A研究流程圖

（1）前測階段：

　　研究時間為104年4月共四週時間，以〈螞蟻雄兵〉、〈蠍子文化〉，進行學習單課前、課中、課後授課。研究過程如下：

A.學習單分三階段進行教學。

　　A1.課前：請學生課堂上獨立閱讀並且回答學習單提問後，收回批閱。

　　A2.課中：a.分組討論：共分7組，設2名弓箭手協助各組討論。

　　　　　b.小組發表：抽籤請各組輪流發表提問內容。

　　　　　c.以文本線軸教學進行提問討論，請學生補充學習單筆記。

　　A3.課後：根據學習單最後成果給予評分，並且安排補救教學。

B.追蹤學習成果。

　　研究者以PISA閱讀素養將題目分為三種層次，追蹤各組學生能力變化。

　　詳細教學流程，可參考附錄：教案〈螞蟻雄兵〉、〈蠍子文化〉。

（2）後測階段：

　　研究時間為104年5月共四週時間，以〈櫻花精神〉、〈在大地上寫詩〉，進行學習單課前、課中、課後授課。研究過程如下：

A.學習單分三階段進行教學。

　　A1.課前：a.先以心智圖分析課文。

　　　　　b.請學生課堂上獨立閱讀並且回答學習單提問後，收回批閱。

　　A2.課中：a.教師講課：以文本線軸分析本文的寫作脈絡，檢討學習單。

　　　　　b.分組討論：共分6組，設6名弓箭手。

　　　　　各組討論訂正，弓箭手完成高階任務，並發表結果。

　　　　　c.小組活動：請弓箭手擔任指導員，分派至各組指導高階任務。

　　　　　d.統整階段：各小組發表高階任務結果。

　　A3.課後：根據學習單最後成果給予評分，並且安排補救教學。

B.追蹤學習成果。

　　研究者以PISA閱讀素養將題目分為三種層次，追蹤各組學生能力變化。

　　詳細教學流程，可參考附錄：教案〈櫻花精神〉、〈在大地上寫詩〉。

2.半結構式問卷：

　　研究者針對教學內容，以「學習」、「閱讀能力」為探討主題，設計開放式問答。問答內容經過專家審核（國文科教師），藉此提高內在效度。課程結束後，以半結構式問卷蒐集學生回饋，藉此了解學生對課堂教學模組的適應情形，反思可以如何修正。

4.2.7實驗A結果

1.學習單預習分數前、後測結果：

運用〈螞蟻雄兵〉、〈蠍子文化〉、〈櫻花精神〉、〈在大地上寫詩〉完成四課學習單文本教學，研究者蒐集並整理資料，根據下列待答問題說明研究結果：

（1）待答問題1：

「課程學習單的題目依PISA閱讀理解層次分類題型，追蹤學習單預習評分結果，觀察學生閱讀能力是否有顯著變化？」

再以相依樣本t考驗檢核前、後測，觀察學生自行閱讀並完成學習單提問的評分結果，是否有顯著改變情形：

虛無假設H0：$\mu A1=\mu A2$

對立假設H1：$\mu A1\neq\mu A2$

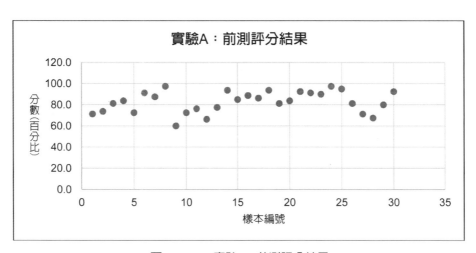

圖4.2.7-a、實驗A：前測評分結果

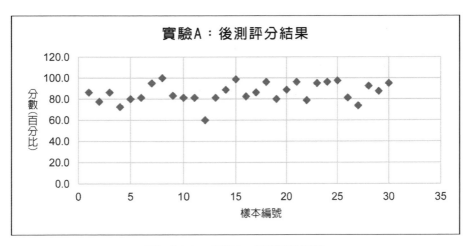

圖4.2.7-b、實驗A：後測評分結果

表4.2.7-a、實驗A：前、後測評分結果

成對樣本	平均數	個數	標準差	平均數的標準誤
前測	82.7767	30	10.09181	1.84250
後測	86.0533	30	9.18562	1.67706

　　從表4.2.7-a中可以讀出以下信息：共30個樣本數，樣本平均數前測結果是82.7767，後測結果是86.0533，整體平均分數上升。

表4.2.7-b、實驗A：前、後測相依樣本t檢定結果

	成對變數差異					t	自由度	顯著性（雙尾）
	平均數	標準差	平均數標準誤	差異的95%信賴區間				
				下界	上界			
前測－後測	-3.27667	8.65566	1.58030	-6.50874	-0.4459	-2.073	29	.047

　　從表4.2.7-b中可以發現：此一相依樣本的檢定的t（29）統計量的值是-2.073，顯著性為0.047，考驗結果達顯著（P<0.05），表示這30名學生的閱讀理解測驗成績有顯著的不同。從樣本平均數大小可以看出，學生的

後測成績（86.0533）較前測成績（82.7767分）為優，顯示學生的成績有進步趨勢。

因此根據前後測結果，可以知道學生的閱讀理解能力有提升。

研究者欲探討學習單預習成績顯著進步結果，主要分布在哪一組？因此以下就各能力組的前、後測分數進行考驗，可得表4.2.7-c：

表4.2.7-c、實驗A：前、後測各能力組學生相依樣本t檢定結果

	前測平均數	後測平均數	樣本數	T值	顯著性（雙尾）
高能力組	85.5850	89.5300	20	-2.178	.042
中能力組	80.2143	82.4571	7	-.514	.625
待加強能力組	70.0333	71.2667	3	-.306	.789

從表4.2.7-c可以發現：高能力組相依樣本檢定的t（19）統計量的值是-2.178，顯著性為0.042，考驗結果達顯著（P<0.05），表示這20名學生的檢定結果有顯著的不同。從樣本平均數大小可以看出，學生的後測成績（89.5300）較前測成績（85.5850分）為優，顯示學生的成績有進步趨勢。

中能力組相依樣本檢定的t（6）統計量的值是-0.514，顯著性為0.625，考驗結果未達顯著（P>0.05）；待加強能力組相依樣本檢定的t（2）統計量的值是-0.306，顯著性為0.789，考驗結果未達顯著（P>0.05）。然而，從樣本平均數大小可以看出，中能力組學生的後測成績（82.4571）較前測成績（80.2143分）為優，待加強能力組學生的後測成績（71.2667）較前測成績（70.0333分）為優，顯示學生的成績有微幅進步趨勢。

（2）待答問題2：

「**課程學習單的題目依PISA閱讀理解層次分類題型，追蹤學習單預習評分結果，觀察學生「擷取與檢索」能力是否有顯著變化？**」

再以相依樣本t考驗檢核前、後測，觀察學生自行閱讀並完成學習單提問的評分結果，是否有顯著改變情形：

虛無假設H0：$\mu A1a = \mu A2a$

對立假設H1：$\mu A1a \neq \mu A2a$

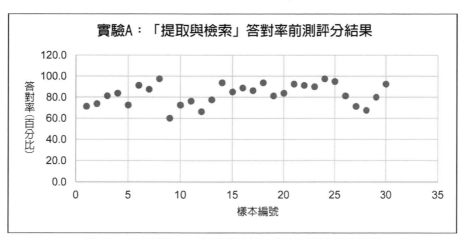

圖4.2.7-c、實驗A：「擷取與檢索」答對率前測評分結果

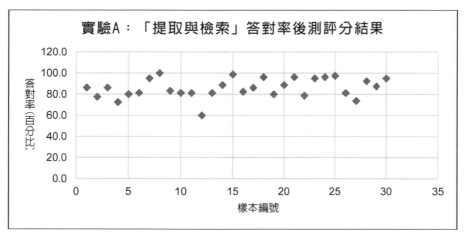

圖4.2.7-d、實驗A：「擷取與檢索」答對率後測評分結果

表4.2.7-d、實驗A：「擷取與檢索」答對率－前、後測評分結果

成對樣本	平均數	個數	標準差	平均數的標準誤
前測	66.6567	30	19.07439	3.48249
後測	83.8333	30	10.05874	1.83647

　　從表4.2.7-d可知：30個樣本平均數前測「擷取與檢索」答對率是66.6567%，後測「擷取與檢索」答對率是83.8333%，整體平均答對率大幅上升。

表4.2.7-e、實驗A：「擷取與檢索」答對率－前、後測相依樣本t檢定結果

	成對變數差異					t	自由度	顯著性（雙尾）
	平均數	標準差	平均數標準誤	差異的95%信賴區間				
				下界	上界			
前測－後測	-17.17667	17.6003	3.21336	-23.74872	-10.60461	-5.345	29	.000

從表4.2.7-e中可以發現：此一相依樣本的檢定的t（29）統計量的值是-5.345，顯著性為0.000，考驗結果達顯著（P<0.05），表示這30名學生的閱讀理解測驗成績有顯著的不同。從樣本平均數大小可以看出，學生的後測成績（83.8333）較前測成績（66.6567）為優，顯示學生「擷取與檢索」答題答對率有上升趨勢。

因此根據前後測結果，可以知道學生「擷取與檢索」能力有提升。

研究者欲探討學習單預習成績顯著進步結果，主要分布在哪一組？因此以下就各能力組的前、後測分數進行考驗，可得表4.2.7-f：

表4.2.7-f、實驗A：「擷取與檢索」答對率－前、後測各能力組學生檢定結果

	前測平均數	後測平均數	樣本數	T值	顯著性（雙尾）
高能力組	71.6550	86.7500	20	-4.307	.000
中能力組	64.2857	80.0000	7	-1.947	.100
待加強能力組	38.8667	73.3333	3	-3.503	.073

從表4.2.7-f中可以發現：

高能力組相依樣本檢定的t（19）統計量的值是-4.307，顯著性為0.000，考驗結果達顯著（P<0.05），表示這20名學生的檢定結果有顯著的不同。從樣本平均數大小可以看出，學生的後測答對率（86.7500）較前測答對率（71.6550）為優，顯示學生的「擷取與檢索」答對率有進步趨勢。

中能力組相依樣本檢定的t（6）統計量的值是-1.947，顯著性為0.100，考驗結果未達顯著（P>0.05）；待加強能力組相依樣本檢定

的t（2）統計量的值是-3.503，顯著性為0.073，考驗結果未達顯著（P>0.05）。

　　然而，從樣本平均數大小可以看出，中能力組學生的後測答對率（80.0000）較前測答對率（64.2857）為優，待加強能力組後測答對率（73.3333）較前測答對率（38.8667）為優，顯示學生「擷取與檢索」答對率略有進步趨勢。

（3）待答問題3：

　　「課程學習單的題目依PISA閱讀理解層次分類題型，追蹤學習單預習評分結果，觀察學生「統整與解釋」能力是否有顯著變化？」

　　再以相依樣本t考驗檢核前、後測，觀察學生自行閱讀並完成學習單提問的評分結果，是否有顯著改變情形：

　　虛無假設H0：$\mu A1b=\mu A2b$

　　對立假設H1：$\mu A1b\neq\mu A2b$

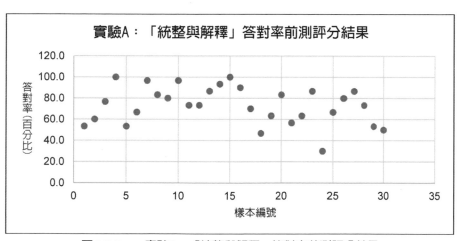

圖4.2.7-e、實驗A：「統整與解釋」答對率前測評分結果

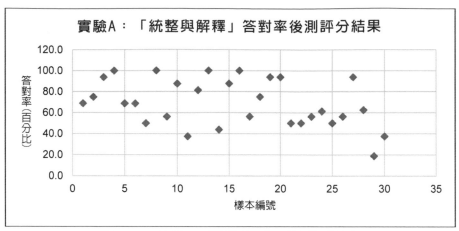

圖4.2.7-f、實驗A：「統整與解釋」後測評分結果

表4.2.7-g、正式研究：「統整與解釋」答對率－前、後測評分結果

成對樣本	平均數	個數	標準差	平均數的標準誤
前測	73.1100	30	17.72834	3.23674
後測	69.1500	30	22.39279	4.08835

　　從表4.2.7-g可以讀出以下信息：30個樣本數，樣本平均數前測「統整與解釋」答對率是73.1100%，後測「統整與解釋」答對率是69.1500%，整體平均答對率下降。

表4.2.7-h、實驗A：「統整與解釋」答對率－前、後測相依樣本t檢定結果

成對變數差異					t	自由度	顯著性（雙尾）
平均數	標準差	平均數標準誤	差異的95%信賴區間				
			下界	上界			
前測－後測 3.96000	22.2648	2.06497	-4.35379	23.27379	.974	29	.338

　　從表4.2.7-h中可以發現：此一相依樣本的檢定的t（29）統計量的值是-0.974，顯著性為0.338，考驗結果未達顯著（P>0.05），表示這30名學生的閱讀理解測驗成績沒有顯著的不同。從樣本平均數大小可以看出，學

生的後測答對率（69.1500）較前測答對率（73.1100）低，顯示學生「統整與解釋」答題答對率微幅下降。

　　研究者以下就各能力組的前、後測分數進行考驗，可得表4.2.7-i：

表4.2.7-i、實驗A：「統整與解釋」答對率－前、後測各能力組學生檢定結果

	前測平均數	後測平均數	樣本數	T值	顯著性（雙尾）
高能力組	77.3300	76.9000	20	.082	.935
中能力組	67.1571	59.6714	7	.947	.380
待加強能力組	58.8667	39.6000	3	2.524	.128

　　從表4.2.7-i中可以發現：高能力組相依樣本檢定的t（19）統計量的值是0.082，顯著性為0.935，考驗結果未達顯著（P>0.05）；中能力組相依樣本檢定的t（6）統計量的值是0.947，顯著性為0.380，考驗結果未達顯著（P>0.05）；待加強能力組相依樣本檢定的t（2）統計量的值是2.524，顯著性為0.073，考驗結果未達顯著（P>0.05）。

（4）待答問題4：

　　「課程學習單的題目依PISA閱讀理解層次分類題型，追蹤學習單預習評分結果，觀察學生「反思與評鑑」能力是否有顯著變化？」

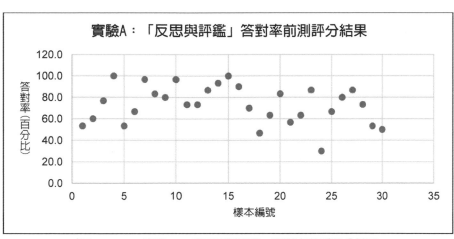

圖4.2.7-g、實驗A：「反思與評鑑」答對率前測評分結果

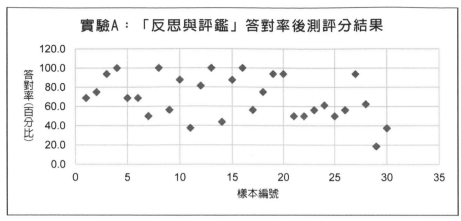

圖4.2.7-h、實驗A：「反思與評鑑」後測評分結果

再以相依樣本t考驗檢核前、後測，觀察學生自行閱讀並完成學習單提問的評分結果，是否有顯著改變情形：

虛無假設H0：μA1c=μA2c

對立假設H1：μA1c≠μA2c

表4.2.7-j、實驗A：「反思與評鑑」答對率－前、後測評分結果

成對樣本	平均數	個數	標準差	平均數的標準誤
前測	87.5533	30	9.54039	1.74183
後測	85.2500	30	10.07194	1.83888

表4.2.7-j中可以讀出以下信息：共30個樣本數，樣本平均數前測「統整與解釋」答對率是87.5533%，後測「統整與解釋」答對率是85.2500%，整體平均答對率下降。

從表4.2.7-k中可以發現：此一相依樣本的檢定的t（29）統計量的值是1.262，顯著性為0.217，考驗結果未達顯著（P>0.05），表示這30名學生的閱讀理解測驗成績沒有顯著的不同。從樣本平均數大小可以看出，學生的後測答對率（85.2500）較前測答對率（87.5533）低，顯示學生「反思與評鑑」答題答對率微幅下降。

表4.2.7-k、實驗A：「反思與評鑑」答對率－前、後測相依樣本t檢定結果

	成對變數差異					t	自由度	顯著性（雙尾）
	平均數	標準差	平均數標準誤	差異的95%信賴區間				
				下界	上界			
前測－後測	2.30333	9.99781	1.82534	-1.42991	6.03658	1.262	29	.217

研究者以下就各能力組的前、後測分數進行考驗，可得表4.2.7-l：

表4.2.7-l、實驗A：「反思與評鑑」答對率－前、後測各能力組學生檢定結果

	前測平均數	後測平均數	樣本數	T值	顯著性（雙尾）
高能力組	89.8250	88.6250	20	.558	.583
中能力組	87.1249	81.4286	7	1.220	.268
待加強能力組	73.3667	71.6667	3	.393	.733

從表4.2.7-l中可以發現：

高能力組相依樣本檢定的t（19）統計量的值是0.558，顯著性為0.583，考驗結果未達顯著（P>0.05）；中能力組相依樣本檢定的t（6）統計量的值是1.220，顯著性為0.268，考驗結果未達顯著（P>0.05）；待加強能力組相依樣本檢定的t（2）統計量的值是0.393，顯著性為0..733，考驗結果未達顯著（P>0.05）。

然而，從樣本平均數大小可以看出，高能力組學生的後測答對率（88.6250）較前測答對率（89.8250）低，中能力組學生的後測答對率（81.4286）較前測答對率（87.1249）低，待加強能力組學生的後測答對率（71.6667）較前測答對率（73.3667）低，顯示學生的「統整與解釋」答對率呈退步情形。

2.半結構式問卷結果

不記名半結構式訪談問卷共列有四題開放式問題：

(1) 寫課前學習單前，先畫心智圖分析課文，對你是否有幫助？為什麼？

(2) 以小組討論方式訂正學習單及作業，對你的學習是否有幫助？為什麼？

(3) 使用學習單進行課程，你認為對你的閱讀能力是否有幫助？為什麼？

(4) 你想和老師分享什麼想法？：

研究者根據30份問卷內容進行編碼，認為「寫課前學習單前先畫心智圖」有助於學習的人數的共27人，「小組討論訂正作業」有助於學習的人數共26人，認為「使用學習單進行課程有助於閱讀能力」共29人。研究者根據各題回答再進行編碼統計，可得表4.2.7-m結果：

表4.2.7-m、實驗A：不記名半結構式訪談問卷統計表

	幫助	人數（人）		原因
先畫心智圖再寫學習單	有	27	3	課文脈絡更明確，能分析課文
			16	能加強預習課文
			5	能找到更多課文重點
			3	可以更快找到學習單的答案
	無	3		不會畫心智圖，不會寫題目就空著
小組討論訂正作業	有	26	20	藉由小組討論，互相交流看法
			6	藉由討論找到重點，深入分析文章
	無	4	3	小組討論在聊天
			1	訂正時只是學習單互抄
閱讀能力	有	30	11	更快找到重點
			8	理解內容後能夠分析、統整
			4	閱讀速度有變快
			6	思考問題的機會變多
	無	0		無
和老師分享想法	有	12	4	繼續保持這種上課模式
			6	以能力分組而非個人選組（易依喜好）
			1	心智圖的繪製法可以再說明
	無	18		沒有意見

統整問卷回答，可以知道寫學習單前，先讓學生以心智圖分析課文對於寫題目是有幫助的。運用小組討論的方式訂正學習單及課業，可以增進互動、聆聽彼此意見，但是在分組的時候由同學各自選組，易依個人喜好而非能力的強弱，會導致小組能力分布不均或者是課堂討論大部分都在聊天。

4.2.8實驗A-學習單寫作結果

本研究中，實驗設計結果以量化數據呈現，雖然數據並未顯示學生能力大幅的進步，但實際上，研究者集結歷次學習單檔案評量結果，可以觀察學生的閱讀能力其實逐漸進步。

研究者蒐集自前導性實驗設計至正式實驗設計，共6課白話文[42]學習單，每課學習單依PISA閱讀理解素養三層次：「擷取與檢索」、「統整與解釋」、「反思與評鑑」選擇一題題目及寫作結果作為輔助資料。

每一個閱讀理解層次下，研究者從高能力組、中能力組、待加強能力組中，選取中位數學生，分別討論學習單寫作成果。

4.2.8閱讀素養：「擷取與檢索」

4.2.8.1待加強能力組

1.S3-1

表4.2.8.1-a、擷取與檢索：待加強能力組S3-1〈孩子的鐘塔〉答題內容

(2)「孩子的鐘塔」位於 希區考克 (地名)，會設立在當地的原因是？
批閱說明：孩子的鐘塔位於波地佳灣，設立原因：「該地是尼可拉斯生前遊玩處」希區考克是人名，曾拍攝鳥使當地遠近知名。本題線索擷取錯誤。

---

[42] 〈孩子的鐘塔〉、〈母親的教誨〉、〈螞蟻雄兵〉、〈蠍子文化〉、〈櫻花精神〉、〈在大地上寫詩〉。

表4.2.8..1-b、擷取與檢索：待加強能力組S3-1〈母親的教誨〉答題內容

(4)文章第二段中，找一找，當胡適犯錯時，他的母親會如何管束他？ 犯事大、她等到第二天早晨我醒來時才教訓我. 犯事小,她等到晚上睡時,關了房門,先責備我,然後行罰或罰跪.
批閱說明：根據第二段內容，胡適提及犯事大、小，母親的處罰方式不同。線索擷取正確完整。

表4.2.8..1-c、擷取與檢索：待加強能力組S3-1〈螞蟻雄兵〉答題內容

觀察記錄	
銀蟻的行動	研究發現（研究問題的答案）
用跳來移動	在中午銀蟻覓食
批閱說明：根據文本，銀蟻以單腳跳躍的方式在沙灘上行走；研究人員研究銀蟻為何在正中午外出覓食，一為躲避天敵蜥蜴，二為以偏振光辨位。本題未完全答對。	

表4.2.8.1-d、擷取與檢索：待加強能力組S3-1〈蠍子文化〉答題內容

(2)青蛙背著蠍子游到半途後，蠍子卻咬了青蛙。請問，作者認為是什麼造就了蠍子的非理性？ 因為控制不住自己.
批閱說明：根據文本，蠍子因自小以來的訓練而無法控制自己的非理性。本題擷取線索正確，但是不夠完整。

表4.2.8.1-e、擷取與檢索：待加強能力組S3-1〈櫻花精神〉答題內容

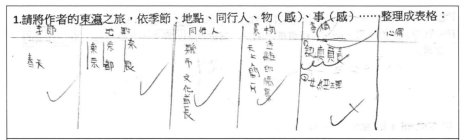

批閱說明：根據文本，線索大致提取正確，唯在擷取作者對「事、物」感想時，未能從文章細節中找到正確線索。

表4.2.8.1-f、擷取與檢索：待加強能力組S3-1〈在大地上寫詩〉答題內容

3.請根據課文第 4-5 段，整理「生命創作」相關內容於以下表格：		
創作者	工具-筆	光陰(?)
每個人	工具-稿紙	身體、行為、語言和心靈
創作內容	生活．一天	
作品類型	精整富麗的巨著了，老書新印的小冊? 還是一句茶謬 的閒處(?)	

批閱說明：根據文本，線索大致提取正確。作品類型的回答，由學生在初次批閱後，自行訂正完成。

2.S3-2

表4.2.8.1-g、擷取與檢索：待加強能力組S3-2〈孩子的鐘塔〉答題內容

(2)「孩子的鐘塔」位於波地佳灣(地名)，會設立在當地的原因是？

因著名著希區考克在當地拍攝鳥而遠近知名

批閱說明：孩子的鐘塔位於波地佳灣，設立原因：「該地是尼可拉斯生前遊玩處」希區考克是人名，曾拍攝鳥使當地遠近知名。本題線索擷取錯誤。

表4.2.8.1-h、擷取與檢索：待加強能力組S3-2〈母親的教誨〉答題內容

(4)文章第二段中，找一找，當胡適犯錯時，他的母親會如何管束他？

早晨睡醒教訓他行罰式罰跪和擰他的肉。

批閱說明：根據第二段內容，胡適提及犯事大、小，母親的處罰方式不同。線索擷取非完全根據題目指定的第二段回答。

表4.2.8.1-i、擷取與檢索：待加強能力組S3-2〈螞蟻雄兵〉答題內容

觀察記錄	
銀蟻的行動 狀況	✗ 研究發現（研究問題的答案）
常常在大熱天外出覓食 在中午覓食為了散熱走路時會一直換腳。	牠們身上有適應生存的智慧 1.天敵在那個時候很疲倦。 2.用日光反射在確認方位。

批閱說明：根據文本，銀蟻以單腳跳躍的方式在沙灘上行走；研究人員研究銀蟻為何在正中午外出覓食，一為躲避天敵蜥蜴，二為以偏振光辨位。本題未完全答對。
※OK標記：表示訂正完成。

表4.2.8.1-j、擷取與檢索：待加強能力組S3-2〈蠍子文化〉答題內容

(2)青蛙背著蠍子游到半途後，蠍子卻咬了青蛙。請問，作者認為是什麼造就了蠍子的非理性？ 因為騎在別人頭上、咬人是牠自從小以來的訓練，牠必順靠踩在別人頭上才能求得生存。

批閱說明：根據文本，蠍子因自小以來的訓練而無法控制自己的非理性。本題擷取線索正確、完整。

表4.2.8.1-k、擷取與檢索：待加強能力組S3-2〈櫻花精神〉答題內容

1.請將作者的東瀛之旅，依季節、地點、同行人、物（感）、事（感）……整理成表格： 季節｜地點｜人｜物｜事　✗　→未完 秋季｜日本｜同行人｜櫻花(觀)｜賞櫻(閒)　→ feel?

批閱說明：根據文本，作者是在春季與文化首長們前往日本大阪賞櫻，及對旅館經理的認真態度感到敬佩。本題線索擷取不完整，且多有錯誤。

表4.2.8.1-I、擷取與檢索：待加強能力組S3-2〈在大地上寫詩〉答題內容

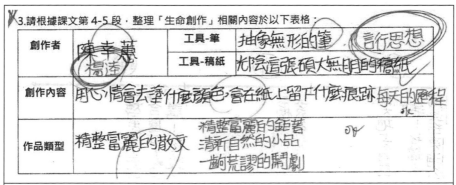

批閱說明：根據文本，有找到相關線索，但是並未擷取到重點或完整回答。部分內容多有錯誤。

4.2.8.2中能力組

1.S2-1

表4.2.8.2-a、提取與檢索：中能力組S2-1〈孩子的鐘塔〉答題內容

(2)「孩子的鐘塔」位於 波地佳灣(地名)，會設立在當地的原因是？

批閱說明：孩子的鐘塔位於波地佳灣，設立原因：「該地是尼可拉斯生前遊玩處」本題未完整回答。

表4.2.8.2-b、擷取與檢索：中能力組S2-1〈母親的教誨〉答題內容

(4)文章第二段中，找一找：當胡適犯錯時，他的母親會如何管束他？
小事：隔天早上再教訓
大事：先責備再行罰，罰跪 or 擰肉

批閱說明：根據第二段內容，胡適提及犯事大、小，母親的處罰方式不同。線索擷取正確且完整。

表4.2.8.2-c、擷取與檢索：中能力組S2-1〈螞蟻雄兵〉答題內容

觀察記錄	
銀蟻的行動	研究發現（研究問題的答案）
選擇在日正當中的時刻才冒熱出巡	因為經常有蜥蜴在一旁虎視眈眈，正在扮演著「守洞待蟻」的勾當

批閱說明：根據文本，銀蟻以單腳跳躍的方式在沙灘上行走；研究人員研究銀蟻為何在正中午外出覓食，一為躲避天敵蜥蜴，二為以偏振光辨位。本題「研究發現」回答完整。

表4.2.8.2-d、擷取與檢索：中能力組S2-1〈蠍子文化〉答題內容

(2)青蛙背著蠍子游到半途後，蠍子卻咬了青蛙。請問，作者認為是什麼造就了蠍子的非理性？
從小騎在別人頭上咬人

批閱說明：根據文本，蠍子因自小以來的訓練而無法控制自己的非理性。本題擷取線索正確，但未完整。

表4.2.8.2-e、擷取與檢索：中能力組S2-1〈櫻花精神〉答題內容

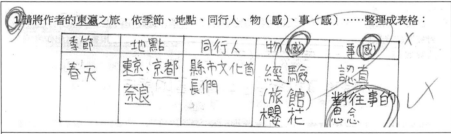

1請將作者的東瀛之旅，依季節、地點、同行人、物（感）、事（感）……整理成表格：

季節	地點	同行人	物（感）	事（感）
春天	東京、京都、奈良	縣市文化首長們	經驗（旅館）櫻花	認真 對往事的思念

批閱說明：根據文本，作者是在春季與文化首長們前往日本大阪賞櫻，及對旅館經理的認真態度感到敬佩。本題線索擷取正確，但說明不完整。

表4.2.8.2-f、擷取與檢索：中能力組S2-1〈在大地上寫詩〉答題內容

3.請根據課文第 4-5 段，整理「生命創作」相關內容於以下表格：			
創作者	陳幸蕙(作者) 每個人	工具-筆	身體、行為、語言、心靈(抽象、無形)
		工具-稿紙	光陰
創作內容	心情、色調、痕跡、生活 生活 and 今天		
作品類型	鉅著、小品、鬧劇		

批閱說明：根據文本，有找到相關線索，但是並未擷取到重點或完整回答。部分內容多有錯誤。

2.S2-2

表4.2.8.2-g、擷取與檢索：中能力組S2-2〈孩子的鐘塔〉答題內容

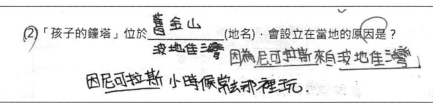

(2)「孩子的鐘塔」位於 舊金山 ／波地佳灣 (地名)，會設立在當地的原因是？ 因為尼可拉斯賴我地佳灣／因尼可拉斯小時候常去那裡玩.

批閱說明：孩子的鐘塔位於波地佳灣，設立原因：「該地是尼可拉斯生前遊玩處」本題圈起是因為學習單初次批閱時，並未填寫答案。

表4.2.8.2-h、擷取與檢索：中能力組S2-2〈母親的教誨〉答題內容

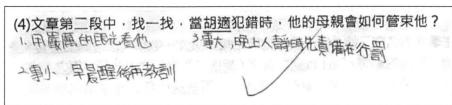

(4)文章第二段中，找一找，當胡適犯錯時，他的母親會如何管束他？
1.用嚴厲的眼光看他　3.事大，眾上人靜時先責備在行罰
2.事小，早晨醒後再教訓

批閱說明：根據第二段內容，胡適提及犯事大、小，母親的處罰方式不同。線索擷取非完全根據題目指定的第二段回答。

表4.2.8.2-i、擷取與檢索：中能力組S2-2〈螞蟻雄兵〉答題內容

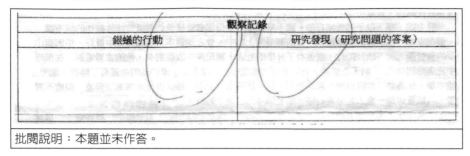

觀察記錄	
銀蟻的行動	研究發現（研究問題的答案）

批閱說明：本題並未作答。

表4.2.8.2-j、擷取與檢索：中能力組S2-2〈蠍子文化〉答題內容

(2)青蛙背著蠍子游到半途後，蠍子卻咬了青蛙。請問，作者認為是什麼造就了蠍子的非理性？

從小被教育

批閱說明：根據文本，蠍子因自小以來的訓練而無法控制自己的非理性。本題擷取線索正確但是未完整。

表4.2.8.2-k、擷取與檢索：中能力組S2-2〈櫻花精神〉答題內容

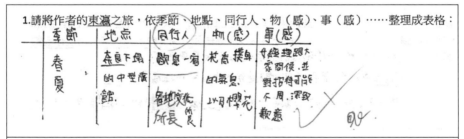

1.請將作者的東瀛之旅，依季節、地點、同行人、物（感）、事（感）……整理成表格：

季節	地点	同行人	物(感)	事(感)
春夏	泰身下鐵的中型廣館.	歇息一宿 各地文化所長的長	花香撲身的氣息以月櫻花	曾經提醒大家問候,並對招待可能不周,深致歉意

批閱說明：根據文本，作者是在春季與文化首長們前往日本大阪賞櫻，及對旅館經理的認真態度感到敬佩。本題線索擷取正確，僅「同行人」錯誤。

表4.2.8.2-I、擷取與檢索：中能力組S2-2〈在大地上寫詩〉答題內容

3.請根據課文第 4-5 段，整理「生命創作」相關內容於以下表格：

創作者	我們	工具-筆	心靈.行為.語言.軀體
		工具-稿紙	光陰
創作內容	心情：色調 痕跡：歲月流逝	自身生活	
作品類型	情節豐富的鉅著，清新自然的小品 or 荒謬的鬧劇		

批閱說明：根據文本找到正確線索，惟「創作內容」一欄不完全答對。

4.2.8.3高能力組

1.S1-1

表4.2.8.3-a、擷取與檢索：高能力組S1-1〈孩子的鐘塔〉答題內容

(2)「孩子的鐘塔」位於 波地佳灣 (地名)，會設立在當地的原因是？
因為尼可拉斯來自波地佳灣，而鐘塔所在的那片草地是尼可拉斯生前常去玩耍的地方。這座鐘塔是為了紀念他而設。

批閱說明：孩子的鐘塔位於波地佳灣，設立原因：「該地是尼可拉斯生前遊玩處」希區考克是人名，曾拍攝鳥使當地遠近知名。線索擷取完整且正確。

表4.2.8.3-b、擷取與檢索：高能力組S1-1〈母親的教誨〉答題內容

(4)文章第二段中，找一找，當胡適犯錯時，他的母親會如何管束他？
在別人面前不打.不罵。回家後，若錯的是小事，明早處理；是大事，晚上先責備，然後行罰(罰跪.擰肉)

批閱說明：根據第二段內容，胡適提及犯事大、小，母親的處罰方式不同。線索擷取能根據題目第二段，以個人解釋回答。

表4.2.8.3-c、擷取與檢索：高能力組S1-1〈螞蟻雄兵〉答題內容

觀察記錄	
銀蟻的行動	研究發現（研究問題的答案）
①在中午時，銀蟻外出覓食 ②在沙地上時，牠們用腳輪流跳躍前進	①因為中午是最熱的時候，牠們的天敵蜥蜴已經被曬得無法動彈，易捕捉銀蟻 ②因為要讓剛被燙過的腳休息散熱

批閱說明：根據文本，銀蟻以單腳跳躍的方式在沙灘上行走；研究人員研究銀蟻為何在正中午外出覓食，一為躲避天敵蜥蜴，二為以偏振光辨位。本題敘述完整，唯「研究發現」並未完全答對。

表4.2.8.3-d、擷取與檢索：高能力組S1-1〈蠍子文化〉答題內容

(2)青蛙背著蠍子游到半途後，蠍子卻咬了青蛙。請問，作者認為是什麼造就了蠍子的非理性？

蠍子從小學習的生存方式：騎在別人頭上、咬人。

批閱說明：根據文本，蠍子因自小以來的訓練而無法控制自己的非理性。本題擷取線索正確、完整。

表4.2.8.3-e、擷取與檢索：高能力組S1-1〈櫻花精神〉答題內容

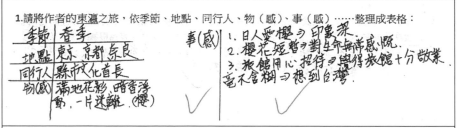

1.請將作者的東瀛之旅，依季節、地點、同行人、物（感）、事（感）……整理成表格：

季節	春季	事（感）	1.日人愛櫻⇒印象深
地點	東京 京都 奈良		2.櫻花短暫⇒對生命無常感慨
同行人	縣市文化首長		3.旅館用心招待⇒覺得旅館十分敬業 毫不含糊⇒想到台灣
物（感）	滿地花影，暗香浮動，一片迷離（櫻）		

批閱說明：根據文本，作者是在春季與文化首長們前往日本大阪賞櫻，及對旅館經理的認真態度感到敬佩。本題線索擷取正確且完整。

表4.2.8.3-f、擷取與檢索：高能力組S1-1〈在大地上寫詩〉答題內容

3.請根據課文第 4-5 段，整理「生命創作」相關內容於以下表格：

創作者	我們	工具-筆	身體、語言、行為、心靈
		工具-稿紙	光陰
創作內容	心情——塗上的色調、生活留下的痕跡、點點滴滴...		
作品類型	精瑩富靈的鉅作、清新自然的小品、荒謬的鬧劇.	✓	

批閱說明：根據文本，線索正確且完整。

2.S1-2

表4.2.8.3-g、擷取與檢索：高能力組S1-2〈孩子的鐘塔〉答題內容

(2)「孩子的鐘塔」位於 波地 佳灣 (地名)，會設立在當地的原因是？

紀念尼可拉斯 的事跡,且尼可拉斯曾在此地遊玩

批閱說明：孩子的鐘塔位於波地佳灣，設立原因：「該地是尼可拉斯生前遊玩處」希區考克是人名，曾拍攝鳥使當地遠近知名。本題部分線索錯誤。

表4.2.8.3-h、擷取與檢索：高能力組S1-2〈母親的教誨〉答題內容

(4)文章第二段中，找一找，當胡適犯錯時，他的母親會如何管束他？

①小錯 ②大錯　①不在他人面前責罵他➡非但此也氣憤到以聽➡可想讓他進步,不管到處責他的裝　②用罰 原因只要錯　懶天早晨　當天夜晚　~反省認錯~　~免責備~　免責備(錯)　大錯:小痰痕兩眼　兩天兩犯　小錯:些好反省,不必追往

批閱說明：根據第二段內容，胡適提及犯事大、小，母親的處罰方式不同。線索擷取完整正確，唯答題未以敘述形式。

表4.2.8.3-i、擷取與檢索：高能力組S1-2〈螞蟻雄兵〉答題內容

觀察記錄	
銀蟻的行動	研究發現（研究問題的答案）
趁獵物屍體腐爛時覓食，在極嚴苛的環境中突破危險來求生。	螞蟻洞外有蜥蜴（天敵）等吃螞蟻 →正午（最熱）出巡，蜥蜴出來沒力了→不能吃螞蟻
走路以墊腳尖，且跳躍前進。	沙子燙→腳輕點及沙，墊它腳尖很燙
正午出巡	利用日光反射光波振動方向，確定該走向

批閱說明：根據文本，銀蟻以單腳跳躍的方式在沙灘上行走；研究人員研究銀蟻為何在正中午外出覓食，一為躲避天敵蜥蜴，二為以偏振光辨位。本題回答正確且完整。

表4.2.8.3-j、擷取與檢索：高能力組S1-2〈蠍子文化〉答題內容

(2)青蛙背著蠍子游到半途後，蠍子卻咬了青蛙。請問，作者認為是什麼造就了蠍子的非理性

從小咬人、站在上頭上是訓練 ⇒ 習慣被制約（被您誘誘制）⇒ 無法控制 ⇒ 非理性

2.蠍子文化： 最根本原因

批閱說明：根據文本，蠍子因自小以來的訓練而無法控制自己的非理性。本題擷取線索正確、完整。

表4.2.8.3-k、擷取與檢索：高能力組S1-2〈櫻花精神〉答題內容

1.請將作者的東瀛之旅，依季節、地點、同行人、物（感）、事（感）……整理成表格：

季節	地點	同行人	發現以	美景	美景感想	態度舉例	心得
櫻花盛開季	東京、京都、奈良	當是多位縣市文化	日本人學習的好習慣、認真	燦爛人生、無計較的	動、迷離、滿城飛花	急、無所謂、花期熱鬧/關係	做事認真，敬	臺灣要學習的、敬業都是我們日本的精神、我們

2.作者的東瀛之旅，有哪兩件事情令他印象深刻？

批閱說明：根據文本，作者是在春季與文化首長們前往日本大阪賞櫻，及對旅館經理的認真態度感到敬佩。本題線索擷取正確且完整。

表4.2.8.3-I、擷取與檢索：高能力組S1-2〈在大地上寫詩〉答題內容

3.請根據課文第 4-5 段，整理「生命創作」相關內容於以下表格：		
創作者	工具-筆	自己的身体、行為、語言、心靈
每個人	工具-稿紙	光陰(今天)
創作內容	生活、今天	
作品類型	依心情決定 鉅著　小品　閙劇	雪白嶄新

批閱說明：本題線索擷取正確且完整。

4.2.9閱讀素養：「統整與解釋」

4.2.9.1待加強能力組

1.S3-1

表4.2.9.1-a、統整與解釋：待加強能力組S3-1〈孩子的鐘塔〉答題內容

(4)第十段中為什麼作者會說尼可拉斯的笑臉會比徒然追求不朽的偉人容貌更令人難忘？
尼可拉斯把他的一部分器官捐給大到別人身上，他的生命如延續著在別人心裡，並將永存在一些典籍如文典籍中。

批閱說明：尼可拉斯的肉體存活在受贈人身上，大愛永存典籍及人們心中。解釋正確且完整。

表4.2.9.1-b、統整與解釋：待加強能力組S3-1〈母親的教誨〉答題內容

(1)想一想，作者說「娘(涼)什麼！老子都不老子呀！」回應姨母，這句話有什麼涵義？

是娘做你怎了父親都管不到我

批閱說明：這是不莊重的一句話，指父親去世了，沒有人可以管自己。解釋正確且完整。

表4.2.9.1-c、統整與解釋：待加強能力組S3-1〈螞蟻雄兵〉答題內容

> 5.為什麼在課文第三段中，作者會說銀蟻看起來「得意忘形」、「欺人太甚」呢？
>
> 但見一隻蜥蜴 都已被烤得動彈不得,只能眼睜睜看著銀蟻在道前 橫行而過.

批閱說明：因為銀蟻以跳躍方式行走，仿彿是在蜥蜴面前手舞足蹈，因此給人得意忘形、欺人太甚的感覺。解釋正確且完整。

表4.2.9.1-d、統整與解釋：待加強能力組S3-1〈蠍子文化〉答題內容

> (4)根據課文第五段，請問「蠍子文化」的定義是？
>
> 搞者 攻 嗆 別人，以求得 自身的自由與生存.

批閱說明：人們不在乎真正的努力與成就，著重從權力邊緣到中心的競爭與較勁的情形。解釋符合課文文意，但定義說明未完整。

表4.2.9.1-e、統整與解釋：待加強能力組S3-1〈櫻花精神〉答題內容

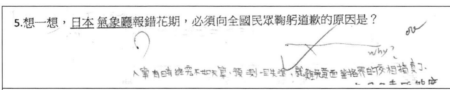

> 5.想一想，日本 氣象廳報錯花期，必須向全國民眾鞠躬道歉的原因是？
>
> why?
>
> 人常自以為究不如大自, 報 錯一旦失準, 就難我面對格界的後相指責.

批閱說明：因為櫻花是日本國花，全國人民重視賞櫻這件事，報導錯誤會造成大眾困擾；氣象廳向民眾道歉，表達對自己職業認真、負責的態度。解釋未完全符合題目所問。

表4.2.9.1-f、統整與解釋：待加強能力組S3-1〈在大地上寫詩〉答題內容

> 2.楊逵說：「我仍然在寫，只是，我是以鋤頭在大地上寫詩而已。」請解釋這句話的涵義
>
> 我還在寫,只是在大地上寫詩而已. 去蒔花種草,去穿衣吃飯,法過充實的生活.
>
> 表示?

批閱說明：楊逵以此言說明他以認真的態度蒔花種草、穿衣吃飯、充實生活。解釋符合課文文意，但涵義說明未完整。

2.S3-2

表4.2.9.1-g、統整與解釋：待加強能力組S3-2〈孩子的鐘塔〉答題內容

(4)第十段中為什麼作者會說尼可拉斯的笑臉會比徒然追求不朽的偉人容貌更令人難忘？

因為捐出了所有的器官，所以令人難忘、

批閱說明：尼可拉斯的肉體存活在受贈人身上，大愛永存典籍及人們心中。解釋正確但是並不完整。

表4.2.9.1-h、統整與解釋：待加強能力組S3-2〈母親的教誨〉答題內容

(1)想一想，作者說「娘(涼)什麼！老子都不老子呀！」回應姨母，這句話有什麼涵義？

提娘做什麼？父親都看不到我了呀！

批閱說明：這是不莊重的一句話，指父親去世了，沒有人可以管自己。解釋正確。

表4.2.9.1-i、統整與解釋：待加強能力組S3-2〈螞蟻雄兵〉答題內容

5.為什麼在課文第三段中，作者會說銀蟻看起來「得意忘形」、「欺人太甚」呢？

因為在蜥蜴面前跳來跳去。

批閱說明：因為銀蟻以跳躍方式行走，仿佛是在蜥蜴面前手舞足蹈，因此給人得意忘形、欺人太甚的感覺。解釋正確且完整。

表4.2.9.1-j、統整與解釋：待加強能力組S3-2〈蠍子文化〉答題內容

(4)根據課文第五段，請問「蠍子文化」的定義是？

人與人之間的競爭。現在的社會很多人會用不擇手段，所以才會形成惡性競爭

批閱說明：人們不在乎真正的努力與成就，著重從權力邊緣到中心的競爭與較勁的情形。解釋符合課文文意，但定義說明未完整。

表4.2.9.1-k、統整與解釋：待加強能力組S3-2〈櫻花精神〉答題內容

5.想一想，日本 氣象廳報錯花期，必須向全國民眾鞠躬道歉的原因是？

因為報錯花期。 ✗ 未完整

因為報錯花期，做錯事，本來就要和別人鞠躬道歉 OK

批閱說明：因為櫻花是日本國花，全國人民重視賞櫻這件事，報導錯誤會造成大眾困擾；氣象廳向民眾道歉，表達對自己職業認真、負責的態度。解釋符合課文文意，但定義說明未完整。

表4.2.9.1-l、統整與解釋：待加強能力組S3-2〈在大地上寫詩〉答題內容

✗2.楊逵說：「我仍然在寫，只是，我是以鋤頭在大地上寫詩而已。」請解釋這句話的涵義。

他是用鋤頭種花種草，來說明在大地上寫詩。

批閱說明：楊逵以此言說明他以認真的態度蒔花種草、穿衣吃飯、充實生活。解釋符合課文文意，但涵義說明未完整。

4.2.9.2中能力組

1.S2-1

表4.2.9.2-a、統整與解釋：中能力組S2-1〈孩子的鐘塔〉答題內容

(4)第十段中為什麼作者會說尼可拉斯的笑臉會比徒然追求不朽的偉人容貌更令人難忘？

他的事跡還有名字在無數人的心裡 活

批閱說明：尼可拉斯的肉體存活在受贈人身上，大愛永存典籍及人們心中。並未完整解釋。

表4.2.9.2-b、統整與解釋：中能力組S2-1〈母親的教誨〉答題內容

(1)想一想，作者說「娘(涼)什麼！老子都不老子呀！」回應姨母，這句話有什麼涵義？

提娘做什麼？父親都管不到我了呀！

批閱說明：這是不莊重的一句話，指父親去世了，沒有人可以管自己。解釋正確。

表4.2.9.2-c、統整與解釋：中能力組S2-1〈螞蟻雄兵〉答題內容

5.為什麼在課文第三段中，作者會說銀蟻看起來「得意忘形」、「欺人太甚」呢？

因為在蜥蜴面前大搖大擺的走過，而且跳來跳去的

批閱說明：因為銀蟻以跳躍方式行走，仿佛是在蜥蜴面前手舞足蹈，因此給人得意忘形、欺人太甚的感覺。解釋正確。

表4.2.9.2-d、統整與解釋：中能力組S2-1〈蠍子文化〉答題內容

(4)根據課文第五段，請問「蠍子文化」的定義是？

忘了善意和守望相助的人 ✗

批閱說明：人們不在乎真正的努力與成就，著重從權力邊緣到中心的競爭與較勁的情形。解釋符合課文部分文意，但定義說明未完整。

表4.2.9.2-e、統整與解釋：中能力組S2-1〈櫻花精神〉答題內容

5.想一想，日本 氣象廳報錯花期，必須向全國民眾鞠躬道歉的原因是？

因為櫻花對日本人來說很重要 ✗

櫻花是日本的國花，所以

批閱說明：因為櫻花是日本國花，全國人民重視賞櫻這件事，報導錯誤會造成大眾困擾；氣象廳向民眾道歉，表達對自己職業認真、負責的態度。解釋符合課文部分文意，但說明未完整。

表4.2.9.2-f、統整與解釋：中能力組S2-1〈在大地上寫詩〉答題內容

2.楊逵說：「我仍然在寫，只是，我是以鋤頭在大地上寫詩而已。」請解釋這句話的涵義。

以抽象(行為)·開心的方法去創作
他一直都在創作，只是以生活去創作 OK

批閱說明：楊逵以此言說明他以認真的態度蒔花種草、穿衣吃飯、充實生活。解釋符合課文文意，但涵義說明未完整。

2.S2-2

表4.2.9.2-g、統整與解釋：中能力組S2-2〈孩子的鐘塔〉答題內容

(4)第十段中為什麼作者會說尼可拉斯的笑臉會比徒然追求不朽的偉人容貌更令人難忘？

批閱說明：並未作答。

表4.2.9.2-h、統整與解釋：中能力組S2-2〈母親的教誨〉答題內容

(1)想一想，作者說「娘(涼)什麼！老子都不老子呀！」回應姨母，這句話有什麼涵義？ 1. 不莊重的話 2. 提娘做什麼？父親看不到我了吗！

批閱說明：這是不莊重的一句話，指父親去世了，沒有人可以管自己。解釋正確，並未完整。

表4.2.9.2-i、統整與解釋：中能力組S2-2〈螞蟻雄兵〉答題內容

5.為什麼在課文第三段中，作者會說銀蟻看起來「得意忘形」、「欺人太甚」呢？ 因為蜥蜴看著銀蟻在面前橫行且手舞足蹈，卻不能吃，

批閱說明：因為銀蟻以跳躍方式行走，仿彿是在蜥蜴面前手舞足蹈，因此給人得意忘形、欺人太甚的感覺。解釋正確，但未完整。

表4.2.9.2-j、統整與解釋：中能力組S2-2〈蠍子文化〉答題內容

(4)根據課文第五段，請問「蠍子文化」的定義是？ 求得自身的自良生存 為了進自身的利益及權力不擇手段，的咬噬別人

批閱說明：人們不在乎真正的努力與成就，著重從權力邊緣到中心的競爭與較勁的情形。解釋符合課文文意，但說明未完整。

表4.2.9.2-k、統整與解釋：中能力組S2-2〈櫻花精神〉答題內容

> 5.想一想，日本 氣象廳報錯花期，必須向全國民眾鞠躬道歉的原因是？
>
> 因為大眾非常信任氣象廳，但報錯花期，所以向全國民眾道歉　為日本國花誤期　展現負責

批閱說明：因為櫻花是日本國花，全國人民重視賞櫻這件事，報導錯誤會造成大眾困擾；氣象廳向民眾道歉，表達對自己職業認真、負責的態度。解釋符合課文文意，說明完整。

表4.2.9.2-l、統整與解釋：中能力組S2-2〈在大地上寫詩〉答題內容

> 2.楊逵說：「我仍然在寫，只是，我是以鋤頭在大地上寫詩而已。」請解釋這句話的涵義。
>
> 寫作，不是只有用筆寫在紙上，也是能和生活上進行。

批閱說明：楊逵以此言說明他以認真的態度蒔花種草、穿衣吃飯、充實生活。解釋符合課文文意，說明完整。

4.2.9.3高能力組

1.S2-1

表4.2.9.3-a、統整與解釋：高能力組S1-1〈孩子的鐘塔〉答題內容

> (4)第十段中為什麼作者會說尼可拉斯的笑臉會比徒然追求不朽的偉人容貌更令人難忘？
>
> 因為尼可拉斯是因幫助了他人，治癒了他人才被大家記得，而偉人只是追求名聲而已。

批閱說明：尼可拉斯的肉體存活在受贈人身上，大愛永存典籍及人們心中。解釋正確且完整。

表4.2.9.3-b、統整與解釋：高能力組S1-1〈母親的教誨〉答題內容

> (1)想一想，作者說「娘(涼)什麼！老子都不老子呀！」回應姨母，這句話有什麼涵義？
>
> 父親平常是負責管教兒女的，現在就連父親都沒辦法管到我了，何況是母親？

批閱說明：這是不莊重的一句話，指父親去世了，沒有人可以管自己。
解釋正確且完整。

表4.2.9.3-c、統整與解釋：高能力組S1-1〈螞蟻雄兵〉答題內容

5.為什麼在課文第三段中，作者會說銀蟻看起來「得意忘形」、「欺人太甚」呢？

因為銀蟻在起舞的蜥蜴面前跳躍著走過去，而蜥蜴又能看著一群獵物從面前走過。

批閱說明：因為銀蟻以跳躍方式行走，仿佛是在蜥蜴面前手舞足蹈，因此給人得意忘形、欺人太甚的感覺。解釋正確且完整。

表4.2.9.3-d、統整與解釋：高能力組S1-1〈蠍子文化〉答題內容

(2)青蛙背著蠍子游到半途後，蠍子卻咬了青蛙。請問，作者認為是什麼造就了蠍子的非理性？

蠍子從小學習的生存方式：騎在別人頭上、咬人。

批閱說明：人們不在乎真正的努力與成就，著重從權力邊緣到中心的競爭與較勁的情形。解釋符合課文文意，但定義說明未完整。

表4.2.9.3-e、統整與解釋：高能力組S1-1〈櫻花精神〉答題內容

5.想一想，日本 氣象廳報錯花期，必須向全國民眾鞠躬道歉的原因是？

①因為日本人做事的態度是很認真的
②因為報錯花期會讓民眾誤會開花的時間 ⇒ 所以他們會為自己做錯的事情道歉。

批閱說明：因為櫻花是日本國花，全國人民重視賞櫻這件事，報導錯誤會造成大眾困擾；氣象廳向民眾道歉，表達對自己職業認真、負責的態度。解釋正確且完整。

表4.2.9.3-f、統整與解釋：高能力組S1-1〈在大地上寫詩〉答題內容

2.楊逵說：「我仍然在寫，只是，我是以鋤頭在大地上寫詩而已。」請解釋這句話的涵義。

我從前是在紙上寫詩，而我現在還是在寫創作，只不過種花是改成種花這種形式，在大地上寫 我現在過著充實的生活，而這也是創作的一種

3.為什麼陳幸蕙認為「在大地上寫詩」是更重要、更莊嚴的創作？

批閱說明：楊逵以此言說明他以認真的態度蒔花種草、穿衣吃飯、充實生活。解釋符合課文文意，但涵義說明未完整。

2.S1-2

表4.2.9.3-g、統整與解釋：高能力組S1-2〈孩子的鐘塔〉答題內容

(4)第十段中為什麼作者會說尼可拉斯的笑臉會比徒然追求不朽的偉人容貌更令人難忘？
因為他做到了「犧牲小我、完成大我」的理念，雖不是他放下的決定，但是他救了人。而只是追求名句的偉人卻只想到自己，只顧幫助自己。
批閱說明：尼可拉斯的肉體存活在受贈人身上，大愛永存典籍及人們心中。解釋正確且完整。

表4.2.9.3-h、統整與解釋：高能力組S1-2〈母親的教誨〉答題內容

(1)想一想，作者說「娘(涼)什麼！老子都不老子呀！」回應姨母，這句話有什麼涵義？
說：你幹什麼管我，我父親(去世)都已經管不到我了！
批閱說明：這是不莊重的一句話，指父親去世了，沒有人可以管自己。解釋正確且完整。

表4.2.9.3-i、統整與解釋：高能力組S1-2〈螞蟻雄兵〉答題內容

5.為什麼在課文第三段中，作者會說銀蟻看起來「得意忘形」、「欺人太甚」呢？
因為趁天敵無力抵抗行動時，跳跳蹓蹓法 ⇒ 看起來不把牠放在眼裡，且走分機襲食天敵，像是在對方最弱時嘲弄他、 （跳過去）
批閱說明：因為銀蟻以跳躍方式行走，仿彿是在蜥蜴面前手舞足蹈，因此給人得意忘形、欺人太甚的感覺。解釋正確且完整。

表4.2.9.3-j、統整與解釋：高能力組S1-2〈蠍子文化〉答題內容

(2)青蛙背著蠍子游到半途後，蠍子卻咬了青蛙。請問，作者認為是什麼造就了蠍子的非理性
從小咬人、站化人頭上"是訓練 ⇒ 慣得被約制(被思想約制) ⇒ 無法控制 ⇒ 非理性 2.蠍子文化：最根本原因
批閱說明：人們不在乎真正的努力與成就，著重從權力邊緣到中心的競爭與較勁的情形。解釋正確且完整，唯非完全敘述形式。

表4.2.9.3-k、統整與解釋：高能力組S1-2〈櫻花精神〉答題內容

> 5.想一想，日本 氣象廳報錯花期，必須向全國民眾鞠躬道歉的原因是？
>
> 因為櫻花花期對於 統登櫻花的日 來說很重要，那是他們一年中所期待，且必經的盛會。若誤期，便無法看到櫻花
>
> 展現負責

批閱說明：因為櫻花是日本國花，全國人民重視賞櫻這件事，報導錯誤會造成大眾困擾；氣象廳向民眾道歉，表達對自己職業認真、負責的態度。解釋正確且完整。

表4.2.9.3-l、統整與解釋：高能力組S1-2〈在大地上寫詩〉答題內容

> 2.楊逵說：「我仍然在寫，只是，我是以鋤頭在大地上寫詩而已。」請解釋這句話的涵義。
>
> like筆 like紙
>
> 他依然在創作，他一直都在創作，因為生活便是一種創作
>
> 以生活創作

批閱說明：楊逵以此言說明他以認真的態度蒔花種草、穿衣吃飯、充實生活。解釋正確且完整，唯非完全敘述形式。

4.2.10閱讀素養：「反思與評鑑」

4.2.10.1待加強能力組

1.S3-1

表4.2.10.1-a、反思與評鑑：待加強能力組S3-1〈孩子的鐘塔〉答題內容

> 5.請圈選文章架構方式(以時間/空間/事件順序)，並畫出本課架構圖
>
> →

批閱說明：畫出文本線軸以統整課文寫作脈絡。並未作答。

表4.2.10.1-b、反思與評鑑：待加強能力組S3-1〈母親的教誨〉答題內容

5.請以「母親的教誨」為核心，以「事件因果架構」整理課文。   因 果　————————————————————————————→
批閱說明：畫出文本線軸以統整課文寫作脈絡。並未作答。

表4.2.10.1-c、反思與評鑑：待加強能力組S3-1〈螞蟻雄兵〉答題內容

7.作者在文中說：「如果也有過赤腳走在滾燙的沙灘上的經驗，就會對這些銀蟻的跳躍動作發出會心的微笑了！」想一想，為什麼會發出「會心的微笑」呢？ 因為能體會赤腳走在炎熱的沙灘上的感覺。
批閱說明：因為具備類似經驗後，就能以同理心了解銀蟻為何跳躍。解釋正確。

表4.2.10.1-d、反思與評鑑：待加強能力組S3-1〈蠍子文化〉答題內容

3.總結： (1)作者在文章最後一段說：「誰來救救我們？也救救這些蠍子？」想一想，這句話中的「我們」和「蠍子」，分別指我們社會中的哪種類型的人？ 　　　①有權利 　　　② (2)承上題，你認為作者在文末以「救救我們、救救蠍子」提出疑問，目的是什麼？ 　　作者強調互助扶持的重要，提醒讀者兩者共生思空間。
批閱說明：「蠍子」指著重惡性競爭，藉咬噬他人，求得自由與生存的人們；「我們」則是在蠍子文化下被迫參與競爭卻努力保有美好善意與守望相助關懷的人們。作者在文末以「救救我們、救救蠍子」提出疑問，表達對現實的無奈，希望激起人們重視這些問題。解釋不完整、不正確。

表4.2.10.1-e、反思與評鑑：待加強能力組S3-1〈櫻花精神〉答題內容

1.以時間軸上半整理〈櫻花精神〉一文的寫作脈絡，下半說明作者如何鋪陳段落進行寫作。

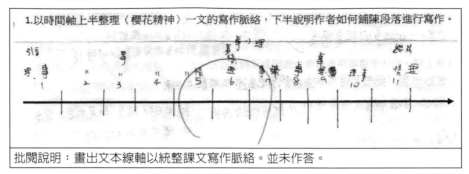

批閱說明：畫出文本線軸以統整課文寫作脈絡。並未作答。

表4.2.10.1-f、反思與評鑑：待加強能力組S3-1〈在大地上寫詩〉答題內容

2.請分析本課的寫作脈絡。

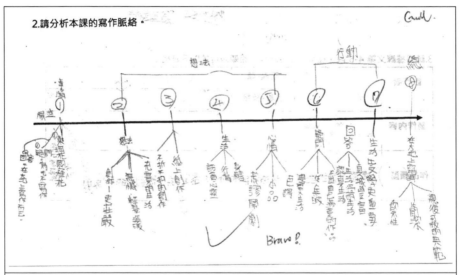

批閱說明：畫出文本線軸，統整課文寫作脈絡。依自然段分析重點，脈絡明確、層次分明。

2.S3-2

表4.2.10.1-g、反思與評鑑：待加強能力組S3-2〈孩子的鐘塔〉答題內容

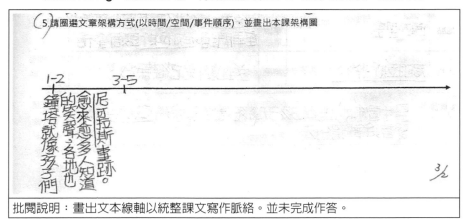

批閱說明：畫出文本線軸以統整課文寫作脈絡。並未完成作答。

表4.2.10.1-h、反思與評鑑：待加強能力組S3-2〈母親的教誨〉答題內容

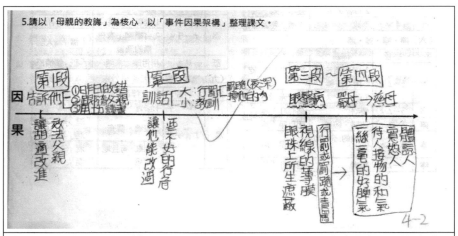

批閱說明：畫出文本線軸以統整課文寫作脈絡。分析以課文內容為主，脈絡清楚，但回答不完整。

表4.2.10.1-i、反思與評鑑：待加強能力組S3-2〈螞蟻雄兵〉答題內容

7.作者在文中說：「如果也有過赤腳走在滾燙的沙灘上的經驗，就會對這些銀蟻的跳躍動作發出會心的微笑了！」想一想，為什麼會發出「會心的微笑」呢？ 因為人走上沙灘，也會和銀蟻一樣一直跳。
批閱說明：因為具備類似經驗後，就能以同理心了解銀蟻為何跳躍。解釋正確，但不完整。

表4.2.10.1-j、反思與評鑑：待加強能力組S3-2〈蠍子文化〉答題內容

3.總結： (1)作者在文章最後一段說：「誰來救救我們？也救救這些蠍子？」想一想，這句話中的「我們」和「蠍子」，分別指我們社會中的哪種類型的人？ 回歸互助 少競手　我們是社會中的所有人，蠍子是不擇手斷的競爭 (2)承上題，你認為作者在文末以「救救我們、救救蠍子」提出疑問，目的是什麼？ 因為要告訴我們少互動　作者喚起讀者的重視改變現在的蠍子文化
批閱說明：「蠍子」指著重惡性競爭，藉咬噬他人，求得自由與生存的人們；「我們」則是在蠍子文化下被迫參與競爭卻努力保有美好善意與守望相助關懷的人們。作者在文末以「救救我們、救救蠍子」提出疑問，表達對現實的無奈，希望激起人們重視這些問題。解釋不完整、不正確。

表4.2.10.1-k、反思與評鑑：待加強能力組S3-2〈櫻花精神〉答題內容

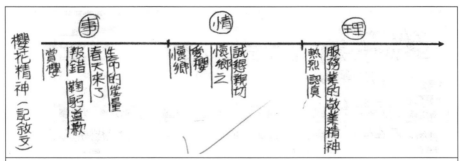

批閱說明：畫出文本線軸以統整課文寫作脈絡。文本線索分類正確，但是整理線索不夠完整。

表4.2.10.1-I、反思與評鑑：待加強能力組S3-2〈在大地上寫詩〉答題內容

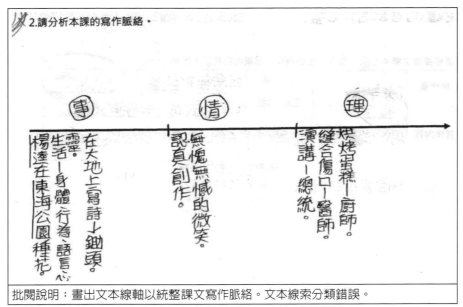

批閱說明：畫出文本線軸以統整課文寫作脈絡。文本線索分類錯誤。

4.2.10.2中能力組

1.S2-1

表4.2.10.2-a、反思與評鑑：中能力組S2-1〈孩子的鐘塔〉答題內容

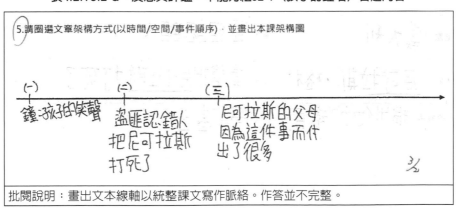

批閱說明：畫出文本線軸以統整課文寫作脈絡。作答並不完整。

表4.2.10.2-b、反思與評鑑：中能力組S2-1〈母親的教誨〉答題內容

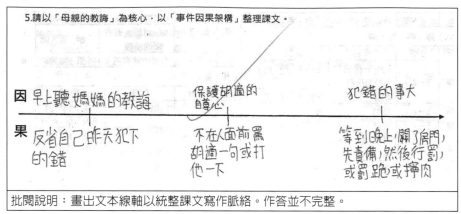

5.請以「母親的教誨」為核心，以「事件因果架構」整理課文。

因 早上聽媽媽的教誨　　　保護胡適的　　　犯錯的事大
　　　　　　　　　　　　自尊心
果 反省自己昨天犯下　　　不在人面前罵　　　等到晚上關了房門，
　的錯　　　　　　　　　胡適一句或打　　　先責備，然後行罰，
　　　　　　　　　　　　他一下　　　　　　或罰跪或擰肉

批閱說明：畫出文本線軸以統整課文寫作脈絡。作答並不完整。

表4.2.10.2-c、反思與評鑑：中能力組S2-1〈螞蟻雄兵〉答題內容

7.作者在文中說：「如果也有過赤腳走在滾燙的沙灘上的經驗，就會對這些銀蟻的跳躍動作發出會心的微笑了！」想一想，為什麼會發出「會心的微笑」呢？

因為自己也了解那種感受

批閱說明：因為具備類似經驗後，就能以同理心了解銀蟻為何跳躍。解釋正確，但不完整。

表4.2.10.2-d、反思與評鑑：中能力組S2-1〈蠍子文化〉答題內容

3.總結：
(1)作者在文章最後一段說：「誰來救救我們？也救救這些蠍子？」想一想，這句話中的「我們」和「蠍子」，分別指我們社會中的哪種類型的人？

為人自己，而不則手段的人
為了權力無所不用其極，想控制別人的大

(2)承上題，你認為作者在文末以「救救我們、救救蠍子」提出疑問，目的是什麼？

如何讓社會不再是「蠍子」文化？←喚起大家思考

批閱說明：「蠍子」指著重惡性競爭，藉咬噬他人，求得自由與生存的人們；「我們」則是在蠍子文化下被迫參與競爭卻努力保有美好善意與守望相助關懷的人們。作者在文末以「救救我們、救救蠍子」提出疑問，表達對現實的無奈，希望激起人們重視這些問題。解釋不完整、不正確。

表4.2.10.2-e、反思與評鑑：中能力組S2-1〈櫻花精神〉答題內容

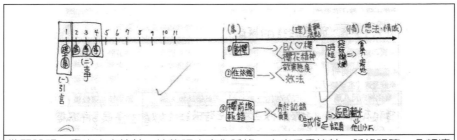

批閱說明：畫出文本線軸，統整課文寫作脈絡。右半重畫線軸，脈絡明確，分類清楚。

表4.2.10.2-f、反思與評鑑：中能力組S2-1〈在大地上寫詩〉答題內容

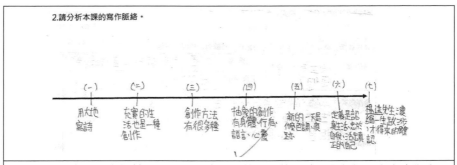

批閱說明：畫出文本線軸，統整課文寫作脈絡。脈絡明確，分析以課文內容為主，缺乏組織性。

2.S2-2

表4.2.10.2-g、反思與評鑑：中能力組S2-2〈孩子的鐘塔〉答題內容

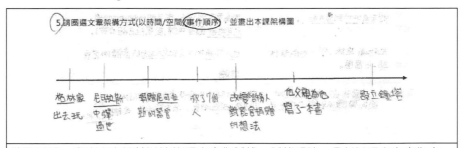

批閱說明：畫出文本線軸以統整課文寫作脈絡。脈絡明確，分析以課文內容為主，缺乏組織性。

表4.2.10.2-h、反思與評鑑：中能力組S2-2〈母親的教誨〉答題內容

5.請以「母親的教誨」為核心，以「事件因果架構」整理課文。

批閱說明：畫出文本線軸以統整課文寫作脈絡。分析以課文內容為主，脈絡清楚明確，缺乏組織性。

表4.2.10.2-i、反思與評鑑：中能力組S2-2〈螞蟻雄兵〉答題內容

7.作者在文中說：「如果也有過赤腳走在滾燙的沙灘上的經驗，就會對這些銀蟻的跳躍動作發出會心的微笑了！」想一想，為什麼會發出「會心的微笑」呢？

國為動作十分快突。

批閱說明：因為具備類似經驗後，就能以同理心了解銀蟻為何跳躍。解釋與題目引導無關，故錯誤。

表4.2.10.2-j、反思與評鑑：中能力組S2-2〈蠍子文化〉答題內容

3.總結：
(1)作者在文章最後一段說：「誰來救救我們？也救救這些蠍子？」想一想，這句話中的「我們」、「蠍子」，分別指我們社會中的哪種類型的人？

蠍子：跟別人屁你作在上面且競爭。我們：不競爭少且自私的

(2)承上題，你認為作者在文末以「救救我們、救救蠍子」提出疑問，目的是什麼？

回歸互助，少競爭 強調互助的重要性，改變社会，引起注意

批閱說明：「蠍子」指著重惡性競爭，藉咬噬他人，求得自由與生存的人們；「我們」則是在蠍子文化下被迫參與競爭卻努力保有美好善意與守望相助關懷的人們。作者在文末以「救救我們、救救蠍子」提出疑問，表達對現實的無奈，希望激起人們重視這些問題。解釋不完整、不正確。

表4.2.10.2-k、反思與評鑑：中能力組S2-2〈櫻花精神〉答題內容

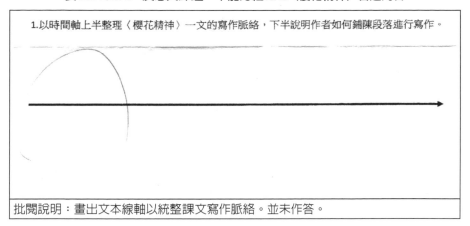

1.以時間軸上半整理〈櫻花精神〉一文的寫作脈絡，下半說明作者如何鋪陳段落進行寫作。

批閱說明：畫出文本線軸以統整課文寫作脈絡。並未作答。

表4.2.10.2-l、反思與評鑑：中能力組S2-2〈在大地上寫詩〉答題內容

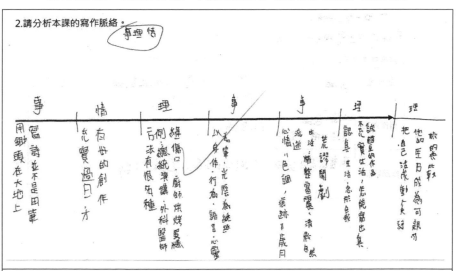

2.請分析本課的寫作脈絡。

批閱說明：畫出文本線軸以統整課文寫作脈絡。文本線索脈絡明確，擷取課文重點，可以再加強組織性。

143

4.2.10.3高能力組

1.S1-1

表4.2.10.3-a、反思與評鑑：高能力組S1-1〈孩子的鐘塔〉答題內容

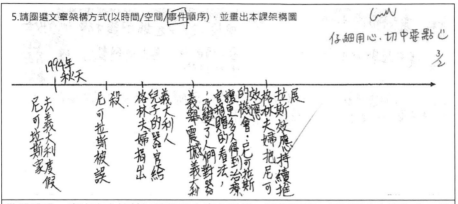

批閱說明：畫出文本線軸以統整課文寫作脈絡。脈絡明確，但以課文內容為主，缺乏組織性。

表4.2.10.3-b、反思與評鑑：高能力組S1-1〈母親的教誨〉答題內容

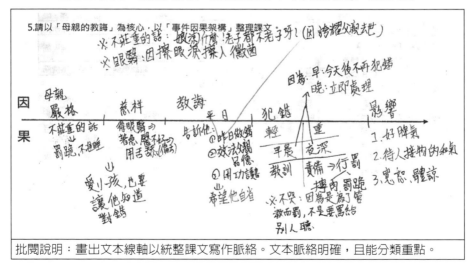

批閱說明：畫出文本線軸以統整課文寫作脈絡。文本脈絡明確，且能分類重點。

表4.2.10.3-c、反思與評鑑：高能力組S1-1〈螞蟻雄兵〉答題內容

7.作者在文中說：「如果也有過赤腳走在滾燙的沙灘上的經驗，就會對這些銀蟻的跳躍動作發出會心的微笑了！」想一想，為什麼會發出「會心的微笑」呢？

因為了解了銀蟻在沙地跳躍的原因，自己也有相同的感受，知道在沙地上跳著走的確比較好。

批閱說明：因為具備類似經驗後，就能以同理心了解銀蟻為何跳躍。解釋正確、完整。

表4.2.10.3-d、反思與評鑑：高能力組S1-1〈蠍子文化〉答題內容

3.總結：

(1)作者在文章最後一段說：「誰來救救我們？也救救這些蠍子？」想一想，這句話中的「我們」和「蠍子」，分別指我們社會中的哪種類型的人？

蠍子：為生存、權力不擇手段競爭者。我們：懂得關心他人、能和他人互助，不特別追求權力者。

(2)承上題，你認為作者在文末以「救救我們、救救蠍子」提出疑問，目的是什麼？

希望大眾能回歸互助、少競爭

批閱說明：「蠍子」指著重惡性競爭，藉咬噬他人，求得自由與生存的人們；「我們」則是在蠍子文化下被迫參與競爭卻努力保有美好善意與守望相助關懷的人們。作者在文末以「救救我們、救救蠍子」提出疑問，表達對現實的無奈，希望激起人們重視這些問題。解釋完整、正確。

表4.2.10.3-e、反思與評鑑：高能力組S1-1〈櫻花精神〉答題內容

1.以時間軸上半整理〈櫻花精神〉一文的寫作脈絡，下半說明作者如何鋪陳段落進行寫作。

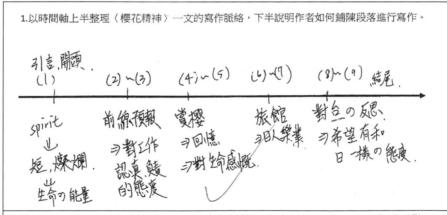

批閱說明：畫出文本線軸以統整課文寫作脈絡。文本脈絡明確，且能分類重點、組織結構。

表4.2.10.3-f、反思與評鑑：高能力組S1-1〈在大地上寫詩〉答題內容

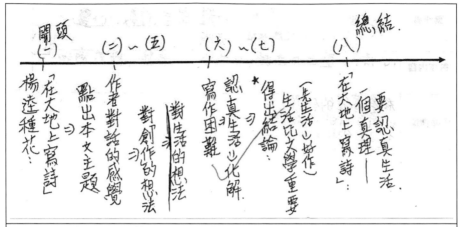

批閱說明：畫出文本線軸以統整課文寫作脈絡。文本脈絡明確，且能分類重點、組織結構。

2.S1-2

表4.2.10.3-g、反思與評鑑：高能力組S1-2〈孩子的鐘塔〉答題內容

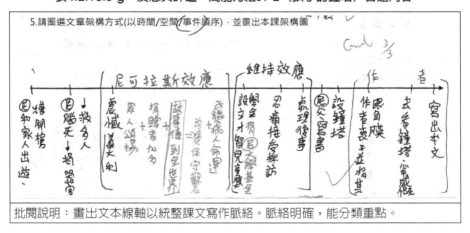

批閱說明：畫出文本線軸以統整課文寫作脈絡。脈絡明確，能分類重點。

表4.2.10.3-h、反思與評鑑：高能力組S1-2〈母親的教誨〉答題內容

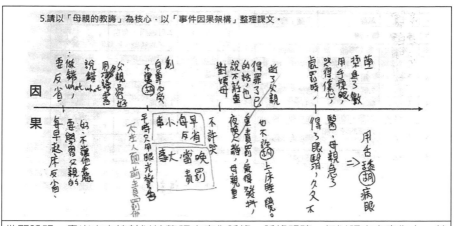

批閱說明：畫出文本線軸以統整課文寫作脈絡。脈絡明確，但以課文內容為主，較少組織性。

表4.2.10.3-i、反思與評鑑：高能力組S1-2〈螞蟻雄兵〉答題內容

7.作者在文中說：「如果也有過赤腳走在滾燙的沙灘上的經驗，就會對這些銀蟻的跳躍動作發出會心的微笑了！」想一想，為什麼會發出「會心的微笑」呢？

批閱說明：因為具備類似經驗後，就能以同理心了解銀蟻為何跳躍。
解釋正確、完整，唯非完整敘述形式。

表4.2.10.3-j、反思與評鑑：高能力組S1-2〈蠍子文化〉答題內容

3.總結：
(1)作者在文章最後一段說：「誰來救救我們？也救救這些蠍子？」想一想，這句話中的「我們」和「蠍子」，分別指我們社會中的哪種類型的人？

(2)承上題，你認為作者在文末以「救救我們、救救蠍子」提出疑問，目的是什麼？

批閱說明：「蠍子」指著重惡性競爭，藉咬噬他人，求得自由與生存的人們；「我們」則是在蠍子文化下被迫參與競爭卻努力保有美好善意與守望相助關懷的人們。作者在文末以「救救我們、救救蠍子」提出疑問，表達對現實的無奈，希望激起人們重視這些問題。解釋完整、正確。

表4.2.10.3-k、反思與評鑑：高能力組S1-2〈櫻花精神〉答題內容

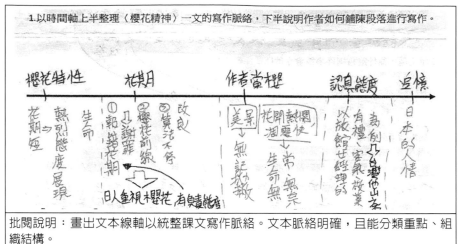

批閱說明：畫出文本線軸以統整課文寫作脈絡。文本脈絡明確，且能分類重點、組織結構。

表4.2.10.3-I、反思與評鑑：高能力組S1-2〈在大地上寫詩〉答題內容

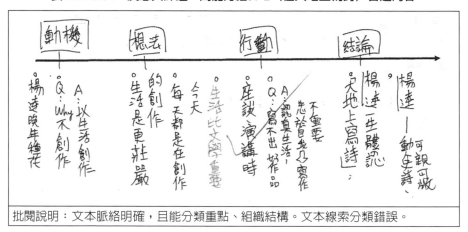

批閱說明：文本脈絡明確，且能分類重點、組織結構。文本線索分類錯誤。

4.3研究實驗B

4.3.1研究工具：

1.閱讀理解測驗甲式：

　　本研究選用6篇連續性文本〔68〕，篇名如下：

(1)〈學習的真諦〉

(2)〈也是城鄉差距〉

(3)〈麵包的祕密〉

(4)〈閱讀使你爬上巨人的肩膀〉

(5)〈誰需要達爾文？〉

(6)〈說故事的人〉

2.閱讀理解測驗乙式：

本研究中選用6篇連續性文本〔69〕，篇名如下：

(1)〈觀光工廠〉

(2)〈內向的力量〉

(3)〈坦尚尼亞之旅〉

(4)〈駭客〉

(5)〈節能家電〉

(6)〈理查·克萊德門〉

3.國民中學閱讀推理測驗

由柯華葳、詹益綾〔31〕編製，共18題。閱讀推理測驗的內部一致性信度介於.77至.81，再測信度的範圍介於.76至.82。此外，全國常模與花東常模答題型態相似，顯示閱讀推理測驗題目的穩定性，可提供教育者作為瞭解學生閱讀能力的指標。

4.3.2研究方法：

進行閱讀理解測驗前，先以國民中學閱讀推理測驗進行能力分組，根據分組情形，追蹤甲、乙二式的測驗情形，瞭解學生閱讀理解能力是否有進步。

每次測驗皆從甲式題庫及乙式題庫中選取一回題目，以完整課堂時間同時施測兩篇文本，共進行6次施測。依PISA閱讀理解層次分類題型，

取每次測驗中，兩式答題個人成績的平均數：前三次測驗結果作為$\mu B1$，後三次測驗結果作為$\mu B2$，運用相依樣本T檢定，考驗P值結果是否顯著（$\alpha=0.05$）。

由於測驗題目有甲、乙兩式，每篇題數及測驗能力取向分布不平均，因此採取答題百分比的方式計算分數，例如要了解第一次閱讀理解測驗甲、乙兩式題目中，「擷取與檢索」答對表現，則計算甲、乙兩式中有關「擷取與檢索」能力題目的答對題數，除以甲、乙兩式中有關「擷取與檢索」能力題目總題數，並換算成百分比，以此追蹤分布不均題目中各項能力表現情形。再以國民中學閱讀推理測驗施測，前、後測題目內容相同，僅答題選項次序變動，兩次測驗時間相隔一個月，觀察學生閱讀理解能力是否有顯著變化。

4.3.3研究假設

1.待答問題：

(1) 閱讀測驗甲、乙兩式題目前三次測驗為前測，後三次為後測，以兩次評分結果觀察學生「閱讀」能力是否有顯著變化？

(2) 閱讀測驗甲、乙兩式題目依PISA閱讀理解層次分類，前三次測驗為前測，後三次為後測，以兩次評分結果觀察學生「擷取與檢索」能力是否有顯著變化？

(3) 閱讀測驗甲、乙兩式題目依PISA閱讀理解層次分類，前三次測驗為前測，後三次為後測，以兩次評分結果觀察學生「統整與解釋」能力是否有顯著變化？

(4) 閱讀測驗甲、乙兩式題目依PISA閱讀理解層次分類，前三次測驗為前測，後三次為後測，以兩次評分結果觀察學生「反思與評鑑」能力是否有顯著變化？

(5) 以國中閱讀推理測驗進行前、後測，觀察測驗結果是否有顯著變化？

2.虛無假設H0：

(1) 閱讀測驗甲、乙兩式題目前三次測驗為前測，後三次為後測，以兩次評分結果觀察學生「閱讀」能力無顯著變化。（μB1=μB2）

(2) 閱讀測驗甲、乙兩式題目依PISA閱讀理解層次分類，前三次測驗為前測，後三次為後測，以兩次評分結果觀察學生「擷取與檢索」能力無顯著變化。（μB1a=μB2a）

(3) 閱讀測驗甲、乙兩式題目依PISA閱讀理解層次分類，前三次測驗為前測，後三次為後測，以兩次評分結果觀察學生「統整與解釋」能力無顯著變化。（μB1b=μB2b）

(4) 閱讀測驗甲、乙兩式題目依PISA閱讀理解層次分類，前三次測驗為前測，後三次為後測，以兩次評分結果觀察學生「反思與評鑑」能力無顯著變化。（μB1c=μB2c）

(5) 以國中閱讀推理測驗進行前、後測，觀察測驗結果無顯著提升（μC1=μC2）

3.對立假設H1：

(1) 閱讀測驗甲、乙兩式題目前三次測驗為前測，後三次為後測，以兩次評分結果觀察學生「閱讀」能力有顯著變化。（μB1≠μB2）

(2) 閱讀測驗甲、乙兩式題目依PISA閱讀理解層次分類，前三次測驗為前測，後三次為後測，以兩次評分結果觀察學生「擷取與檢索」能力有顯著變化。（μB1a≠μB2a）

(3) 閱讀測驗甲、乙兩式題目依PISA閱讀理解層次分類，前三次測驗為前測，後三次為後測，以兩次評分結果觀察學生「統整與解釋」能力有顯著變化（μB1b≠μB2b）

(4) 閱讀測驗甲、乙兩式題目依PISA閱讀理解層次分類，前三次測驗為前測，後三次為後測，以兩次評分結果觀察學生「反思與評鑑」能力有顯著變化。（μB1c≠μB2c）

(5) 以國中閱讀推理測驗進行前、後測，觀察測驗結果有顯著變化
（ $\mu C1 \neq \mu C2$ ）

4.3.4施測流程

閱讀理解測驗的各次施測，於課堂閱讀課進行。施測順序如下：

表4.3.4、閱讀理解測驗施測流程表

順序	施測日期	施測內容	
一	4/10	國民中學閱讀推理測驗－前測	
二	4/10	〈學習的真諦〉	〈觀光工廠〉
三	4/17	〈也是城鄉差距〉	〈內向的力量〉
四	4/24	〈麵包的祕密〉	〈坦尚尼亞之旅〉
五	5/1	〈閱讀使你爬上巨人的肩膀〉	〈駭客〉
六	5/8	〈誰需要達爾文〉	〈節能家電〉
七	5/22	〈說故事的人〉	〈理查・克萊德門〉
八	5/22	國民中學閱讀推理測驗－後測	

施測時間多以閱讀課堂完整45分鐘進行施測，唯少數因教學現場不特定因素（如：請假、公差），而有部分學生非施測當天完成閱讀測驗，而是利用課餘時間完成補考。

4.3.5實驗B結果

根據〈國中閱讀推理測驗〉〔31〕，將學生區分為三能力組別：高能力組、中能力組及待加強能力組，運用閱讀甲、乙二式題目完成六次閱讀理解測驗。

由於測驗題目有甲、乙兩式，每篇題數及測驗能力取向分布不平均，因此採取答題百分比的方式計算分數。六次閱讀理解測驗中，前三次測驗結果作為$\mu B1$，後三次測驗結果作為$\mu B2$，運用相依樣本T檢定，考驗P值結果是否顯著（ $\alpha=0.05$ ）研究者蒐集並整理資料，根據下列待答問題說明實驗結果：

1.待答問題1：

「閱讀測驗甲、乙兩式題目前三次測驗為前測，後三次為後測，以兩次評分結果觀察學生『閱讀』能力是否有顯著變化？」

以下為閱讀理解前測及後測中，閱讀理解測驗的最終計分統計情形：

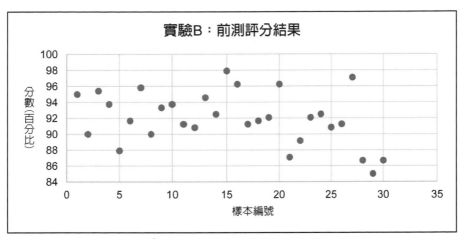

圖4.3.5-a、實驗B：前測評分結果

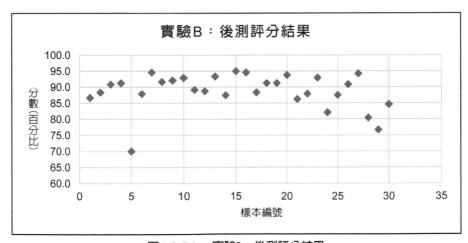

圖4.3.5-b、實驗B：後測評分結果

再以相依樣本t考驗檢核前、後測,觀察學生閱讀理解測驗的評分結果,是否有顯著改變情形:

虛無假設H0:$\mu B1=\mu B2$

對立假設H1:$\mu B1 \neq \mu B2$

表4.3.5-a、實驗B:前、後測評分結果

成對樣本	平均數	個數	標準差	平均數的標準誤
前測	92.0333	30	3.26405	.59593
後測	88.8000	30	5.61034	1.02430

從表4.3.5-a中可以讀出以下信息:共30個樣本數,樣本平均數前測結果是92.0333,後測結果是88.8000,整體平均分數下降。

表4.3.5-b、實驗B:前、後測相依樣本t檢定結果

	成對變數差異					t	自由度	顯著性(雙尾)
	平均數	標準差	平均數標準誤	差異的95%信賴區間				
				下界	上界			
前測－後測	3.23333	3.92765	.71709	1.76672	4.69994	4.509	29	.000

從表4.3.5-b中可以發現:此一相依樣本的檢定的t(29)統計量的值是4.509,顯著性為.000,考驗結果達顯著($P<0.05$),表示這30名學生的閱讀理解測驗成績有顯著的不同。從樣本平均數大小可以看出,學生的後測成績(92.0333)較前測成績(88.8000)低,顯示學生的成績退步。

研究者以各能力組的前、後測分數進行考驗,可得表4.3.5-c:

表4.3.5-c、實驗B:前、後測各能力組學生檢定結果

	前測平均數	後測平均數	樣本數	T值	顯著性(雙尾)
高能力組	93.1000	90.0000	20	3.433	.003
中能力組	91.4286	88.8571	7	1.703	.139
待加強能力組	86.3333	80.6667	3	3.053	.093

從表4.3.5-c中可以發現：

高能力組相依樣本檢定的t（19）統計量的值是3.433，顯著性為0.003，考驗結果達顯著（P<0.05），表示這20名學生的檢定結果有顯著的不同。從學生的後測成績（90.0000）較前測成績（93.1000）低，顯示學生的成績有退步情形。

中能力組相依樣本檢定的t（6）統計量的值是1.703，顯著性為0.139，考驗結果未達顯著（P>0.05）；待加強能力組相依樣本檢定的t（2）統計量的值是3.053，顯著性為0.093，考驗結果未達顯著（P>0.05）。

2.待答問題2：

「閱讀測驗甲、乙兩式題目依PISA閱讀理解層次分類，前三次測驗為前測，後三次為後測，以兩次評分結果觀察學生「擷取與檢索」能力是否顯著提升？」

以下為閱讀理解前測及後測中，「擷取與檢索」答題答對率的統計情形：

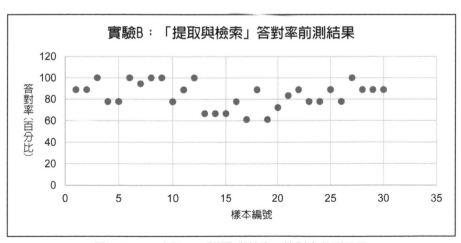

圖4.3.5-a、實驗B：「擷取與檢索」答對率前測結果

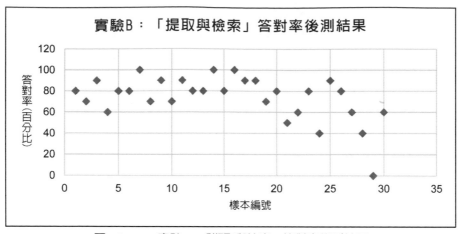

圖4.3.5-b、實驗B：「擷取與檢索」答對率後測結果

再以相依樣本t考驗檢核前、後測，觀察學生自行閱讀並完成學習單提問的評分結果，是否有顯著改變情形：

虛無假設H0：μB1a=μB2a

對立假設H1：μB1a≠μB2a

表4.3.5-d、實驗B：「擷取與檢索」答對率－前、後測評分結果

成對樣本	平均數	個數	標準差	平均數的標準誤
前測	83.8967	30	12.05652	2.20121
後測	73.667	30	21.25110	3.87990

從表4.3.5-d可知：共30個樣本數，樣本平均數前測「擷取與檢索」答對率是83.8967%，後測「擷取與檢索」答對率是73.667%，整體平均答對率下降。

從表4.3.5-e中可以發現：此一相依樣本的檢定的t（29）統計量的值是2.209，顯著性為0.035，考驗結果顯著（P<0.05），表示這30名學生的閱讀理解測驗成績有顯著的不同。從樣本平均數大小可以看出，學生的後測答對率（73.667）較前測答對率（83.8967）低，顯示學生「擷取與檢索」答題答對率微幅下降。

表4.3.5-e、實驗B：「擷取與檢索」答對率－前、後測相依樣本t檢定結果

	成對變數差異					t	自由度	顯著性（雙尾）
	平均數	標準差	平均數標準誤	差異的95%信賴區間				
				下界	上界			
前測－後測	10.23000	25.3645	4.63090	.75874	19.70126	2.209	29	.035

研究者以各能力組的前、後測分數進行考驗，可得表4.3.5-f：

表4.3.5-f、實驗B：「擷取與檢索」答對率－前、後測各能力組學生檢定結果

	前測平均數	後測平均數	樣本數	T值	顯著性（雙尾）
高能力組	82.7850	82.5000	20	.074	.942
中能力組	84.9286	65.7143	7	2.542	.044
待加強能力組	88.9000	33.3333	3	3.150	.088

從表4.3.5-f中可以發現：

高能力組相依樣本檢定的t（19）統計量的值是0.074，顯著性為0.942，考驗結果未達顯著（P>0.05）。待加強能力組相依樣本檢定的t（2）統計量的值是0.393，顯著性為0.733，考驗結果未達顯著（P>0.05）。

中能力組相依樣本檢定的t（6）統計量的值是2.542，顯著性為0.044，考驗結果達顯著（P<0.05），表示這20名學生的檢定結果有顯著的不同。從樣本平均數大小可以看出，學生的後測成績（65.7143）較前測成績（84.9286）低，顯示學生的成績有退步情形。

3.待答問題3：

「閱讀測驗甲、乙兩式題目依PISA閱讀理解層次分類，前三次測驗為前測，後三次為後測，以兩次評分結果觀察學生「統整與解釋」能力是否顯著提升？」

以下為閱讀理解前測及後測中，「統整與解釋」答題答對率的統計
情形：

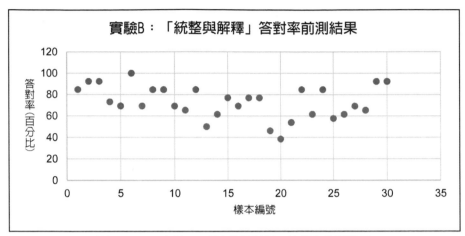

圖4.3.5-c、實驗B：「統整與解釋」答對率前測結果

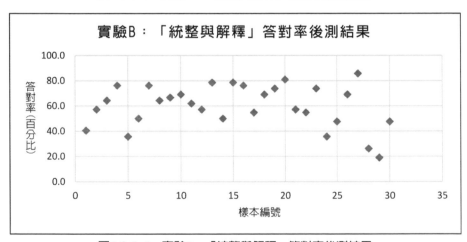

圖4.3.5-d、實驗B：「統整與解釋」答對率後測結果

再以相依樣本t考驗檢核前、後測，觀察學生自行閱讀並完成學習單
提問的評分結果，是否有顯著改變情形：

虛無假設H0：μB1b=μB2b

對立假設H1：μB1b≠μB2b

表4.3.5-g、實驗B：「統整與解釋」答對率－前、後測評分結果

成對樣本	平均數	個數	標準差	平均數的標準誤
前測	72.9367	30	15.19588	2.77438
後測	59.9167	30	16.87825	3.08153

　　表4.3.5-g中可讀出以下信息：共30個樣本數，樣本平均數前測「統整與解釋」答對率是72.9367%，後測「統整與解釋」答對率是59.9167%，整體平均答對率下降。

表4.3.5-h、實驗B：「統整與解釋」答對率－前、後測相依樣本t檢定結果

	成對變數差異					t	自由度	顯著性（雙尾）
	平均數	標準差	平均數標準誤	差異的95%信賴區間				
				下界	上界			
前測－後測	13.02000	26.8871	4.90890	2.98018	23.05982	2.652	29	.013

　　從表4.3.5-h中可以發現：此一相依樣本的檢定的t（29）統計量的值是2.652，顯著性為0.013，考驗結果未達顯著（P<0.05），表示這30名學生的閱讀理解測驗成績有顯著的不同。從樣本平均數大小可以看出，學生的後測成績（59.9167）較前測成績（72.9367）低，顯示學生的成績有退步情形。

　　研究者以各能力組的前、後測分數進行考驗，可得4.3.5-i：

表4.3.5-i、實驗B：前、後測各能力組學生檢定結果

	前測平均數	後測平均數	樣本數	T值	顯著性（雙尾）
高能力組	73.2600	64.0500	20	1.669	.112
中能力組	67.5571	60.5286	7	.767	.472
待加強能力組	83.3333	30.9333	3	4.957	.038

從表4.3.5-i中可以發現：高能力組相依樣本檢定的t（19）統計量的值是1.669，顯著性為0.112，考驗結果未達顯著（P>0.05）；中能力組相依樣本檢定的t（6）統計量的值是0.767，顯著性為0.472，考驗結果未達顯著（P>0.05）。

待加強能力組相依樣本檢定的t（2）統計量的值是4.957，顯著性為0.038，考驗結果達顯著（P<0.05），表示這3名學生的檢定結果有顯著的不同。從樣本平均數大小可以看出，學生的後測答對率（30.9333）較前測答對率（83.3333）低，顯示學生的「統整與解釋」答對率有退步情形。

待加強組前、後測平均分數落差如此大的原因，除三名學生的後測分數都有退步外，其中一名的答題全部錯誤，大幅拉低待加強能力組平均分數。

4.待答問題4：

「閱讀測驗甲、乙兩式題目依PISA閱讀理解層次分類，前三次測驗為前測，後三次為後測，以兩次評分結果觀察學生「反思與評鑑」能力是否顯著提升？」

以下為閱讀理解前測及後測中，「反思與評鑑」答題答對率的統計情形：

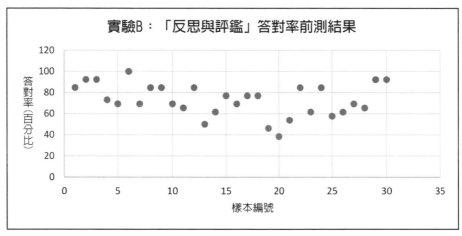

圖4.3.5-e、**實驗B**：「反思與評鑑」答對率前測結果

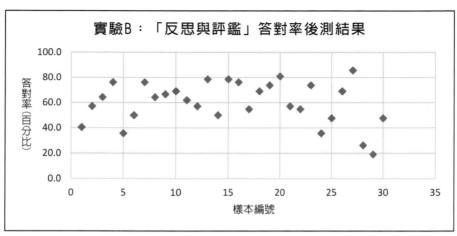

圖4.3.5-f、實驗B：「反思與評鑑」答對率後測結果

再以相依樣本t考驗檢核前、後測，觀察學生自行閱讀並完成學習單提問的評分結果，是否有顯著改變情形：

虛無假設H0：μB1c=μB2c

對立假設H1：μB1c≠μB2c

表4.3.5-j、實驗B：「反思與評鑑」答對率－前、後測評分結果

成對樣本	平均數	個數	標準差	平均數的標準誤
前測	57.2300	30	19.13497	3.49355
後測	54.7633	30	20.32058	3.71001

　　表4.3.5-j中可以讀出以下信息：共30個樣本數，樣本平均數前測「反思與評鑑」答對率是57.2300%，後測「反思與評鑑」答對率是54.7633%，整體平均答對率下降。

　　從表4.3.5-k中可以發現：此一相依樣本的檢定的t（29）統計量的值是2.652，顯著性為0.655，考驗結果未達顯著（P>0.05），表示這30名學生的「反思與評鑑」答對率沒有顯著差異。

　　研究者以下就各能力組的前、後測分數進行考驗，可得表4.3.5-l：

表4.3.5-k、實驗B：「反思與評鑑」答對率－前、後測相依樣本t檢定結果

	成對變數差異					t	自由度	顯著性（雙尾）
	平均數	標準差	平均數標準誤	差異的95%信賴區間				
				下界	上界			
前測－後測	2.46667	29.8998	5.45893	-8.69810	13.63144	.452	29	.655

表4.3.5-l、實驗B：「反思與評鑑」答對率－前、後測各能力組學生檢定結果

	前測平均數	後測平均數	樣本數	T值	顯著性（雙尾）
高能力組	53.8950	61.0750	20	-1.430	.169
中能力組	53.9857	51.0143	7	.392	.708
待加強能力組	47.0333	21.4333	3	14.502	.005

從表4.3.5-l中可以發現：

高能力組相依樣本檢定的t（19）統計量的值是-1.430，顯著性為0.169，考驗結果未達顯著（P>0.05）；中能力組相依樣本檢定的t（6）統計量的值是0.392，顯著性為0.708，考驗結果未達顯著（P>0.05）；待加強能力組相依樣本檢定的t（2）統計量的值是14.502，顯著性為0.005，考驗結果未達顯著（P=0.05）。

2.待答問題5：

「以國中閱讀推理測驗進行前、後測，觀察測驗結果是否顯著提升？」

〈國中閱讀推理測驗〉後測為回答研究者分析閱讀理解測驗後衍申問題，故於施測當日，以同樣題目測驗卷，分別施測兩次。詳細目的及過程請參見〈第伍章、研究發現與建議〉。為了要和一個月前施測的前測結果進行相依樣本T考驗，兩次後測分數取高分者，與前測分數進行比較，以下為閱讀理解前測及後測中，閱讀理解測驗的最終計分統計情形：

H0：$\mu C1 = \mu C2$

H1：$\mu C1 \neq \mu C2$

測驗完畢後，研究者根據兩次測驗進行相依樣本T考驗，可得數據如下：

表4.3.5-m、實驗B：閱讀推理測驗－前測、後測評分結果

成對樣本	平均數	個數	標準差	平均數的標準誤
前測	79.8033	30	16.40810	2.99570
後測	85.7233	30	15.41427	2.81425

從表4.3.5-m中可以讀出以下信息：

待加強能力組共30個樣本數，樣本平均數前測結果是79.8033，後測結果是85.7233，整體平均分數上升。

表4.3.5-n、實驗B：閱讀推理測驗－前、後測相依樣本t檢定結果

	成對變數差異					t	自由度	顯著性（雙尾）
	平均數	標準差	平均數標準誤	差異的95%信賴區間				
				下界	上界			
前測－後測	-5.92000	12.3694	2.25833	-10.53879	-1.30121	-2.621	29	.014

從表4.3.5-n中可以發現：

此一相依樣本的檢定的$t(29)$統計量的值是-2.621，顯著性為0.014，考驗結果達顯著（$P<0.05$），表示這30名學生的閱讀理解測驗成績顯著不同。從樣本平均數大小可以看出，學生的後測成績（79.8033）較前測成績（85.7233）為優，顯示學生成績有進步的趨勢。

因此可以知道，整體接受測驗學生「閱讀推理」能力有提升。

研究者欲探討學習單預習成績顯著進步結果，主要分布在哪一組？因此以下就各能力組的前、後測分數進行考驗，可得表4.3.5-o：

表4.3.5-o、實驗B：閱讀推理測驗－前、後測各能力組學生檢定結果

	前測平均數	後測平均數	樣本數	T值	顯著性（雙尾）
高能力組	89.4350	90.5400	20	-.522	.608
中能力組	67.4429	85.6857	7	-3.927	.008
待加強能力組	44.4333	53.7000	3	-1.390	.299

從表4.3.5-o中可以發現：

高能力組相依樣本檢定的t（19）統計量的值是0.558，顯著性為0.583，考驗結果未達顯著（P>0.05）；中能力組相依樣本檢定的t（6）統計量的值是1.220，顯著性為0.268，考驗結果未達顯著（P>0.05）；待加強能力組相依樣本檢定的t（2）統計量的值是0.393，顯著性為0..733，考驗結果未達顯著（P>0.05）。

然而，從樣本平均數大小可以看出，高能力組學生的後測答對率（88.6250%）較前測答對率（89.8250%）低，中能力組學生的後測答對率（81.4286%）較前測答對率（87.1249%）低，待加強能力組學生的後測答對率（71.6667%）較前測答對率（73.3667%）低，顯示學生的「統整與解釋」答對率呈退步情形。

第五章　研究討論與建議

　　正式研究中，研究者以課內學習單，輔以半結構式問卷，進行實驗A；以閱讀測驗甲、乙式，輔以國民中學閱讀推理測驗，進行實驗B，進行建構式提問法進行白話文閱讀教學的實證研究。

　　本章節根據實驗數據及研究者教學實境觀察，分別討論「實驗A」及「實驗B」的結果，並提出結論與建議。

5.1研究討論

5.1.1實驗A

1.學習單

　　研究者以新竹市立某國中七年級生為研究對象，運用課堂文本進行為期八週的教學研究。課前由研究者設計提問學習單，請學生透過獨立閱讀預寫學習單，根據學習單評分結果檢測其閱讀理解能力。

　　由於在正式教學情境中，以固定班級為教學對象，無法進行隨機抽樣，故採「準實驗單組前測—後測」設計，先將學生依「國民中學閱讀推理測驗」結果分成高、中、待加強三組，追蹤學習單預寫情形。

　　為深入觀察學生的答題觀察情形，除了蒐集學習單預寫評分，作為實驗A「閱讀能力」的觀察依據，亦將學習單題目內容以PISA閱讀理解素養分類，統計學生前、後測各層次題目的答題情形，觀察學生經過課程教學後，「閱讀能力」、「擷取與檢索」、「統整與解釋」、「反思與評鑑」能力是否有顯著變化。

　　根據實驗數據顯示，實驗A前測與後測結果出現顯著情形者，包含：全體閱讀能力、高能力組閱讀能力、全體擷取與檢索能力、高能力組擷取

與檢索能力。統計資料如表5.1.1所示：

表5.1.1、實驗A前測與後測結果顯著列表

組別	前測平均	後測平均	樣本數	顯著（雙尾）
閱讀能力：全體	82.77	86.05	30	.047
閱讀能力：高能力組	85.58	89.53	20	.042
擷取與檢索：全體	66.65	83.83	30	.000
擷取與檢索：高能力組	71.65	86.75	20	.000

從表5.1.1資料訊息可以得知：

運用提問教學法進行白話文閱讀教學，能夠提升整體學生能力，但是根據各組實驗數據卻發現：以前、後測平均分數觀察，全體的閱讀理解能力都有進步，且集中在「擷取與檢索」能力層次；對於中能力組及待加強能力組的學習成效並不明顯。

研究者嘗試解釋數據，利用課餘時間找中能力組及待加強能力組學生各兩名，以一對一提問教學方式協助學生進行閱讀分析。互動過程中，研究者發現中能力組的學生能「找到」問題的答案，在進行「統整說明」時，則需要更多引導方能回答正確；待加強能力者進行閱讀時，理解速度較為緩慢，研究者發現，引導待加強學生的過程中，必須將提問內容步驟化，以第十二課學習單題目為例：

「課文第6段中，陳幸蕙為什麼認為『楊逵先生的話』可以回應聽眾『忙碌的現實生活，使人無暇寫作，或寫不出自己滿意的作品來。』的煩惱？」

T：「楊逵先生的話」是哪一句話？

S：（10秒尋找後）在大地上寫詩。

T：從課文中知道這句話表示楊逵以什麼樣的態度面對生活？

S：（停頓）

T：（提示）課文第二段有線索。

S：認真負責。

T：對，認真負責，所以作者用「楊逵先生的話」是想說明哪種生活態度？

S：認真負責的生活態度。

T：好，那麼聽眾說：「忙碌的現實生活，使人無暇寫作，或寫不出自己滿意的作品來。」，他們的問題是什麼？

S：無暇寫作。

T：無暇寫作就是沒有空寫，還有嗎？

S：寫不出自己滿意的作品。

T：（加強）也就是聽眾對作品內容感覺？

S：不滿意。

T：所以聽眾的問題是？

S：寫作不滿意。

T：那作者用楊逵的話回應聽眾問題，是想說什麼？

S：認真負責的生活態度。

T：認真負責的生活態度可以幫助？

S：認真負責的生活態度可以幫助寫作。

T：就是這樣，請訂正題目。

（T0529-12-3）

　　從上述內容可以觀察到，待加強學生進行閱讀理解時，較難一次處理大量資訊，必須將問題細部化，循序漸進呈現。

　　然而，在進行班級課程教學時，教師常以多數學生進度為主，較難關注各別學生的學習進度。研究者發現這個情形後，試著調整課程模組，希望能藉此達到差異化教學的目標，詳細內容列於本章〈第二節、研究建議〉。

2.半結構式問卷

　　課程結束後，研究者以半結構式問卷蒐集學生反應，統計問卷結果，得下圖：

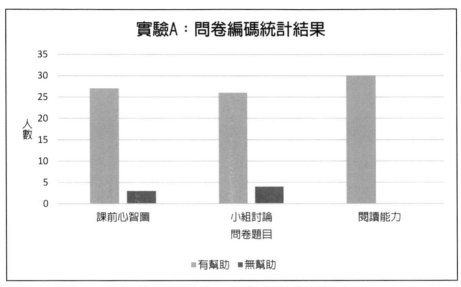

圖5.1.1、實驗A：問卷編碼統計結果

　　根據圖5.1.1，可以發現學生對於課程模組多抱持正向肯定。認為課前先畫心智圖，有助於寫學習單的學生佔多數（90%），多數人認同這個方式可以加深課文印象，事先分析課文脈絡，可以加快作答速度，留意到課文細節。從前述原因可以知道，學生寫作學習單的習慣不再僅僅以「從題目中找答案法」的閱讀課文，能夠先分析課文脈絡，深入了解文本後再進行作答。因此，研究者認為課前先以心智圖分析文本，可以訓練學生「擷取與檢索」、「統整與解釋」的能力，也能避免學生粗略閱讀率性作答。

　　此外，多數學生對於以小組討論的方式訂正作業抱持肯定的態度，認為能夠藉由討論找到重點，深入分析文章，部分學生認為小組討論常常因為討論失焦，而出現聊天的情況。探究原因，研究者發現進行分組時，雖

然是讓同學選擇組員，但是這種選擇方式常會出現學生以個人喜好對象作為選擇依據，小組難有能力均衡情形。研究者發現這個情形後，試著調整小組運作模式，希望能藉此達到分組合作學習的目標，詳細內容列於本章〈第二節、研究建議〉。

　　透過問卷統計發現，學生普遍認為閱讀理解能力有成長，且能具體說明能力成長情形，研究者根據開放式問答內容進行編碼，可以發現多數原因如下：閱讀時可以更快找到重點，發現理解、分析、統整的能力變好（心智圖、文本線軸脈絡越來越熟練），閱讀速度有變快，透過思考問題深入閱讀文本。由問卷回答內容可以發現，學生以後設認知監控個人改變，顯見閱讀理解能力層次中「反思與評鑑」有顯著成長。

　　因此，根據半結構式問卷調查統計結果，可以知道此教學模組對學生學習上是有幫助的。

5.1.2實驗B
1.閱讀理解測驗甲、乙式

　　研究者以新竹市立某國中七年級生為研究對象，運用閱讀課進行六回閱讀理解測驗的教學研究。進行閱讀理解測驗前，先以國民中學閱讀推理測驗進行能力分組，根據分組情形，追蹤甲、乙二式的測驗情形，瞭解學生閱讀理解能力是否有進步。

　　根據實驗數據顯示，實驗B前測與後測結果出現顯著情形者，包含：高能力組閱讀能力、全體擷取與檢索能力、中能力組擷取與檢索能力、待加強能力組統整與解釋能力。統計資料如表5.1.2-a所示：

表5.1.2-a、實驗B前測與後測結果顯著列表

組別	前測平均	後測平均	樣本數	顯著（雙尾）
閱讀能力：高能力組	93.1	90.0	20	.003
擷取與檢索：全體	83.89	73.66	30	.035
擷取與檢索：中能力組	84.92	65.71	7	.044
統整與解釋：待加強能力組	83.33	30.93	3	.038

　　從表5.1.2-a可以得知，整體學生閱讀能力並無顯著變化，但是根據各組實驗數據卻發現：

　　以前、後測平均分數觀察，高能力組的閱讀能力微幅退步；全體的「擷取與檢索」能力整體出現退步情形；待加強能力組的「統整與解釋」則大幅退步；此外，其他能力並無顯著變化。

　　待加強能力組三人的測驗結果皆有退步，然而答對率大幅退步的原因，在於三名受試者中，其中一名幾次試卷幾乎全錯，因此產生答對率變化極大的情形，故此數據暫不討論。針對表5.1.2-a其他情形，研究者根據省思筆記中，推敲可能原因有：「各篇題目難易度不均，前測的題目整體偏易，後測的題目較難。」、「閱讀理解測驗為期8週，短時間內無法看出閱讀能力成長趨勢」、「閱讀理解測驗說明時，僅告知學生可以從測驗結果得知閱讀能力變化情形，並未列入學期科目的成績計分，使作答心態教敷衍（發現部分測驗卷並未全部完成）。」

　　上述三項原因，題目難易度分布因樣本數不足，無法進行實驗推估結果；閱讀理解測驗至研究結果為止，為期8週，原因在於研究設計配合研究論文期限而有進度限制，因此無法進行更長期的追蹤。

　　至於學生的學習成效是否受其答題心態、動機與目的影響而產生改變？研究者以「國中閱讀推理測驗後測」進行實驗：在同一天中，同一份測驗卷進行兩次測驗。第一次測驗僅告訴學生，測驗結果反應閱讀理解能力成長趨勢；第二次測驗告訴學生，測驗結果將列為本學期「閱讀課」的定期評量成績。設定研究假設如下：

　　H0：$\mu C1 = \mu C2$

　　H1：$\mu C1 \neq \mu C2$

　　測驗完畢後，研究者以此兩次測驗進行相依樣本T考驗，可得數據如表5.1.2-b：

表5.1.2-b、追加實驗：閱讀推理測驗－後測1、後測2評分結果

成對樣本	平均數	個數	標準差	平均數的標準誤
前測	80.3567	30	18.08594	3.30203
後測	82.2133	30	15.86707	2.89692

表5.1.2-c、追加實驗：閱讀推理測驗－前、後測各能力組學生檢定結果

	成對變數差異					t	自由度	顯著性（雙尾）
	平均數	標準差	平均數標準誤	差異的95%信賴區間				
				下界	上界			
前測－後測	-1.85667	11.4134	2.08380	-6.11852	2.40518	-.891	29	.380

　　從表5.1.2-c中可以發現：此一相依樣本的檢定的t（29）統計量的值是-0.891，顯著性為0.38（P>0.05），考驗結果未達顯著，表示30名學生兩次閱讀理解測驗後測成績沒有顯著不同。然而，從表52可看出平均分數略有提升。研究者追蹤高能力組、中能力組和待加強能力組，可得結果如表5.1.2-d：

表5.1.2-d、追加實驗：各能力組－前、後測相依樣本t檢定結果

	後測1平均	後測2平均	樣本數	T值	顯著性（雙尾）
高能力組	86.3800	88.3200	20	-1.097	.286
中能力組	80.1286	77.7714	7	.362	.729
待加強能力組	40.7333	51.8667	3	-1.315	.319

　　從上表可以發現，雖然三組的檢定結果未達顯著性，但是高能力組和待加強能力組的測驗平均皆有極微幅上升，中能力組學生的測驗平均反而下降，因此可以知道，經研究者提醒測驗目的後，對閱讀理解測驗結果的影響有限。

　　研究者推估可能原因有二：一為研究時間不足以追蹤閱讀能力的長期發展，因此未呈現具體成效。此外，坊間題本難易度雖然分布不均，研究

者為檢核能力而採答對率統計閱讀理解成效，發現大多數學生的閱讀成果
並無顯著變化，可見題本內容具一定信度。請教專家意見後，推估可能原
因為閱讀測驗施測的文章順序，前測文章內容淺略，測驗題目少綜合思辯
類型，後測文章偏難，綜合思辯題目較多，難度提升。

2.國民中學閱讀推理測驗

以〈國中閱讀推理測驗〉前、後測進行相依樣本T考驗，可得數據
如下：

表5.1.2-e、閱讀推理測驗：前、後測各能力組學生檢定結果

	前測平均數	後測平均數	樣本數	顯著性（雙尾）
全體	79.8033	85.7233	30	.014
高能力組	89.4350	90.5400	20	.608
中能力組	67.4429	85.6857	7	.008
待加強能力組	44.4333	53.7000	3	.299

從表5.1.2-e資料訊息可以得知：

整體學生閱讀能力有顯著變化，以前、後測平均分數觀察，閱讀推理
能力有進步。中能力組學生結果達顯著，後測分數（85.6857）高於前測分
數（67.4429），因此可以知道該組別閱讀推理能力大幅進步。

高能力組和待加強能力組雖結果不顯著，但從平均分數可以得知，待
加強能力組的後測分數（53.7）高於前測分數（44.43），有微幅進步。

5.2研究建議

由於統計分析實驗數據，可以發現研究設計上可以改進的部分；回
收問卷整理學生回饋之後，可以藉此調整課程模組設計。以下分別給予
建議：

5.2.1課程模組

　　教學相長，持續從學生問卷回饋中調整課程模組，才能讓教學成長活化。前導性研究問卷讓課程模組趨向完整、活化，正式研究問卷則可以協助教師留意細節，以下就課前、課中、課後分別進行討論與建議：

1.課前

　　教師課前以鄭圓鈴所倡「建構式提問學習單設計」進行文本分析，可以讓文章脈絡更明確，接著以研究者慣用文本線軸分析，統整文章脈絡。研究者發現，這樣的備課方式可以擺脫參考用書，著意於文本分析，協助學生提升閱讀理解能力。

　　利用提問法設計學習單時，研究者留意兩個要點：提問有層次、題目有統整。建構式提問法以PISA閱讀理解層次為據，提問由淺至深，引導學生逐步閱讀、分析文章內容，教師以文意段整理文章脈絡，設計統整性題目，可以協助學生統整問題，深入思考。雖然在課堂上寫學習單，可以提高學習單的完成率，但是研究者發現學生常常為了回答題目而找線索，即便多次提醒學生要先閱讀課文、圈畫重點後再開始回答，多數學生仍執意為寫完作業而寫作業。

　　正式研究後測階段，研究者要求學生必須先完成一張心智圖。由於心智圖的繪製需要全神貫注、專心，為避免成為回家作業後，又是白紙一張，因此研究者安排一節課繪製心智圖，一節課寫學習單。

　　原先擔心用兩節課時間讓學生完成作業，會不會耽誤到課堂時間，但是研究者發現：課前用心智圖、學習單的方式讓學生預習課文後，研究者課堂講解只需強調重點，而不用逐字逐句講解，反而加快授課步調，又能達到成效。

　　研究者觀察，用心智圖方式授課，同時可以達到「找線索」、「統整資訊」的能力，再搭配學習單「解釋題目」、「反思評鑑」，就可以達到完整的閱讀能力訓練效果。

2.課中

由於課前預習充足，教師針對文章理解細節部分討論，或補充部分生難字詞。其餘時間則可以利用文本線軸或是心智圖的方式，協助學生畫出課文寫作脈絡，並以此脈絡學習如何寫作。

由於課堂採分組合作形式，在課堂訂正學習單的時間，研究者指定6名弓箭手（學習單預寫高分群）針對指定作文題目繪製心智圖及文本脈絡，等到學習單檢討完畢後，則分派弓箭手至各組擔任指導員，引導小組完成共同寫作。

此外，教師也可以將待加強學生另設一組，教師進行差異化教學。

分組的組員能力不均，或是喜歡聊天等問題，研究者根據問卷回饋結果可以發現：學生分組多以喜好相處對象為組員考量，並非真正進行能力分組，且組員分布常常是男、女生各成一組。因此研究者建議：由教師進行能力分組，且平均男、女生分布情形，四人小組座位採x型配置，如圖5.3.2所示：

| 男 | 女 |
| 女 | 男 |

圖5.3.2、四人小組座位採x型配置圖

3.課後

課後評分模式採完全加分制，這個制度的好處就是：原先老師追著學生催繳訂正的情形反過來，變成學生追著老師加分。

5.2.2研究設計

進行閱讀理解教學時，為了追求課程模組的完整性，前導性研究時間過長，導致可分配的正式研究時間為八週；授課時間配合正常課堂及定期評量進度，課次間穿雜文言文授課，白話文授課時間未有連貫。因此建議：進行授課時可以先講授非白話文課次，之後講解白話文課次，段考結

束後的下一次授課，先講解白話文課次，持續追蹤時間半年以上，觀察成效會更加明確。

　　本研究實驗B閱讀能力前、後測結果並不顯著，根據專家建議，可以得知測驗卷別及題目難易度分布不一，即便以答對率進行統計，也會因題目難易度而影響答題結果。因此建議：在進行施測時以單一類型測驗卷進行施測，並且要留意測驗卷的難易度分布，題目類型。

　　研究者以授課對象為研究對象，30個樣本數略少，根據閱讀推測驗進行能力分組時，本研究中出現了高能力組、中能力組及待加強能力組的人數分布不均，檢定出來的數據，是否確實能代表課程模組有效性？然而以課程本位教學進行的教學研究，無法自由或隨機地選擇樣本數，且不同班級上課的環境、班級風格不同，如何減少實驗干擾，又能增加樣本數，為一難題。

5.2.3總結

　　本研究課程模組以培養學生閱讀能力為課程設計核心，國語文能力中的國學常識或作者介紹，研究者將資料內容整理成學習單發給學生，請學生自行閱讀；至於注釋部分，則是利用每一節課堂下課時間，抽籤請學生背誦。不過抽籤請學生背誦，對於教師而言，若在課多時候則為一大負擔，因此下階段課程模組，將嘗試調整為每天安排固定進度，課程結束後以小組競賽的方式背誦注釋。

　　為了解課程學習單授課模式，對於學生定期評量成績是否有影響，研究者以七年級上學期第二次、第三次定期評量成績為前測，七年級下學期第二次、第三次定期評量成績為後測，進行相依樣本T考驗，可得以下結果：

表5.3.3-a、國文定期評量：前、後測評分結果

成對樣本	平均數	個數	標準差	平均數的標準誤
前測	73.9833	30	14.43833	2.63607
後測	79.5500	30	14.56087	2.65844

表5.3.3-b、國文定期評量：待加強能力組－前、後測相依樣本t檢定結果

	成對變數差異					t	自由度	顯著性（雙尾）
	平均數	標準差	平均數標準誤	差異的95%信賴區間				
				下界	上界			
前測－後測	-5.56667	7.67439	1.40115	-8.43233	-2.70100	-3.973	29	.000

從表5.3.3-b資料訊息可以得知：

整體學生國文定期評量成績有顯著變化，以前、後測平均分數觀察，後測結果（79.5500）優於前測結果（73.9833），可見學生國文定期評量成績有進步趨勢。

然而，定期評量測驗內容包含形、音、義等各項國語文能力，並非僅有閱讀能力，且每次評量測驗卷的難易度不一，以標準化測驗分數進行前、後測比較，只能觀察學生測驗結果是否有進步，並無法觀察特定能力是否有顯著變化。列出數據內容，目的是為了說明本研究課程模組，並不會影響一般定期評量測驗成績。

5.3省思

本研究告一段落，研究者能夠更深切認識「教學相長」的道理：從學生的回饋中，往往能夠獲得更多。何謂多元化教學？何謂多樣性教學？在這次的研究過程中，研究者有很深的感觸──唯有和學生共同建立的教室環境，才能夠激盪更多火花。

進行研究的時期，正值教育論壇百家爭鳴，其中，翻轉議題熱烈，全台灣的教師們都希望有所改變，陸續錄製影片、發放講義，要求學生在家自學，期待課堂上能藉由討論，引導學生的思辯能力。

然而，研究者想問：「學生有足夠的時間自學嗎？學生有足夠的能力自學嗎？學生有足夠的動機自學嗎？」

　　自學是美好的願景，但是，研究者認為自學並不是把學習的責任全然交給學生，把課堂時間全然留給思辯發表，在國中階段，學生們更需要鷹架。唯有明確的步驟，建立學生自學能力及模式，才能夠獲得成效。

　　教育理念告訴我們：「課堂以孩子為主角」，是希望教學者能夠關注學生的學習成效，進行差異化教學，讓每個孩子都有機會持續進步、成長。

　　經過教學研究的思辯洗禮，才能夠發現要「教學」，真的不是一件容易的事情，也期許自己，未來能夠用持續省思、修正的謙卑面對浩瀚學海，陪伴不同特質的學生，找到最適合彼此的教室風景！

附件一、合作學習法

表57、合作學習法（14,33,53）[1]

方法	學者（年份）	教學方式
學生 小組成就 區分法 （STAD）	R.E.Slavin （1978）	教師課前準備學習單、答案單、小考測驗卷、團體活動觀察表及小組總分單。將學生採異質分組後，課堂中先提示學習任務，請小組進行討論學習。之後，各組發一張答案單，請同學彼此解釋答案，發現問題時先組內解決再尋求教師協助。課程結束分別依據組別進步分數及個人進步分數進行表揚。
拼圖法2代	Slavin修正	課堂分成三個階段，首先教師個別分派相同作業，組內每一位同學指定完成作業單中的部分題目。之後集合各組同一部份的同學共同討論、練習，最後再各自回到原先組別教導組員其所負責的內容。
團體 探究法	R.Sharan （1976）	為學生提供多樣學習經驗，教師以六個連續接段引導學生自行決定要學習的內容：先界定研究主題並和教師共同討論研究計畫後，進行研究準備報告，並於課程後呈現報告，完成學習評鑑。
小組協助 個別教學法 （TAI）	Slavin （1985）	教師課前準備教學單元，包含：說明頁（呈現內容及解說技巧），技巧練習頁（練習使用技巧）以及形成性測驗A&B（兩個難度相同的測驗）。教學前進行異質分組，課堂中學生自行閱讀說明頁，進行練習，遇到困難隨時尋求同學或教師協助，完成練習後進行形成性測驗A，教師審核完成結果後給予學生協助，再請學生完成形成性測驗B，全數通過後則找小老師進行單元測驗。單元測驗通過，將分數記錄在小組總分，每週表揚。
合作 統整閱讀 寫作法 （CIRT）	Madden、 Slavin （1986）	課前教師依學生能力將班級學生分成二至三個閱讀小組，每個閱讀小組中又以二至三個人分為一配對組。學生在配對組中彼此完成：朗讀文章、認識字詞、故事結構認識、重述練習、同儕評分，教學結束後，教師進行綜合測驗，此測驗必須獨力完成。
共同 學習法 （LT）	D.W.Johnson & R.T.Johnson （1987）	應用上普遍也簡單使用的合作學習法，教師分派工作單共同學習，之後小組繳交一份共同完成記錄，以此作為小組獎勵的依據。
交互 教學法	Palincsar & Brown, （1984）	根據建構主義發展的閱讀教學方法，透過師生及同儕的對話和討論，訓練學生「摘要、提問、澄清、預測」四項策略。透過師生對話，教師示範策略，並請學生輪流扮演老師的角色，形成同儕對話。

---

[1] 本表格整理自：連啟舜，2002；黃政傑、林佩璇，2008；陳嘉揚，2008。）

附件二、〈雅量〉教案

2.1教學目標

(1) 語文知識：能理解常用詞語的意義及其在文句中的作用。

(2) 文意理解：A.能指出作者寫作目的或觀點，並說明理由。

　　　　　　　B.能指出文本脈絡，並完整說明理由。

(3) 綜合評鑑：能整合、比較文本或不同文本間的重點與細節，並提出完
整個人的觀點。

2.2教學架構圖

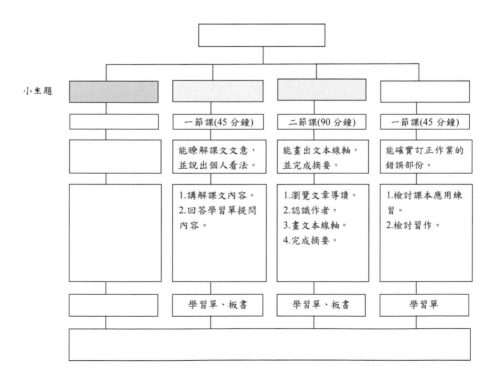

※課程流程：

(1) 看文章標題。

(2) 標自然段。

(3) 對話內容分段。

(4) 閱讀課文。

(5) 找出文意段。

(6) 教師講解，檢討課程內容。

2.3教案

教學主題	〈雅量〉宋晶宜	設計者	蕭文婷
教學對象	七年級學生	教學時數	5節課
教學對象 分析	國小升七年級學童，一班30人，來自各小學。學童的閱讀能力差異極大。 開學一個月，互動尚生疏，討論活動設計以分享個人生活經驗為主。		
教材來源	國中國文課本翰林版第一冊第三課		
設計理念	1.認知：能理解常用詞語的意義及其在文句中的作用，並指出作者藉〈雅 　量〉一文說明何種觀點。 2.情意：能反思如何包容、體諒他人，以培養雅量。 3.技能：能運用閱讀技巧進行文本分析。		
教學內容 分析	1.作者以實例敘述自己對〈雅量〉的體會與看法。		
教學目標	國文科閱讀能力表現標準		
	一、語文知識：能理解常用詞語的意義及其在文句中的作用。 二、文意理解： 1.能指出作者寫作目的或觀點，並說明理由。 2.能指出文本脈絡，並完整說明理由。 三、綜合評鑑：能整合、比較文本或不同文本間的重點與細節，並提出完 　整個人的觀點。		

節次	教學活動流程	時間	教學 資源	教學 評量
第一節	準備階段			
	一、課堂準備 （一）教師：分析文本。 （二）學生：課前閱讀課文（預習）。	5'	課本 板書	口說 評量

	二、引起動機 （一）了解學生起點行為。 國小學過閱讀技巧的同學請舉手。學過哪些閱讀技巧？拿到文章依序閱讀的步驟是？ （二）課前說明。 老師將藉國中七年級第一篇白話選文，協助你們更熟悉閱讀文章的方式。這一節課我們預計完成的目標有以下幾項（寫板書）： 1.看文章標題。 2.標自然段。 3.對話內容分段。 4.圈關鍵詞。 5.找出文意段。			
	發展階段			
	一、達成目標： （一）看文章標題。 （二）標自然段。 （三）對話內容分段。 （四）圈關鍵詞。 （五）找出文意段。	15′	課本	口說評量
	二、主要內容／活動： （一）看文章標題。 1.說出本篇課文的標題，並請學生思考標題為何重要？ 　（標題的重要性：含括課文內容的主旨） 2.以「課文前哨站」獨段短文，讓學生閱讀暖身。	5′	課本	口說評量
	課文前哨站〈雅量─包容與尊重〉 要與人和諧相處，往往需要有寬宏、包容的度量。中國字的構造時分奧妙，「容」下面的「谷」字，意謂著我們要有山谷般的胸襟，包容他人。也有人打趣地說「容」字下面有個「口」，仿佛叮嚀世人要接納別人不同的意見。而英國女作家也曾寫道：「我雖然不同意你說的話，但我維護你說話的權利。」展現出對不同觀點或言論的尊重，這句名言很貼切地詮釋出雅量的涵義。 （出自：翰林版國中七年級上學期國文課本，p.30）			
	（1）這篇文章的標題是？「〈雅量─包容與尊重〉」 （2）破折號，是用來補充說明前面的主題，因此你可以知道，這篇短文的作者認為什麼是雅量？「包容與尊重」。			

	(3) 這篇短文中，用什麼例子說明包容？如何說明？ 包容：用「容」字說明。包容指擁有山谷般的胸襟。 (4) 這篇短文中，用什麼例子說明包容？如何說明？ 尊重：英國女作家的話。不同意但能維護說話權利。 （注：句子出自英國女作家伊夫林‧比阿特麗斯‧霍爾於1906年出版的傳記《伏爾泰的朋友們》。） 3.以「作者介紹」兩段式短文，讓學生閱讀暖身。	10′	課本
	宋晶宜，天津市人，民國三十七年（西元一九四八年）生。中國文化大學新聞系畢業，曾任民生報總編輯、世界日報舊金山分社社長。 中學時期，宋晶宜就開始寫作投稿，作品以散文和報導文學為主，文筆清新自然。著有我和春天有約、看星斗的夜晚、就這樣，幸福到老等書。 （出自：翰林版國中七年級上學期國文課本，p.31）		
	說明：教師寫下「作者三提問」在黑板上，請學生標重點。 1.作家的名、字、號？「本名宋晶宜，沒有筆名」 2.作家重要／特色生平？「新聞系、報社總編、分社社長」 3.寫作風格／特色？「散文和報導文學；文筆清新自然」 （二）標自然段、說明對話內容分段。 1.說明自然段。 2.請學生找到每段空兩格的段落，依序寫上段落編號。 3.說明對話內容分段。 （對話內容講同一件事情，列在同一段）	10′	課本
	朋友買了一件衣料，綠色的底子帶白色方格，當她拿給我們看時，一位對圍棋十分感興趣的同學說： 「啊！好像棋盤似的。」 「我看倒有點像稿紙。」我說。 「真像一塊塊綠豆糕。」一位外號叫「大食客」的同學緊接著說。 （出自：翰林版國中七年級上學期國文課本，p.32）		
	4.確認學生分段情形。		

	（三）圈關鍵詞。 1.閱讀課文，圈出注釋，並將注釋內容寫在旁邊。 2.圈出和課文標題有關的詞，或認為是重點的句子。			
	總結階段			
	（四）找出文意段 說明：文章可分成7段，請學生回家後想一想，哪些段落可以當作同一個主題，明天討論。			
第二節	準備階段			
	一、課堂準備 （一）教師：準備〈雅量〉文本線軸學習單。 （二）學生：預習課文。 二、引起動機 說明：這堂課的目的是認識本課生難字詞及修辭。	3′	課本	
	發展階段			
	一、主要內容／活動 （一）完成課文生難字詞講解。 （二）認識修辭「譬喻」（國小課程教過，提示重點即可）。	40′	課本	口說評量
	總結階段			
	說明：明天課堂上要小考本課注釋，預計分析課文脈絡，可以回家先準備學習內容。	2′		
第三節	準備階段			
	一、課堂準備 （一）教師：準備雅量注釋小考測驗卷。 （二）學生：預習課文。 二、引起動機 小考注釋5題。	10′	測驗卷	紙筆測驗
	發展階段			
	一、達成目標 （一）完成文本線軸。 二、主要內容／活動 （一）完成文本線軸。 1.將以下步驟寫在黑板上，並請學生依序完成。 2.進行每個階段，教師巡視學生完成情形，適時給予協助；若學生完成進度較快，則請他擔任助手，一併協助同學。 3.每完成一個步驟，教師要確定完成情形。 （1）標出自然段編號。	30′	課本 學習單 板書	紙筆測驗

	一、達成目標 （一）完成文本線軸。 二、主要內容／活動 （一）完成文本線軸。 1.將以下步驟寫在黑板上，並請學生依序完成。 2.進行每個階段，教師巡視學生完成情形，適時給予協助；若學生完成進度較快，則請他擔任助手，一併協助同學。 3.每完成一個步驟，教師要確定完成情形。 （1）標出自然段編號。 （2）每一段寫出和主題有關的重要句子。 （3）每一段句子上給一個標籤。 （4）相同自然段的內容圈在一起。 ※完成結果如下圖： 個人經驗+看法　　舉例說明+看法　　總結 衣料1　看法2　看法3　鞋店4　情人5　看法6　看法7 1 朋友買了衣料，大家提出不同的看法。 2 大家的看法都不同。 3 個人的欣賞觀點不同，和個人性格及生活環境有關。 4 鞋店老闆說鞋子都有人喜歡，賣得出去。 5 男友和女友心中認為他完美無缺。 6 人與人之間，要有容忍和尊重對方的看法和觀點的雅量。 7 減少摩擦，增進和諧，要培養雅量。 ※補充：板書用顏色標記分類，會更明確。			
	總結階段			
	說明：未完成學習單的同學，請回家完成。 今天回家功課，請完成課本「應用練習」。	5'		
第四節	準備階段			
	一、課堂準備 （一）教師：準備課本應用練習備課。 （二）學生：完成文本線軸分析，應用練習。 二、引起動機：請同學交換觀看完成的文本分析學習單。	5'	學習單	
	發展階段			
	一、達成目標 （一）檢討應用練習，補充成語字詞。 （二）完成摘要。			

二、主要內容／活動	10'	課本 學習 單板 書	紙筆 測驗

二、主要內容／活動
（一）檢討應用練習，補充成語字詞。
（二）完成摘要。
1.整理敘述。
將文本線軸整理的句子全部抄寫在學習單右上的框框中，行與行之間要留一行的距離。範例如下：

> 朋友買了衣料，大家提出不同的看法。大家的看法都不同。人人的欣賞觀點不同，和個人性格及生活環境有關。鞋店老闆說鞋子都有人喜歡，賣得出去。男友和女友心中認為他完美無缺。人與人之間，要有容忍和尊重對方看法和觀點的雅量。減少摩擦，增進和諧，要培養雅量。

2.刪除多餘。 【30'】【課本 學習 單板 書】【紙筆 測驗】
引導學生觀察前後訊息，刪除和課文標題沒有關係的訊息，或者是重複概念的訊息擇一刪除。範例如下：

> 朋友買了衣料，~~大家提出不同的看法~~大家的看法都不同。~~人人的~~欣賞觀點不同，和個人性格及生活環境有關。鞋店老闆說鞋子都有人喜歡，賣得出去。男友和女友心中認為他完美無缺。人與人之間，要有容忍和尊重對方看法~~和觀點~~的雅量。減少摩擦，增進和諧，要培養雅量。

3.補充不足、調整邏輯。 【課本 學習 單板 書】【紙筆 測驗】

> 作者的　　　　　　　　　　受到
> 朋友買了衣料，大家的看法都不同~~，欣賞觀點不~~
> 　　　　　　影響。例如：　認為
> ~~同~~，~~和~~個人性格及生活環境~~有關~~鞋店老闆~~說~~鞋子
> 　　　　　　　　　　　　；　　　對方
> 都有人喜歡，賣得出去~~，~~男友和女友心中認~~為他~~完
> 　　　　因此
> 美無缺。人與人之間，要有容忍和尊重對方看法的
> 　　才能
> 雅量~~，~~減少摩擦，增進和諧~~，要培養雅量~~

4.再抄寫一次。 【課本 學習 單板 書】【紙筆 測驗】

> 朋友買了衣料，大家的看法都不同，受到個人性格及生活環境影響。例如：鞋店老闆認為鞋子都有人喜歡，賣得出去；男友和女友心中認為對方完美無缺。因此，人與人之間，要有容忍和尊重對方看法的雅量，才能減少摩擦，增進和諧。

	※補充：教師利用板書，摘選句子，示範過程後，由學生自己嘗試完成。教師巡視學生完成情形，適時給予協助；請進度較快的學生擔任助手，一併協助同學。			
	總結階段			
	說明：未完成學習單的同學，請回家完成。 今天回家功課，請完成習作。			
第五節	準備階段			
	一、課堂準備 （一）教師：準備習作備課。 （二）學生：完成摘要，習作練習。 二、引起動機：請同學彼此觀看摘要寫作成果。	10'	課本 學習 單	
	發展階段			
	一、主要內容／活動 （一）檢討習作，請學生預習下一課課文。	35'	習作 板書	紙筆 測驗
	總結階段			
	說明：收〈雅量〉學習單。預習〈做自己的貴人〉郭騰尹。			

2.4學習單

〈雅量〉宋晶宜　七年____班____號姓名：_____

一、閱讀步驟：

（一）看文章標題。

（二）標自然段。

（三）對話內容分段。

（四）圈關鍵詞。

（五）找出文意段。

二、完成文本線軸。

（一）標出自然段編號。

（二）每一段寫出和主題有關的重要句子。

（三）每一段句子上給一個標籤。

（四）相同自然段的內容圈在一起。

※摘要（把文本線軸上所有敘述整理上來～，重抄請寫背面）

附件三、〈音樂家與職籃巨星〉教案

3.1教學目標

認知：能提取訊息、理解文本、指出寫作目的、指出文本脈絡。

情意：能認識專心苦練，有恆才能在機會來時。

技能：能將文本內容整理成表格。

3.2教學架構圖

※課程流程：課前預習→課中學習→課後檢核。
(1) 課前預習：學生課前寫學習單，教師批閱後，了解學生起點行為。
(2) 課中學習：課中教師運用提問畫出文本線軸，請學生用紅筆補充重點。
(3) 課後檢核：課後收回學習單，評估學習成效，並依學生課中補充筆記，進行檔案評量，並安排補救教學。

3.3教案

教學主題	〈音樂家與職籃巨星〉		設計者	蕭文婷		
教學對象	七年級學生		教學時數	4節課（180分鐘）		
教學對象分析	具備基本獨立閱讀能力，且於七年級上學期使用學習單進行課程，對於課堂運作模式有一定瞭解情形。					
教材來源	103年版國民中學七年級上學期國文課本第十二課〈音樂家與職籃巨星〉					
設計理念	認知：能提取訊息、理解文本、指出寫作目的、指出文本脈絡。 情意：能認識專心苦練，有恆才能在機會來時。 技能：能將文本內容整理成表格。					
教學內容分析	1.作者舉魯賓斯坦的例子說明天才也要苦練，舉麥可‧喬丹的例子說明即使先天有所不足，但要持續努力，機會來了才能把握。 2.追求專業成功的要素專心、有恆、苦練，天賦的影響不大。					
教學目標	國文科閱讀能力表現標準					
	一、語文知識：能理解常用詞語的意義及其在文句中的作用。 二、文意理解： （1）能提取訊息、理解文本涵義。 （2）能指出作者寫作目的或觀點，並說明理由。 三、綜合評鑑：能整合文本間的重點與細節，並提出完整個人的觀點。					
節次	教學活動流程			時間	教學資源	教學評量
第一節	準備階段					
	一、課堂準備 （一）教師：批改學習單，瞭解學生起點行為並評分。 （二）學生：完成學習單，不會的題目可以空著。 二、引起動機			5'	學習單 課本	口說評量

	（一）課堂前發下學習單，請學生先觀看錯誤情形。 （二）教師提問： 1.問：音樂家與職籃明星分別指誰？ 　答：魯賓斯坦和麥可‧喬丹。 2.問：作者以這兩位人物的什麼事情為例？ 　答：魯賓斯坦練琴，麥可‧喬丹練球。 3.問：這兩位的共通點是？答：苦練有成。 4.問：這兩位的對比之處是？ 　答：魯賓斯坦擁有天賦，持續苦練，麥可‧喬丹苦練之外，能把握機會。 5.正式進入課程，翻開第十二課、課文前哨站。			
	發展階段			
	一、達成目標 　（一）完成作者三提問。 　（二）運用提問完成學習單1-8題，畫出文本數線軸。 　（三）訂正學習單。 二、主要內容／活動 　（一）完成作者三提問。 1.作者的本名、筆名或是別稱？ 2.作者的重要生平（與他人不同的）？ 3.作者的作品風格、特色、寫作內容或重要著作？ 　（二）運用提問完成學習單1-8題，畫出文本數線軸。 1.問：找一找，第一段中，音樂家魯賓斯坦的稱譽和評價有哪些？ 　答：被譽為二十世紀最佳鋼琴曲目詮釋者。 2.問：想一想，第一、二段中，魯賓斯坦的演奏出神入化，對此本人和旁人的看法有何不同？ 　答：魯賓斯坦本人強調苦練而非天份，旁人崇拜他的天分，卻忽略魯賓斯坦的苦練。 3.問：想一想，第三段中，作者認為苦練和天分何者重要？請以連接詞來整理本段重點。 　答：如果沒有苦練，即使有再高的天分，也很難有成果。 4.問：第四段中，作者說「沒有人會否認磨練的重要性」，意指？ 　答：大家都認為磨練是很重要的。 5.問：承上題，作者又提出「但很多人可能會認為，要花心血苦練以前，必須先衡量投資報酬率」，意指？	30′	學習單 課本	口說評量

190

	答：很多人認為在花心寫苦練前，必須先衡量付出的努力與獲得的收穫是否成正比，以免最後會白費心血。 6. 問：承上題，作者對此最後的看法是？ 答：努力不一定會成功，但不努力沒有機會獲得成功。 7. 問：找一找，第五段中，麥可·喬丹並非天生是籃球好手，為何後來在籃球場上能有出神入化的演出，請依課文敘述，轉換成公式表示。 麥可·喬丹的成就＝（略） 8. 問：請根據本文第6-8段，將喬丹九年級～大學苦練的歷程整理成圖表。 答：（略）	5'	學習單課本	紙筆測驗

〈音樂家與職籃巨星-文本線軸1〉

M 過去的自己	魯賓斯坦	評論	麥可·喬丹
	20世紀最佳鋼琴詮釋者音樂神童 淑女羨慕崇拜魯賓斯坦苦練6-8小時	大家認同磨練很重要但先衡量投資報酬率以免白費心血 卻有出人意表的情形	中學：身材不高。 ↓ 苦練 ↓ 十年級：長高，二軍。 ↓ 持續苦練＆身高暴漲 ↓ 代表隊+大學網羅

天賦+苦練 ←─── 對比 ───→ 後天+機會+苦練

	（三）訂正學習單。 請學生根據課堂講授內容，用不同顏色的筆補充筆記。 若有問題則可以發問，或者是問同儕。		
	總結階段		
第二節	1. 訂正學習單。 2. 寫課本應用練習的題目。 3. 下一節課小考注釋1/2。	5'	學習單課本
	準備階段		
	一、課堂準備 （一）教師：備課。 （二）學生：完成學習單，寫課本應用練習。 二、引起動機 （一）小考注釋1/2。	10'	測驗卷	紙筆測驗

發展階段			
一、達成目標 （一）運用提問完成課文9-12題。 （二）畫出文本數線軸。 （三）檢討學習單。 二、主要內容／活動 （一）運用提問完成課文9-12題。 9. 問：承上題，作者認為麥可‧喬丹成功的關鍵是？ （請依提示完成：雖然……但是……因為……所以……） 答：雖然麥可‧喬丹身材不高，但是他持續苦練，因為後來身高暴漲，所以最後如願成為代表選手。 10. 問：根據文章第九段，作者認為即使你有先天不足之處，但是可以透過什麼習慣幫助自己脫穎而出？ 答：作者認為只要比別人多花時間苦練就能獲得機會。 11. 整合題： （1）問：作者以仿書信的形式寫作，其中提到M和W分別指什麼？ 答：以「王」的英文「Wang」為推想，M：作者寫信給年輕時代的「過去的我」。W：代表「現在的自己」。 （2）問：請依課文比較魯賓斯坦和麥可‧喬丹兩人異同處？ （參考選項：評價、先天條件、經驗、啟示……） 答：（略） （3）問：〈音樂家與職籃巨星〉一文的寫作方式為「夾敘夾議」，「敘」乃是敘述或說明，而「議」則為議論，它要求一面敘述某一件事，一面又對這件事進行分析、評論，最後進行總結。請在脈絡軸上，依「敘」、「議」整理本文的寫作架構。	30'	學習單 課本	紙筆測驗

			5'	學習單	紙筆測驗
	答：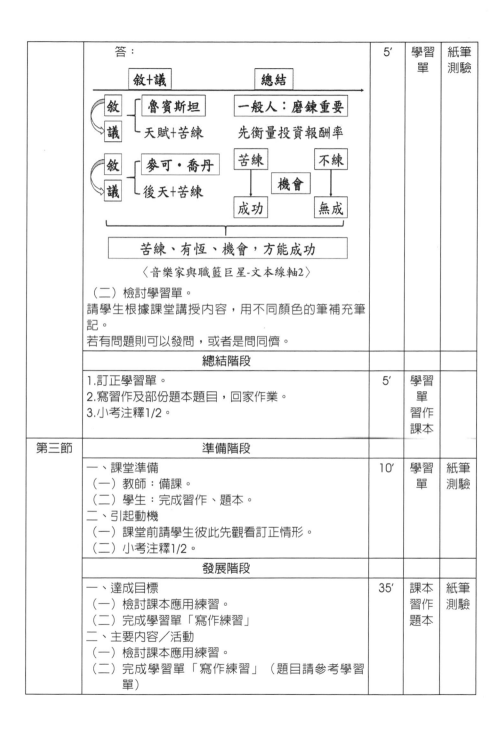 〈音樂家與職籃巨星-文本線軸2〉 （二）檢討學習單。 請學生根據課堂講授內容，用不同顏色的筆補充筆記。 若有問題則可以發問，或者是問同儕。				
	總結階段				
	1.訂正學習單。 2.寫習作及部份題本題目，回家作業。 3.小考注釋1/2。		5'	學習單 習作 課本	
第三節	準備階段				
	一、課堂準備 （一）教師：備課。 （二）學生：完成習作、題本。 二、引起動機 （一）課堂前請學生彼此先觀看訂正情形。 （二）小考注釋1/2。		10'	學習單	紙筆測驗
	發展階段				
	一、達成目標 （一）檢討課本應用練習。 （二）完成學習單「寫作練習」 二、主要內容／活動 （一）檢討課本應用練習。 （二）完成學習單「寫作練習」（題目請參考學習單）		35'	課本 習作 題本	紙筆測驗

	總結階段			
	1.收學習單。 2.完成題本題目。	5′	學習 單	
第四節	準備階段			
	一、課堂準備 （一）教師：備課。 （二）學生：完成習作、題本。 二、引起動機 （一）課堂前請學生彼此先觀看訂正情形。	5′	學習 單	紙筆 測驗
	發展階段			
	一、達成目標 （一）檢討課本應用練習。 （二）檢討習作、題本。 二、主要內容／活動 （一）檢討課本應用練習。 （二）檢討習作、題本。	35′	課本 習作 題本	紙筆 測驗
	總結階段			
	1.收習作、學習單。 2.請學生預習下一課課文。	5′	習作 學習 單 課本	

3.4學習單

B1-L12-音樂家與職籃巨星　王溢嘉七年＿＿＿班＿＿＿號＿＿＿＿＿＿＿

※課文分析

1. 找一找，第一段中，音樂家魯賓斯坦的稱譽和評價有哪些？

2. 想一想，第一、二段中，魯賓斯坦的演奏出神入化，對此本人和旁人的看法有何不同？

3. 想一想，第三段中，作者認為苦練和天分何者重要？請以連接詞來整理本段重點。

4. 第四段中，作者說「沒有人會否認磨練的重要性」，意指：＿＿＿＿＿＿＿＿＿
＿＿＿＿＿＿＿＿＿＿＿＿＿＿＿＿＿＿＿＿＿＿＿＿＿＿＿＿。

5. 承上題，作者又提出「但很多人可能會認為，要花心血苦練以前，必須先衡量投資報酬率」，意指：＿＿＿＿＿＿＿＿＿＿＿＿＿＿＿＿
＿＿＿＿＿＿＿＿＿＿＿＿＿＿＿＿＿＿＿＿＿＿＿＿＿。

6. 承上題，作者對此最後的看法是：＿＿＿＿＿＿＿＿＿＿＿＿＿＿＿＿＿＿
＿＿＿＿＿＿＿＿＿＿＿＿＿＿＿＿＿＿＿＿＿＿＿＿＿。

7. 找一找，第五段中，麥可‧喬丹並非天生是籃球好手，為何後來在籃球場上能有出神入化的演出，請依課文敘述，轉換成公式表示。

麥可‧喬丹的成就＝

8. 請根據本文第6-8段，將喬丹九年級～大學苦練的歷程整理成圖表。

9. 承上題，作者認為麥可‧喬丹成功的關鍵是？（請依提示完成：雖然……但是……因為……所以……）

10. 根據文章第九段，作者認為即使你有先天不足之處，但是可以透過什麼習慣幫助自己脫穎而出？

11. 整合題：

(1) 作者以仿書信的形式寫作，其中提到M和W分別指什麼？

(2) 請依課文比較魯賓斯坦和麥可‧喬丹兩人異同處？（參考選項：評價、先天條件、經驗、啟示……）

(3) 〈音樂家與職籃巨星〉一文的寫作方式為「夾敘夾議」，「敘」乃是敘述或說明，而「議」則為議論，它要求一面敘述某一件事，一面又對這件事進行分析、評論，最後進行總結。請在脈絡軸上，依「敘」、「議」整理本文的寫作架構。

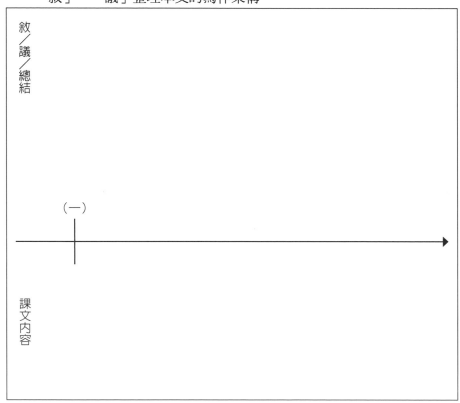

12. 請結合生活經驗寫心得，啾咪～★

麥可‧喬丹：「基本動作是我在NBA打球最重要的一部分。我做的每個動作、我投進的每個球，都可以追溯到我做基本動作的方式，還有，我怎麼把基本動作轉化成我的功力。有了基本動作這個奠基石，一切才行得通。不管你從事哪一行、想成就什麼事，如果想出人頭地，基本動作絕對馬虎不得。有才能的人比比皆是，不過是他們不知道如何把基本技巧運用到特殊狀況，他們又有什麼了不起呢？能一跳飛出體育館又怎麼樣，不站在灌籃的位置，你能投進多少球呢？為了考試，整本書都背得下來又怎麼樣呢，有學到東西嗎？就是有人不想苦幹實幹。他們想立即見效，所以就跳過幾個步驟。也許他們不練習控球，因為控球不是那麼常用。他們不好好培養正確的射球技巧，因為他們靠體型的優勢得分。起先靠這些還應付得過去，不過總有一天要技窮。這就好像一個音樂家只顧寫曠世大作，卻連音階都沒摸清楚一樣，兩者是相輔相成的啊！一旦不顧基本動作——不論指的是正確的技巧、敬業精神，還是心理準備——你的比賽、你的功課、你的工作，不管你做什麼，基礎可能就會垮掉。」

（節錄自麥可‧喬丹我不能接受半途而廢的人，臺北智庫文化出版社）

_____

_____

_____

_____

_____

※實用區

　　閱讀麥可‧喬丹的奮鬥歷程後，你可以發現他並沒有被天生不足侷限，反而努力苦練，積極規劃自己每一分當下，最後天助自助，脫穎而出，締造成功佳績。因此，想一想你是否有想要克服的不足，想透過何種苦練方式來循序漸進達成目標呢？

人物	麥可・喬丹	親愛的你
目標		
先天限制		
努力過程 （步驟）		
最後成果		

附件四、〈孩子的鐘塔〉教案

4.1教學目標

認知：能提取訊息、理解文本、指出寫作目的、指出文本脈絡。

情意：能認識器官捐贈，並體會小愛化為大愛的可貴。

技能：能根據文章、PPT、影片介紹摘要重點。

4.2教學架構圖

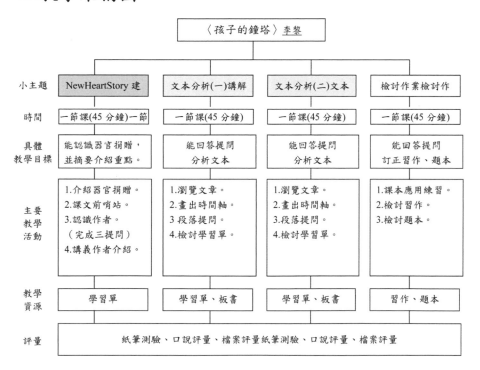

※課程流程：課前預習→課中學習→課後檢核。

(1) 課前預習：學生課前寫學習單，教師批閱後，了解學生起點行為。

(2) 課中學習：課中教師運用提問畫出文本線軸，請學生用紅筆補充重點。

(3) 課後檢核：課後收回學習單，評估學習成效，並依學生課中補充筆記，進行檔案評量，並安排補救教學。

4.3教案

教學主題	〈孩子的鐘塔〉	設計者	蕭文婷
教學對象	七年級學生	教學時數	4節課（180分鐘）
教學對象分析	具備獨立基本獨立閱讀能力，且於七年級上學期使用學習單進行課程，對於課堂運作模式有一定瞭解情形。		
教材來源	103年版國民中學七年級下學期國文課本第三課〈孩子的鐘塔〉		
設計理念	認知：能提取訊息、理解文本、指出寫作目的、指出文本脈絡。 情意：能認識器官捐贈，並體會小愛化為大愛的可貴。 技能：能根據文章、PPT、影片介紹摘要重點。		
教學內容分析	1.作者敘述格林夫婦捐贈兒子器官遺愛人間的始末及後續效應，歷經喪子之痛，卻能將親子之情擴展為無遠弗屆的人道關懷。 2.作者回憶捐贈愛兒眼角膜，遺愛人間的往事。		
教學目標	國文科閱讀能力表現標準		
	一、語文知識：能理解常用詞語的意義及其在文句中的作用。 二、文意理解： （1）能提取訊息、理解文本涵義。 （2）能指出作者寫作目的或觀點，並說明理由。 三、綜合評鑑：能整合文本間的重點與細節，並提出完整個人的觀點。		

節次	教學活動流程	時間	教學資源	教學評量
第一節	準備階段			
	一、課堂準備 （一）教師：教師準備投影片、學習單。 （二）學生：學生先在家擇一觀看教師指定的課前作業： 　　　　□打勾勾（影片）□姊姊的守護者（書籍） 　　　　□財團法人器官捐贈移植登錄中心（網站）			

	二、引起動機	5′	投影片	口說評量
	（一）請學生彼此分享觀看、閱讀課前作業心得。			
	（二）教師播放投影片：			
	1.問：誰知道這個紅色的圖案（右圖） 　　代表什麼意思？ 　　答：器官捐贈。			
	2.問：你認為這張圖表（下圖）在說明什麼事情？ 　　答：等候器官捐贈人數及器捐同意註記完成人數。			
	右圖取自：財團法人器官捐贈移植登錄中心網站			
	3.問：從這張圖表中，你可以發現什麼現象？ 　　答：等待器捐人數多，可捐贈器官太少。			
	4.問：從這張圖表中，你還可以知道什麼？ 　　答：可捐贈的器官類型。			
	發展階段			
	一、達成目標 （一）學習單〈一、認識器官捐贈〉 （二）課文前哨站介紹。 （三）課文及學習單的作者介紹，完成三提問。 （四）預習課文。 二、主要內容／活動 （一）學習單〈一、認識器官捐贈〉 教師播放投影片資料，請學生默讀投影片內容，觀看影片，並回答學習單提問。 1.何謂器官捐贈？ 　投影片短文：	15′	學習單 投影片	紙筆測驗

屍體器官捐贈：當一個人不幸腦死時，把自己身上良好的器官或組織，以無償的方式，捐贈給器官衰竭急需器官移植的患者，讓他們能夠延續生命，改善未來的生活品質，並且能繼續貢獻社會。

活體器官捐贈：一個健康的成年人，願意在不影響自身的健康及生理功能的原則下，捐出自己的一部分器官或組織，提供親屬或配偶作為器官移植。

2.器官捐贈有哪幾種？
　投影片短文：

一、活體捐贈：
　（一）捐贈器官者須為成年人，並應出具書面同意及其最近親屬二人以上之書面證明。
　（二）摘取器官須注意捐贈者之生命安全，並以移植於其五親等以內之血親或配偶為限。（在此所稱之配偶，應與捐贈器官者生有子女或結婚二年以上。但結婚滿一年後始經醫師診斷罹患移植適應症者，不在此限。）
二、屍體捐贈：依據人體器官移植條例第四條及第十二條之規定，腦死病患以無償的方式捐贈器官給迫切需要器官移植之病患。

3.可受理捐贈的器官範圍？
　投影片短文：

器官捐贈：心臟、肺臟、腎臟、肝臟、胰臟。
組織捐贈：骨骼、眼角膜、皮膚、小腸、心瓣膜、血管、氣管、軟骨組織、肌腱、骨髓。

4.器官捐贈的流程？

4.器官捐贈的流程

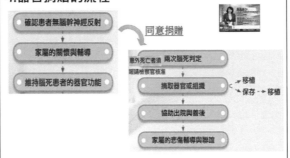

	5. 器官捐贈的意義？（影片來源：Youtube） 　影片：12歲器捐少女葉夢圓（文茜世界周報） 　19歲器捐少年詹禮隆（華視新聞雜誌）。 （二）課文前哨站介紹 李黎以寫作療傷──從「悲懷書簡」到「晴天筆記」 （三）課文及學習單的作者介紹，完成三提問。 （1）作者的本名、筆名或是別稱？ （2）作者的重要生平（與他人不同的）？ （3）作者的作品風格、特色、寫作內容或重要著作？ （四）預習課文。 （1）標出自然段。 （2）擷取課文注釋關鍵詞寫在課文內容對應位置。 （3）圈出課文中不懂的生難字詞或是文句。 （4）畫出和課文標題有關，或你認為是重點的內容。	5' 10' 10'	課本 學習 單	紙筆 測驗
	總結階段			
	1. 完成〈一、認識器官捐贈〉，根據提問連接成短文。			
第二節	**準備階段**			
	一、課堂準備 （一）教師：批改學習單，瞭解學生起點行為並評 　　　分。 （二）學生：完成學習單，不會的題目可以空著。 二、引起動機 （一）課堂前發下學習單，請學生先觀看錯誤情形。 （二）教師提問： 1. 問：孩子的鐘塔的命名原因是？ 　答：鐘聲很像孩子們快樂的笑聲。 2. 問：為什麼會設立這座鐘塔？ 　答：為了紀念尼古拉斯。 3. 問：為什麼要紀念尼古拉斯？ 　答：他在義大利被盜匪誤認開槍，頭部中彈死亡， 　他的父母把他的器官捐給當地人，遺愛人間。 4. 問：那個，鐘塔是設立在義大利嗎？ 　答：不是，是在舊金山北方的波地佳灣。 5. 問：那個地方有什麼特色？ 　答：希區考克在當地拍攝〈鳥〉而知名。	5'	學習 單 課本	口說 評量
	發展階段			
	一、達成目標 （一）運用提問完成課文1-7段，畫出文本數線軸。 （二）檢討學習單。			

	二、主要內容／活動 （一）運用提問完成課文1-7段，畫出文本數線軸。 1.問：孩子的鐘塔位於哪裡？ 　答：波地佳灣。 2.問：你會怎麼描述孩子的鐘塔的外型？ 　答：像體操架，有十八呎；上面有一口大鐘和一百 　　　多口小鐘。 3.問：我們知道孩子的鐘塔是為了紀念尼可拉斯，可 　　　不可以再說說關於尼可拉斯事件的線索？ 　答：發生在1994年秋天的義大利，他們到義大利 　　　度假，因為盜匪誤認，朝他們的座車開槍，尼可拉 　　　斯頭部中彈，送到醫院後宣布腦死。 4.問：這件事情的後續呢？ 　答：尼可拉斯父母在當地捐出尼可拉斯的器官給七 　　　名義大利人，並且產生尼可拉斯效應。 5.問：為什麼尼可拉斯的父母捐贈器官，會震撼整個 　　　義大利？ 　答：因為他們沒有因喪子之痛而陷入仇恨之中，反 　　　而化成大愛救助許多人。 6.問：為什麼這件事情會改變許多人對器官捐贈的保 　　　守觀念？ 　答：因為媒體大肆報導這件事情，讓更多人知道器 　　　官捐贈這件事情；也因為尼可拉斯捐贈器官而感 　　　動，所以影響更多人產生器官捐贈行為。 7.問：如果站在尼可拉斯父母的立場來想，決定捐贈 　　　尼可拉斯的器官時，會有什麼樣的心情或想法？ 　答：他的父母親一定會難過，但是他們決定為孩子 　　　做更多事情，讓尼可拉斯永存人們心中。	30'	學習 單 課本	口說 評量

> 孩子的鐘塔　　　　　　　尼可拉斯事件
>
> 地點：波地佳灣　　　　時間：1994年秋天
>
> 外型：(1)像體操架　　　地點：義大利
> 　　　(2)一口大鐘　　　事件：度假期間遭盜匪誤認，
> 　　　(3)一百多口小鐘　　　　　尼可拉斯頭部中彈腦死
> 設立目的：紀念尼可拉斯　結果：尼可拉斯父母在當地
> 　　　　　　　　　　　　　　　　捐出尼可拉斯器官
> 　　　　　　　　　　　　影響：尼可拉斯效應
>
> 〈孩子的鐘塔-文本線軸1〉

	（二）檢討學習單。 請學生根據課堂講授內容，用不同顏色的筆補充筆記。 若有問題則可以發問，或者是問同儕。	5'	學習 單 課本	紙筆 測驗

	總結階段			
	1.訂正〈三、課文提問〉1-3題。 2.寫課本應用練習的題目。	5′	學習單 課本	
第三節	準備階段			
	一、課堂準備 （一）教師：備課。 （二）學生：完成學習單，不會的題目可以空著。 二、引起動機 （一）課堂前請學生彼此先觀看訂正情形。 （二）教師提問： 　　問：上一節課介紹尼可拉斯效應，我們知道是尼可拉斯事件所帶來的影響。請問這個影響指發生什麼改變？ 　　答：器官捐贈行為成倍成倍地增加。	5′	學習單 課本	口說評量
	發展階段			
	一、達成目標 （一）運用提問完成課文8-12段，畫出文本數線軸。 （二）檢討學習單。 二、主要內容／活動 （一）運用提問完成課文8-12段，畫出文本數線軸。 1.問：尼可拉斯的父母為了將尼可拉斯效應推展出去，還做了哪些事情？ 　答：①以尼可拉斯將米上大學的基金成立獎學金。 　②持續接受媒體訪問，一再重回義大利。 　③父親瑞格‧格林出版《尼可拉斯效應：一個男孩送給世間的禮物》一書。 2.問：為什麼這些事情可以推展尼可拉斯效應？ 　答：①可以助學，讓更多人認識尼可拉斯及其效應。 　②持續報導引起關注，可以影響更多人的觀念。 　③讓人知道尼可拉斯事件及其家人心路歷程。 3.問：第十段說，尼可拉斯的父母選擇用高貴的方式來愛尼可拉斯，請問他們選擇用哪些方式？ 　答：捐出他的器官、設立基金會、出書。 4.問：這些方式為什麼能夠讓尼可拉斯獲得「永生」？ 　答：①他的肉體一部份活在七名義大利人身上。 　②名字和事跡會透過媒體報導、設立獎學金捐助而活在無數人心裡。	30′	學習單 課本	紙筆測驗

	一、達成目標
	（一）運用提問完成課文8-12段，畫出文本數線軸。
	（二）檢討學習單。
	二、主要內容／活動
	（一）運用提問完成課文8-12段，畫出文本數線軸。
	1.問：尼可拉斯的父母為了將尼可拉斯效應推展出去，還做了哪些事情？
	  答：①以尼可拉斯將來上大學的基金成立獎學金。
	  ②持續接受媒體訪問，一再重回義大利。
	  ③父親瑞格・格林出版《尼可拉斯效應：一個男孩送給世間的禮物》一書。
	2.問：為什麼這些事情可以推展尼可拉斯效應？
	  答：①可以助學，讓更多人認識尼可拉斯及其效應。
	  ②持續報導引起關注，可以影響更多人的觀念。
	  ③讓人知道尼可拉斯事件及其家人心路歷程。
	3.問：第十段說，尼可拉斯的父母選擇用高貴的方式來愛尼可拉斯，請問他們選擇用哪些方式？
	  答：捐出他的器官、設立基金會、出書。
	4.問：這些方式為什麼能夠讓尼可拉斯獲得「永生」？
	  答：①他的肉體一部份活在七名義大利人身上。
	  ②名字和事跡會透過媒體報導、設立獎學金捐助而活在無數人心裡。
	  ③名字和事跡也都永存在醫學、人文的典籍中。
	5.問：尼可拉斯的肉體和事跡可以永生，如果從抽象及具體的概念來看，你會給他什麼標題？
	  答：抽象的精神、具體的肉體（器官）
	6.問：世人用哪些具體行動表達對尼可拉斯的感念？
	  答：①建造孩子的鐘塔。
	  ②一口名廠特鑄、教皇祝福的大鐘。
	  ③一百四十口來自義大利各地的小鐘。
	  ④鐘塔下滿置花束、小汽車、玩具熊、零錢等。
	7.問：你認為世人以「鐘」致意有甚麼含意？
	  答：①「鐘」和「終」的讀音相同。（不完全正確）
	  ②西方人死後喪葬，要敲鐘，表示長眠。
	  ③鐘聲遠揚，希望能夠將尼可拉斯精神廣播。
	8.問：作者在最後一段提及自己的亡兒捐贈眼角膜的事情，她說：「在這世上某個地方，心中可會偶然會響起細細的、如孩子笑聲般的鐘聲？」蘊含什麼樣的想法呢？
	  答：作者暗示尼可拉斯效應的大愛將永久留存人間。		

	尼可拉斯效應 ※說明：改變許多人對器官 　　　捐贈的保守觀念。 ※推展方式：　　※為什麼？ (1)設立獎學金　(1)助學，讓人認識 (2)持續接受訪問　(2)報導引起關注、影響 (3)出書　　　(3)了解事件及心路歷程 世人的感念 ↓ 孩子的鐘塔 大鐘：教皇 小鐘：義大利各地 鐘塔：花束、禮物 永生　[器官／肉體]　高貴的方式 　　　[事跡／精神] ※作者感想 想起亡兒捐贈器官 〈孩子的鐘塔-文本線軸2〉 （二）檢討學習單。 請學生根據課堂講授內容，用不同顏色的筆補充筆記。 若有問題則可以發問，或者是問同儕。	5′	學習單	紙筆測驗
	總結階段			
	1.訂正〈三、課文提問〉4-5題。 2.寫習作及題本題目，回家作業。	5′	學習單 習作 課本	
第四節	準備階段			
	一、課堂準備 （一）教師：備課。 （二）學生：完成習作、題本。 二、引起動機 （一）課堂前請學生彼此先觀看訂正情形。	5′	學習單	紙筆測驗
	發展階段			
	一、達成目標 （一）檢討課本應用練習。 （二）檢討習作、題本。 二、主要內容／活動 （一）檢討課本應用練習。 （二）檢討習作、題本。	35′	課本 習作 題本	紙筆測驗
	總結階段			
	1.收習作、學習單。 2.請學生預習下一課課文。	5′	習作 學習單 課本	

4.4學習單

B2-L3-孩子的鐘塔　七年＿＿＿班＿姓名：＿＿＿＿＿＿

一、認識器官捐贈

1. 請根據影片或PPT介紹，回答以下提問：
　(1) 何謂器官捐贈？
　(2) 器官捐贈有哪幾種？
　(3) 可受理捐贈的器官範圍？
　(4) 器官捐贈的流程？
　(5) 器官捐贈的意義？

2. 請將上述提問連接成短文，填寫於下列框框中：

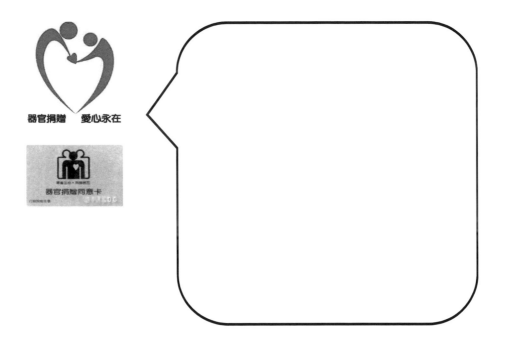

3. 請從以下參考資料中擇一勾選並觀看或閱讀，並在右邊空白處寫下你對
   該資料的心得或想法。
   □打勾勾（影片）
   □姊姊的守護者（書籍）
   □財團法人器官捐贈移植登錄中心（網站）
   □尼古拉斯的禮物──七歲小孩遺愛人間的真實故事（書籍）

二、作者介紹

1. 作者（　）的字、號、筆名……？

2. 作者的重要生平？

3. 作者的文學創作風格或特色？

1. 婚後困窘的異國生活

　　李黎在大學時期以筆名黎陽翻譯了赫胥須黎的美麗新世界一書，薛人望和李黎用譯書所得的一萬元臺幣申請美國大學，一同出國，半年後就結婚了。那時兩人經濟拮据，李黎只得一邊修課一邊打工。她做過化妝品推銷員、中國餐館跑堂（上工三天後便被老闆以「力氣不夠大」為由炒魷魚），後來在生物系找到工作。今天大概沒有幾個人知道李黎會用肉眼分辨果蠅的性別、會飼養一種學名叫Axolotl的蠑螈，後來還成了為白鼠動「去勢」手術的專家，其快速準確之紀錄連她先生的技術員都不曾打破。

2. 李黎各類作品介紹

　　因為喪子，她覺得天道無親，極力要生命再重生或延續下去。悲懷書簡以後，李黎的其他作品隱約流露出一種不妥協性。如天地一遊人的缺憾還諸天地一文，寫美國加州史丹福大學的創校緣由，是因為「一個生命中永不能彌補的缺憾」，原是鉅富的加州州長里藍·史丹福失去了他十六歲的獨子──獨子在漫遊佛羅倫斯城時病逝。為了紀念愛子，他創建和亡兒同名的史丹福大學（LelandStanfordJuniorUniversity），決定將全加州的孩子

當作自己的孩子。這件事讓李黎感同身受，因為她也曾將亡兒的眼角膜捐出，希望孩子的生命精神能延續下去。

袋鼠男人這本小說，寫一個男人懷孕生子的故事，探討男女角色互換問題。故事虛構「人工子宮」，將男人想要懷孕的可能推到極限，並將那段不孕夫婦想要孩子的不妥協精神描述得淋漓盡致。

3. 曾投身政治活動

七○年代初，李黎投身「保釣」運動。保釣像是一個海外的「五四運動」，即使投入政治運動，還是跟文學分不開。正因如此，在戒嚴年代她的名字列在黑名單上，有十五年的時間無法回臺灣。

4. 寫作是一種治療

李黎給年輕人的寫作建議，就是得喜歡寫作到不求回報，像是不求回報的愛情，當從寫作本身得到滿足感，那就是最大的回報。以前，李黎覺得寫作好像有一種使命，然而遭遇生命中受大傷的時候，寫作成為她的治療，止痛療傷，甚至是一種救贖。在長子猝逝時，她說如果自己沒有寫悲懷書簡的話，大概就只有去看心理醫生了。她說願意把自己心情呈現出來，實在是一種福分。對進入中年以後的她來說，寫作讓她在這世間留下了一些文字，即使現在離開世間，應該也沒有什麼遺憾。即使只有一個人拿起來讀，她都覺得很好。

（資料來源：翰林版國中七年級下學期備課包）

三、課文提問

1. 請閱讀課文後，回答下列關於「孩子的鐘塔」的提問：

(1) 為什麼那座鐘塔取名為「孩子的鐘塔」？

(2)「孩子的鐘塔」位於＿＿＿＿＿＿＿＿＿＿（地名），會設立在當地的原因是？

(3) 作者李黎認為「孩子的鐘塔」不大像鐘塔的原因是？

(4) 鐘塔上的大、小鐘來自哪裡？

　　大鐘：

　　小鐘：

(5) 承上題，請問這些鐘有什麼樣的涵義？

2. 請閱讀課文後，回答下列關於「尼可拉斯事件」的提問：

尼可拉斯事件			
時間		背景	
地點		事因	
人物		結果	
後續發展：			

3. 請在閱讀課文後，回答下列關於「尼可拉斯效應」的提問：

(1) 什麼是「尼可拉斯效應」？

(2) 尼可拉斯的父母透過哪些方式，將尼可拉斯效應無止境地推展？

推展方式	目的或影響

(3) 依文章第十段，推展尼可拉斯效應，為什麼能護持尼可拉斯永生呢？

(4) 第十段中為什麼作者會說尼可拉斯的笑臉會比徒然追求不朽的偉人容貌更令人難忘？

4. 想一想，文章最末段中，可推論作者寫作本文的主要概念是？（請以「藉……寫……」回答提問）

5. 請圈選文章架構方式（以時間／空間／事件順序），並畫出本課架構圖

L3-孩子的鐘塔-形音義

（一）鐘、幢、瞳

字形	字音	釋義	詞例
幢	ㄔㄨㄤˊ	計算房屋單位	一「幢」房子
瞳	ㄊㄨㄥˊ	眼珠	「瞳」孔

（二）銅、桐、炯

字形	字音	釋義	詞例
桐	ㄊㄨㄥˊ	植物名	油「桐」
炯	ㄐㄩㄥˇ	光明的、明亮的	「炯」炯有神

（三）脆、跪、詭

字形	字音	釋義	詞例
脆	ㄘㄨㄟˋ	1. 聲音清越響亮	清「脆」
		2. 柔弱禁不起打擊	「脆」弱
詭	ㄍㄨㄟˇ	欺詐、狡猾	「詭」計

（四）攝、懾、囁、躡

字形	字音	釋義	詞例
攝	ㄕㄜˋ	吸引、吸取	勾魂「攝」魄
懾	ㄓㄜˊ	害怕、恐懼	震「懾」
囁	ㄋㄧㄝˋ	想說又不敢說	「囁」嚅
躡	ㄋㄧㄝˋ	放輕腳步行走	「躡」手「躡」腳

（五）憾、撼、緘、喊

字形	字音	釋義	詞例
憾	ㄏㄢˋ	1. 不完滿的感覺	缺「憾」
		2. 悔恨、不滿的	「憾」事
		3. 怨恨、悔恨	「憾」恨
撼	ㄏㄢˋ	搖動	震「撼」
緘	ㄐㄧㄢ	閉	三「緘」其口
喊	ㄏㄢˇ	大聲呼叫	搖旗吶「喊」

（六）詛、組、阻

字形	字音	釋義	詞例
詛	ㄗㄨˇ	咒罵或祈求鬼神降禍給他人	「詛」咒
阻	ㄗㄨˇ	1. 推辭、拒絕	推三「阻」四
		2. 障礙	通行無「阻」
		3. 攔、擋	「阻」隔

（七）罹、羅、邏、鑼

字形	字音	釋義	詞例
罹	ㄌㄧˊ	遭受	「罹」難
羅	ㄌㄨㄛˊ	1. 捕捉	門可「羅」雀
		2. 囊括、涵蓋	包「羅」萬象
		3. 用來捕捉的網	天「羅」地網
邏	ㄌㄨㄛˊ	巡視偵察	海上巡「邏」
鑼	ㄌㄨㄛˊ	樂器名	「鑼」鼓喧天

（八）鐫、雋、攜

字形	字音	釋義	詞例
鐫	ㄐㄩㄢ	雕鑿、雕刻	「鐫」刻
雋	ㄐㄩㄣˋ	言論或文句意味深長	「雋」永、「雋」語
攜	ㄒㄧ	1. 帶著	「攜」帶、「攜」伴參加
		2. 拉	「攜」手、扶老「攜」幼

四、與「故鄉」有關的成語

1. 告老還鄉：年老辭職，回到家鄉。
2. 離鄉背井：指離開故鄉，在外地生活。
   背，背離。井，借指家鄉。
3. 樂不思蜀：蜀漢亡後，後主劉禪被送往洛陽，快樂到一點也不想回去蜀國。比喻人因留戀異地而不想返回故鄉，或形容快樂得忘了歸去。
4. 衣錦還鄉：指身穿錦繡的衣服返回故鄉。形容人功成名就後榮歸故鄉。
5. 落葉歸根：比喻長期居住在外，終究要返鄉。

（資料來源：翰林版國中七年級下學期備課包

※地景與人物對應關係簡介（資料來源：翰林版國中七年級下學期備課包）

孟姜女哭長城	傳說孟姜女與萬杞良在新婚之夜時，萬杞良被官兵強押到北方修築萬里長城。孟姜女擔心丈夫受寒，親手織衣送夫，千里迢迢來到長城下，卻不見夫婿身影。原來文弱的萬杞良早已活活累死，屍首就埋在城牆中。孟姜女悲痛大哭，長城竟一段段崩塌，孟姜女滴血於城牆的枯骨，終於找到丈夫的骨骸。
白娘子永鎮雷峰塔	出自民間故事白蛇傳。千年蛇精幻化為美人白娘子（一說白素貞）與青蛇精同遊西湖，邂逅許仙，結為夫妻。金山寺法海禪師視破白娘子的精怪身分，以缽盂蓋住白娘子，鎮壓在西湖邊的雷峰塔下。
鄭成功攻取赤崁樓	赤崁樓原為荷蘭人所建，前身屬歐式建築普羅民遮城。南明滅亡後，鄭成功率軍驅趕占據臺灣的荷蘭人，首先攻取赤崁樓（即普羅民遮城），改為東都明京，設承天府衙門，作為最高行政中心，並暫住在城樓內。鄭成功去世後，赤崁樓成為火藥、軍械的貯存所。
八田與一 為嘉南大圳之父	八田與一自西元一九一〇年從日本東京帝國大學畢業就來臺灣任職，是嘉南大圳的設計者，也是烏山頭水庫的建造者。該工程之規模是當時全亞之冠，它提供了十五萬甲田地的用水，對嘉南平原的開發、農作物的生產貢獻良多。此外八田與一還創辦「臺灣水協會」，培養在地土木水利人才，畢生建設臺灣，受到時人與後世的尊崇。
杭州蘇隄→蘇東坡	「蘇堤春曉」為南宋時「西湖十景」之首，元代又稱之為「六橋煙柳」而列入錢塘十景，自古即深受遊客的喜愛。蘇堤是宋代大詩人蘇東坡在杭州擔任知州時，用疏浚西湖挖出來的淤泥構築堤防，長達2.8公里的蘇堤總計有6座拱橋，並且堤上以一株柳樹、一株桃花的方式植栽，鋪陳出春天來臨時桃紅柳綠的詩情畫意。杭州人為了紀念蘇東坡對西湖的貢獻，就把這道美麗的堤防喚作「蘇堤」。
巴黎聖母院 鐘樓怪人	天生畸形、被巴黎聖母院收容而擔任敲鐘人的加西莫多，以及聖母院的副主教弗侯洛、與侍衛隊的隊長腓比斯，都情不自禁的愛上美麗的艾絲梅拉達。一生侍奉天主的弗侯洛，明知男女之愛是神職人員的禁忌，仍然難以自拔，而腓比斯雖有嬌美的未婚妻百合為伴，卻因生性風流意圖染指艾絲梅拉達。加西莫多自慚形穢，只敢將愛意深藏心中。 艾絲梅拉達愛上了腓比斯，引起弗侯洛的妒恨，他趁著艾絲梅拉達與腓比斯幽會時，刺傷了腓比斯，然後嫁禍給艾絲梅拉達，要脅她以身相許，否則就要將她處死。她拒絕服從，被送上了絞刑台，加西莫多奮不顧身赴法場劫人，把她藏在聖母院中，後來把艾絲梅拉達交給腓比斯，因為他以為腓比斯是來解救她的，未料腓比斯由於不敢再觸怒未婚妻，而宣布將艾絲梅拉達處死。悲憤之中，加西莫多把弗侯洛從鐘樓頂端推下，然後去解救艾絲梅拉達，只可惜為時已晚。他哀求劊子手的同意，抱走了艾絲梅拉達的遺體，躲藏在巴黎公墓的地窖裡，為艾絲梅拉達以死殉情。

附件五、〈母親的教誨〉教案

5.1教學目標

認知：能提取訊息、理解文本、指出寫作目的、指出文本脈絡。

情意：能認識〈母親的教誨〉一文中，母親對孩子的關懷與愛。

技能：能根據文本線索提取訊息填入適當的表格中。

5.2教學架構圖

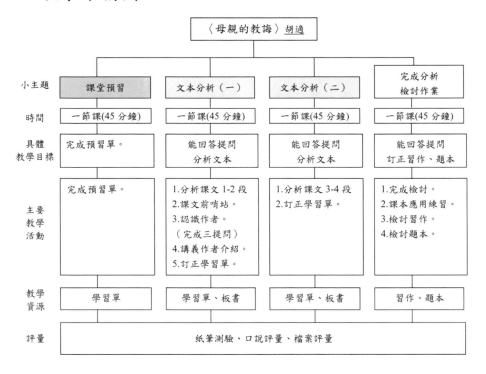

※課程流程：課前預習→課中學習→課後檢核。

(1) 課前預習：學生在課堂上寫學習單，教師批閱後，了解學生起點行為。

(2) 課中學習：課中教師運用提問畫出文本線軸，請學生用紅筆補充重點。

(3) 課後檢核：課後收回學習單，評估學習成效，並依學生課中補充筆記，進行檔案評量，並安排補救教學。

5.3教案

教學主題	〈母親的教誨〉	設計者	蕭文婷
教學對象	七年級學生	教學時數	4節課（180分鐘）
教學對象分析	具備獨立基本獨立閱讀能力，且於七年級上學期使用學習單進行課程，對於課堂運作模式有一定瞭解情形。		
教材來源	103年版國民中學七年級下學期國文課本第四課〈母親的教誨〉		
設計理念	認知：能提取訊息、理解文本、指出寫作目的、指出文本脈絡。 情意：能認識〈母親的教誨〉一文中，母親對孩子的關懷與愛。 技能：能根據文本線索提取訊息填入適當的表格中。		
教學內容分析	胡適回想小時候母親以「慈母兼嚴父」的管教方式，所帶給他的深遠影響。從平凡的事件中刻劃母愛。		
教學目標	國文科閱讀能力表現標準		
	一、語文知識：能理解常用詞語的意義及其在文句中的作用。 二、文意理解： （1）能提取訊息、理解文本涵義。 （2）能指出作者寫作目的或觀點，並說明理由。 三、綜合評鑑：能整合文本間的重點與細節，並提出完整個人的觀點。		

節次	教學活動流程	時間	教學資源	教學評量
第一節	準備階段			
	一、課堂準備 （一）教師：教師準備學習單。 （二）學生：先閱讀課文，並標上注釋，畫出重點。 二、引起動機 （一）講解課文前哨站。 （二）詢問閱讀課文是否有生難字詞需要解釋。	5'	課本	
	發展階段			

	一、達成目標 （一）預習課文。 （二）完成預習單。 二、主要內容／活動 （一）預習課文。 （二）完成預習單。	40'	學習單	紙筆測驗
	總結階段			
	下課鐘響，收回學習單。 回家功課請完成應用練習、習作。			
第二節	準備階段			
	一、課堂準備 （一）教師：批改學習單，瞭解學生起點行為並評分。 （二）學生：完成學習單，不會的題目可以空著。 二、引起動機 課堂前發下學習單，請學生先觀看錯誤情形。	5'	學習單 課本	口說評量
	發展階段			
	一、達成目標 （一）完成課文前哨站、作者三提問。 （二）運用提問完成課文1-2段，畫出文本數線軸。 （三）檢討學習單。 二、主要內容／活動 （一）課文前哨站、作者三提問： 1.作者的本名、筆名或是別稱？ 2.作者的重要生平（與他人不同的）？ 3.作者的作品風格、特色、寫作內容或重要著作？ （二）運用提問完成課文1-2段，畫出文本數線軸。 1.請閱讀課文第一段、第二段後，回答下列問題： （1）問：找一找，胡適的母親每天在天剛亮將胡適叫醒，對他說了哪些事？ 答：①哪些地方做錯、說錯？要他認錯。 ②要他用功讀書。 ③提醒胡適以他的父親為效法對象，別讓他丟臉。 （2）問：想一想，胡適的母親對他說「這些事」的用意是？ 答：希望胡適每天反省自己，持續進步；也希望孩子能以父親的言行、事蹟為模範，建立孩子心中父親的形象。	30'	學習單 課本	口說評量

（3）問：承上題，想一想，胡適的母親在「早晨」
教誨胡適的用意是？
答：讓胡適能每天養成自我反省的習慣，而且
一日之計在於晨，在早晨了解錯誤、改進後，
當天都能隨時提醒自己不要再犯相同的錯誤。
（4）問：文章第二段中，找一找，當胡適犯錯時，
他的母親會如何管束他？
答：①不在別人面前罵胡適或打他，保有孩子
的自尊心。
②犯的事小，在隔天早晨胡適睡醒時才教訓；
犯的事大，當天晚上人靜時，在房內責備，或
罰跪、或擰肉。
（5）問：承上題，為什麼胡適的母親在處罰胡適
時，不准他哭出聲音？
答：胡適的母親處罰胡適，不是藉此出氣，而
是要孩子深切反省。

平日的教誨	犯錯時的管束	
時間：每天天剛亮	※原則：不在別人面前打罵	
	※錯誤等級：	

內容
(1)昨天做錯、說錯
(2)要用功讀書
(3)效法父親

目的
(1)內省、日新又新
(2)認真、奮發向上
(3)榜樣、父親形象

處罰/等級	犯的事小	犯的事大
時間	隔天清晨	當天深夜
方式	教訓 要他認錯	先：責備 後：行罰(1)罰跪 (2)擰肉
原則：不准哭出聲音，要他反省		

〈母親的教誨-文本線軸1〉

	時間	學習單	紙筆
（二）檢討學習單。 請學生根據課堂講授內容，用不同顏色的筆補充筆記。 若有問題則可以發問，或者是問同儕。	5'	學習 單 課本	測驗
總結階段			
1.訂正課文提問1-1～1-5題。 2.寫課本應用練習的題目。	5'	學習 單 課本	
第三節	**準備階段**		
一、課堂準備 （一）教師：備課。 （二）學生：完成學習單，寫課本應用練習 二、引起動機 課堂前請學生彼此先觀看訂正情形。	5'	學習 單 課本	口說 評量

發展階段			
一、達成目標 （一）運用提問完成課文3-4段，畫出文本數線軸。 （二）完成課文脈絡軸。 （三）訂正學習單。 二、主要內容／活動 （一）運用提問完成課文3-4段，畫出文本數線軸。 2.課文第三段中，胡適舉實例說明母親的嚴格與慈愛，請閱讀課文後填寫下列表格：	30′	學習 單 課本	紙筆 測驗

時間	一個初秋的傍晚	地點	家門口
人物	胡適 胡適的母親 胡適的姨母	事因	姨母怕胡適著涼，要他穿上小衫胡適不肯，回她：「娘（涼）什麼！老子都不老子呀！」被他母親聽到這句輕薄話。

	母親的嚴格	母親的慈愛
結果	罰胡適跪下，重重責罰，不許作者上床睡覺。	作者跪著哭，用手擦眼淚，得了眼翳病，長久不癒。母親聽說眼翳可用舌頭舔去，就為作者舔病眼。

（1）問：想一想，作者說「娘（涼）什麼！老子都不老子呀！」回應姨母，這句話有什麼涵義？
答：這是不莊重的一句話，指父親去世了，沒有人可以管自己。

（2）問：承上題，想一想，作者的母親聽到作者說「娘（涼）什麼！老子都不老子呀！」這句話，氣到發抖的原因？
答：因為胡適竟然拿已死的父親開玩笑，還用家鄉方言的諧音特點耍嘴皮子，態度輕薄，所以作者的母親才會如此生氣。

3.問：根據課文第四段，找一找胡適母親的教誨對胡適產生了哪些影響？
答：胡適能有好脾氣，學會待人接物的和氣，並能寬恕人、體諒人，這都必須感謝他的慈母。

4.問：「身教重於言教」，胡適的母親教導他待人和氣，其實就是一種自制忍讓的態度，想一想，課文中有哪些例子，可以看出胡適的母親也有自制忍讓的態度？
答：胡適的母親從來不在別人面前罵或打胡適，可以知道作者母親也有自制忍讓的特點。

實例說明	對教誨的感恩			

實例說明：
時間：初秋傍晚
嚴厲〔因：胡適的輕薄話。
　　　果：被重重責罰。
慈愛〔因：眼翳病不癒
　　　果：母親為他舔病眼。

對教誨的感恩：
學得：
1.好脾氣
2.待人接物的和氣
3.寬恕人、體諒人

〈母親的教誨-文本線軸2〉

（二）完成課文脈絡軸： 5.問：請以「母親的教誨」為核心，以「事件因果架構」整理課文。	5′	學習單	紙筆測驗

因：
①母親希望胡適培養德行，效法父親。
②母親從不在外人面前打罵胡適。
③母親行罰時，不准胡適哭。
④胡適對姨母說輕薄話。
⑤胡適感染眼翳病。
母親的「教誨」

果：
每天早晨要他思過悔改，努力讀書
胡適擁有健全的自尊心。
被懲罰，不可上床睡覺。
母親舔胡適病眼。
胡適感恩
1.好脾氣
2.待人接物的和氣
3.寬恕體諒

勤學　體諒他人、設身處地　忍耐、負責　待人接物、尊敬　寬恕

（三）檢討學習單。 請學生根據課堂講授內容，用不同顏色的筆補充筆記。 若有問題則可以發問，或者是問同儕。			

總結階段				
1.訂正學習單。 2.寫習作及題本題目，回家作業。	5′	學習單 習作	

第四節	準備階段				
	一、課堂準備 （一）教師：備課。 （二）學生：完成習作、題本。 二、引起動機 （一）課堂前請學生彼此先觀看訂正情形。	5′	學習單	紙筆測驗

發展階段			
一、達成目標 （一）檢討課本應用練習。 （二）檢討習作、題本。 二、主要內容／活動 （一）檢討課本應用練習。 （二）檢討習作、題本。	35′	課本 習作 題本	紙筆 測驗
總結階段			
1.收習作、學習單。 2.請學生預習下一課課文。	5′	習作 學習 單	

5.4學習單

B2-L4-母親的教誨 七年____班__姓名：_____

一、作者介紹

1.作者（）的字、號、筆名……？

2.作者的重要生平？

3.作者的文學創作風格或特色？

1. 適之（資料來源：翰林版國中七下國文備課包）

　　胡適十四歲到上海就學，他在學堂的名字是胡洪騂，此時他開始接觸英文、數學，思想深受赫胥黎天演論及「物競天擇，適者生存」理論的影響，因此以適之為字（胡適二哥字紹之，三哥字振之）。後來他發表文章，偶然用胡適作筆名，直到考取留美公費時，他才正式用胡適作名字。

2. 胡適幼年喪父，由母親馮氏苦心教養成人

　　胡適母親姓馮，名順弟，十七歲時嫁給胡適的父親胡傳做填房（胡適父親前兩任太太都早死），小丈夫三十歲。胡傳，字鐵花，為人剛毅正直，是位嚴正而熱愛國家民族的讀書人，有「鐵漢」之稱。他在鄉里名氣很大，一還鄉，就能使「八都的鴉片煙館和賭場都關了門」。鄉里人都稱他為「三先生」。他的身材高大，面容紫黑，在萬里長城外住了幾年，把臉晒得像包公一樣。

　　中日甲午戰爭前，胡傳在臺灣做官，胡適剛出生不久，就隨母來臺居住，乙未年正月，始離臺回績溪故鄉。胡傳仍留守臺東，並協助劉永福從事抗日工作。後因病離臺，死於廈門。這時胡適只有三歲八個月大。馮順弟二十三歲時就成了寡婦，由於丈夫的前妻所遺留下來的兒女們，年齡幾

乎都比她大（胡適的大姐比胡母大七歲，胡適的大哥比胡母大兩歲），因此她這位年輕的繼母，持起家來當然十分困難，生活自然也免不了苦痛，可是她都堅忍地撐下來了。

3. 私塾歲月

胡適才滿三歲四個月，還是個需要別人把他抱上凳子的年紀時，母親就讓他入私塾讀書。胡適家鄉的蒙館學費很少，學生每年只要送兩塊銀元即可，因此先生對學生不免沒耐心教書，每天只讓他們念死書、背死書，而從來不「讀書」。但胡適的母親渴望他書讀得好，所以學費送得比別人優厚。第一年就送了六塊銀元，以後每年增加，最後一年加到二十元。據胡適說，這樣的學費在他家鄉是打破紀錄的，所以老師為胡適「講書」，每讀一字，便須講一字的意思；每讀一句，須講一句的意思。九年的私塾生活，讓胡適在古文、國學打下深厚的基礎。

4. 新文學運動

西元一九一八年四月，胡適主張以白話取代文言，採用新式標點。魯迅發表第一篇白話小說狂人日記，胡適發表白話話劇終身大事，文學作家也相繼發表作品，終於使白話文學成為文壇的主流。一九二〇年，教育部下令所有公立小學必須用白話教學，同時規定白話為「國語」。胡適的成功使他成為古文派眾矢之的。胡適並未理睬這些冷嘲熱諷，他對青年們說，如果他們在研究中國語言的實況後還不同意他的看法，那時再出來反對。

二、課文提問

1. 請閱讀課文第一段、第二段後，回答下列問題：

(1) 找一找，胡適的母親每天在天剛亮將胡適叫醒，對他說了哪些事？

(2) 想一想，胡適的母親對他說「這些事」的用意是？

(3) 承上題，想一想，胡適的母親在「早晨」教誨胡適的用意是？

(4) 文章第二段中，找一找，當胡適犯錯時，他的母親會如何管束他？

(5) 承上題，為什麼胡適的母親在處罰胡適時，不准他哭出聲音？

2. 課文第三段中，胡適舉實例說明母親的嚴格與慈愛，請閱讀課文後填寫下列表格：

時間		地點	
人物		事因	
結果	母親的嚴格		母親的慈愛

(1) 想一想，作者說「娘（涼）什麼！老子都不老子呀！」回應姨母，這句話有什麼涵義？

(2) 承上題，想一想，作者的母親聽到作者說「娘（涼）什麼！老子都不老子呀！」這句話，氣到發抖的原因是？

3. 根據課文第四段，找一找胡適母親的教誨對胡適產生了哪些影響？

4. 「身教重於言教」，胡適的母親教導他待人和氣，其實就是一種自制忍讓的態度，想一想，課文中有哪些例子，可以看出胡適的母親也有自制忍讓的態度？

5. 請以「母親的教誨」為核心，以「事件因果架構」整理課文。

因

————————————————————————————→

果

L4-母親的教誨-形音義

（一）誨、晦、悔、侮

字形	字音	釋義	詞例
誨	ㄏㄨㄟˋ	教導、勸導	諄諄教「誨」、「誨」人不倦
晦	ㄏㄨㄟˋ	不顯明	隱「晦」
悔	ㄏㄨㄟˇ	事後追恨	「悔」不當初、後「悔」莫及
侮	ㄨˇ	欺凌	欺「侮」弱小、公然「侮」辱

（二）催、摧

形	字音	釋義	詞例
催	ㄘㄨㄟ	促人行動	「催」促
摧	ㄘㄨㄟ	毀壞、崩塌	「摧」殘、無堅不「摧」

（三）縫

字形	字音	釋義	詞例
縫	ㄈㄥˋ	空隙	門「縫」、裂「縫」
	ㄈㄥˊ	針線綴補	「縫」紉、「縫」合

（四）遞、褫

字形	字音	釋義	詞例
遞	ㄉㄧˋ	1. 傳送	傳「遞」訊息、快「遞」郵件
		2. 順著次序	逐年「遞」減
褫	ㄔˇ	革除	「褫」奪公權

（六）擰、嚀、獰、濘

字形	字音	釋義	詞例
擰	ㄋㄧㄥˇ	1. 用手指夾住用力扭轉	把毛巾「擰」乾
		2. 僵	事情弄「擰」了
嚀	ㄋㄧㄥˊ	囑咐	細心叮「嚀」
獰	ㄋㄧㄥˊ	凶惡、凶暴	面目猙「獰」
濘	ㄋㄧㄥˋ	淤積的汙水和爛泥	滿地泥「濘」
嚀	ㄋㄧㄥˊ	囑咐	細心叮「嚀」

（五）嚇

形	字音	釋義	詞例
嚇	ㄒㄧㄚˋ	1. 害怕	驚「嚇」、「嚇」了一跳
		2. 使人害怕	「嚇」唬
	ㄏㄜˋ	用言語怒叱或武力逼迫，使人害怕	恐「嚇」、威「嚇」

（七）黴、徵、徽、微

字形	字音	釋義	詞例
黴	ㄇㄟˊ	一種低等菌類	「黴」菌
徵	ㄓㄥ	1. 跡象、預兆	「徵」兆
		2. 驗證、證明	旁「徵」博引
		3. 公開尋求、招請	「徵」婚啟事
徽	ㄏㄨㄟ	標幟	紀念「徽」章
微	ㄨㄟˊ	1. 細小	具體而「微」
		2. 卑賤	出身寒「微」、人「微」言輕

（八）舔、添、忝、舐

字形	字音	釋義	詞例
舔	ㄊㄧㄢˇ	用舌觸碰或沾取東西	「舔」食
添	ㄊㄧㄢ	增加	加油「添」醋
忝	ㄊㄧㄢˇ	1. 羞辱、汙蔑	無「忝」所生
		2. 自謙詞，有「忝」為人師自慚的涵義	
舐	ㄕˋ	用舌頭舔東西	「舐」犢情深

（九）混

形	字音	釋義	詞例
混	ㄏㄨㄣˋ	1. 摻雜	「混」為一談
		2. 矇騙、冒充	「混」充、魚目「混」珠
		3. 苟且地度過	鬼「混」
		4. 汙濁不清	「混」濁

（資料來源：翰林版國中七下國文備課包）

三、成語補充

（一）與「親情」有關的成語

1. **舐犢情深**：比喻父母疼愛子女之深情。

2. **烏鳥私情**：相傳幼烏鴉長成後，會反哺年老無法覓食的老烏鴉，後比喻奉養長輩的孝心。

3. **寸草春暉**：指父母恩情深重，子女即使竭盡心意也難以報答。寸草，比喻子女。春暉，比喻父母。

4. **菽水之歡**：比喻子女孝順奉養父母，雖是粗疏清淡的食物，也能帶給父母歡慰。

5. **同氣連枝**：比喻同胞兄弟姐妹。同氣，同胞兄弟。連枝，比喻兄弟。

6. **讓棗推梨**：比喻兄弟間的友愛。讓棗，指南朝梁王泰不與諸兄爭棗栗的故事。推梨，指東漢孔融讓梨與兄的故事。

7. **兄友弟恭**：兄弟間感情和睦，能相互友愛尊敬。

（二）與「器物」有關的成語

1. **鼎力相助**：大力的幫助。

2. **香火鼎盛**：朝拜、進香的人極多。

3. **掩耳盜鐘**：有人得到一口鐘，想要背走，但因巨大無法背負，想擊毀它，但撞擊時有鐘聲，恐怕他人聽到聲音來搶奪，於是掩上耳朵。比喻自欺欺人。

4. **暮鼓晨鐘**：佛寺中朝課之前和熄燈之前皆會敲擊鐘鼓，用以警惕與自勵。比喻使人覺悟的言論。

5. **鐘鳴漏盡**：（1）夜半鐘響，計時的沙漏或水漏已殘。指深夜。（2）比喻殘年、晚年。

6. **室如懸磬**：指居室空無所有，比喻非常貧窮。磬，音ㄑㄧㄥˋ，古代用玉石或金屬製成的打擊樂器。

7. **舉觴稱慶**：舉起酒杯，表示慶賀之意。觴，音ㄕㄤ，酒杯。

8. **瓦釜雷鳴**：陶製的鍋具中發出如雷的巨響。比喻平庸無才德的人卻居於顯赫的高位。

（三）與「母親」有關的成語

1. **母以子貴**：本指母親因兒子的地位提升而尊貴。後世引申為凡因兒子的緣故使母親得到較高的榮譽或較好的享受。

2. **曾母投杼**：曾參的母親再三聽說曾參殺人，終於心生恐懼，丟下紡織工作，翻牆逃走。比喻流言可畏或誣枉的災禍。杼，音

225

ㄓㄨㄟ，織布用的梭子。

3. **孟母擇鄰**：孟子的母親為激勵孟子勤奮好學，曾為選擇環境而搬家三次，終於把孟子培養成一代大儒。後遂以此形容家長為教育子女，選擇良好的學習環境所花的苦心。或作「孟母三遷」。

4. **歐母畫荻**：宋朝歐陽脩的母親以荻草的莖畫地，教歐陽脩學書。後多用以稱頌母教。

5. **截髮留賓**：陶侃之母為招待賓客而剪髮變賣，換取米糧的故事。後比喻女性待客十分誠摯。

6. **伯俞泣杖**：漢韓伯俞受母責打，感念母親力衰而哭泣。後比喻孝順。

（四）與「負面態度」有關的成語

1. **心高氣傲**：因自視過高而盛氣凌人。

2. **玩世不恭**：不莊重、不嚴謹的生活態度。

3. **油腔滑調**：寫文章或言語態度浮滑，不切實。

4. **隨風轉舵**：比喻做事無定見，順著情勢的發展而轉變態度。

5. **頤指氣使**：形容以高傲的態度指使屬下。頤，音一ˊ，下巴。

6. **嘻皮笑臉**：笑裡透著頑皮和耍賴等不莊重的表情和態度。亦作「嬉皮笑臉」。

7. **飛揚跋扈**：態度蠻橫放肆，放縱霸道不遵循法度。扈，音ㄏㄨˋ，強橫無禮。

8. **自我中心**：與他人交往或處理事務時，只顧到自己的需求或益處，而不顧慮他人的一種態度。

（資料來源：翰林版
國中七下國文備課包）

附件六、〈螞蟻雄兵〉教案

6.1教學目標

認知：能提取訊息、理解文本、指出寫作目的、指出文本脈絡。

情意：藉銀蟻在逆境中求生存的態度，反思個人面對困境如何解決問題。

技能：能根據文本內容，擷取適當訊息填入表格。

6.2教學架構圖

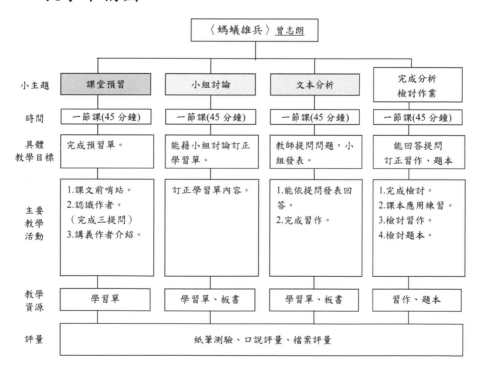

〈螞蟻雄兵〉曾志朗			
小主題	課堂預習	小組討論	文本分析	完成分析 檢討作業
時間	一節課(45 分鐘)	一節課(45 分鐘)	一節課(45 分鐘)	一節課(45 分鐘)
具體 教學目標	完成預習單。	能藉小組討論訂正 學習單。	教師提問問題，小 組發表。	能回答提問 訂正習作、題本
主要 教學 活動	1.課文前哨站。 2.認識作者。 （完成三提問） 3.講義作者介紹。	訂正學習單內容。	1.能依提問發表回 答。 2.完成習作。	1.完成檢討。 2.課本應用練習。 3.檢討習作。 4.檢討題本。
教學 資源	學習單	學習單、板書	學習單、板書	習作、題本
評量	紙筆測驗、口說評量、檔案評量			

※課程流程：課前預習→課中學習→課後檢核。

(1) 課前預習：學生在課堂上先寫預習單，教師批閱後，了解學生起點行為。

(2) 課中學習：學習單評分結果選出組長，進行分組討論、訂正、發表。

(3) 課後檢核：課後收回學習單，評估學習成效，並依學生課中補充筆記，進行檔案評量，並安排補救教學。

6.3 教案

教學主題	〈螞蟻雄兵〉		設計者	蕭文婷		
教學對象	培英國中七年級學生		教學時數	4節課（180分鐘）		
教學對象分析	具備獨立基本獨立閱讀能力，班級學生互動熟稔，具有一定默契，且能夠熟悉此種課堂運作模式。					
教材來源	103年版國民中學國文課本1下第七課〈螞蟻雄兵〉					
設計理念	認知：能提取訊息、理解文本、指出寫作目的、指出文本脈絡。 情意：藉銀蟻在逆境中求生存的態度，反思個人面對困境如何解決問題。 技能：能根據文本內容，擷取適當訊息填入表格。					
教學內容分析	1. 介紹非洲銀蟻藉由特殊腦部構造在蜥蜴虎視眈眈且高溫的環境下求生。 2. 科普文章，屬論說文中的說明文。					
教學目標	國文科閱讀能力表現標準					
	一、語文知識：能理解常用詞語的意義及其在文句中的作用。 二、文意理解： （一）能提取訊息、理解文本涵義。 （二）能指出作者寫作目的或觀點，並說明理由。 三、綜合評鑑：能整合文本間的重點與細節，並提出完整個人的觀點。					
節次	教學活動流程			時間	教學資源	教學評量
第一節	準備階段					
	一、課堂準備 （一）教師：教師準備學習單。 （二）學生：先閱讀課文，並標上注釋，畫出重點。 二、引起動機 （一）講解課文前哨站。 （二）詢問閱讀課文是否有生難字詞需要解釋。			5′	課本	

	發展階段			
	一、達成目標 （一）預習課文。 （二）完成預習單。 二、主要內容／活動 （一）預習課文。 （二）完成預習單。	40′	學習單	紙筆測驗
	總結階段			
	下課鐘響，收回學習單。 回家功課請完成應用練習、習作。			
第二節	準備階段			
	一、課堂準備 （一）教師：批改學習單，瞭解學生起點行為並評分。 課前收習作，先批改。 （二）學生：完成學習單，不會的題目可以空著。 二、引起動機 （一）分組活動： 1.教室排成ㄇ字型，如右圖。 2.宣布2名弓箭手名單。 3.宣布7名組長名單。 4.請各組組長挑選一名強者。 5.請各組強者挑選一名中介。 6.其餘同學自行擇一組擔任游擊手，一組限一名游擊手。	5′	學習單	
	發展階段			
	一、達成目標 （一）檢討課本應用練習。（二）小組訂正學習單。 二、主要內容／活動 （一）檢討課本應用練習。 1.小組討論應用練習題目，並提問。 2.教師講解提問內容，補充資料，對答案。 （二）小組訂正學習單。 1.小組討論、訂正學習單。 2.教師巡視各組，並指派弓箭手到各組進行討論協助。	10′ 30′	課本學習單	紙筆測驗口說評量
	總結階段			
	1.回家功課請先完成部份題本內容。 2.明天課堂要小組發表學習單訂正內容。			

第三節	準備階段			
	一、課堂準備 （一）教師：1.發回批改完畢的習作。 2.準備小白板、油性筆，每組一份。 （二）學生：分組坐好。 二、引起動機 1.檢討各題題目，抽到組別報告該題回答。 2.每一組有白板和油性筆，報告完畢後請給予評分。 3.課程檢討完畢再訂正習作。	3′	課本 學習 單	
	發展階段			
	一、達成目標 （一）檢討學習單題目1-9。 二、主要內容／活動 （一）檢討學習單題目1-9。 抽籤請各組回答問題，並於該組回答完指定題後，用小白板給予小組評分，教師統計在黑板上。 1.問：根據課文內容，找出研究觀察筆記應填入的內容。 　答：（1）研究者：瑞士科學家。 　（2）研究地點：撒哈拉沙漠。 　（3）研究時長：好幾年。 　（4）研究問題：為什麼銀蟻在正中午外出覓食？ 　（5）觀察記錄： ①銀蟻的行動：正中午跳躍式地外出覓食。 ②研究發現：中午外出覓食的原因有二，一為躲避天敵蜥蜴，另一則是透過腦部特殊構造，以偏振光辨別方向。 2.問：根據課文第二段，為什麼銀蟻要這麼辛苦地在大熱天裡外出覓食呢？ 　答：躲避天敵蜥蜴。 3.問：根據課文第二段，為什麼作者會以「唯我獨行」形容銀蟻的覓食活動？ 　答：正中午沙漠生物休息，只有銀蟻外出覓食。 4.問：想一想，作者用『「虎」視眈眈』來形容守洞待蟻的蜥蜴，「虎」字是想要強調什麼樣的感覺呢？ 　答：以銀蟻為狩獵對象，具有威脅、恫嚇的感覺。 5.問：為什麼在課文第三段中，作者會說銀蟻看起來「得意忘形」、「欺人太甚」呢？ 　答：因為銀蟻以跳躍方式行走，仿佛是在蜥蜴面前手舞足蹈，因此給人得意忘形、欺人太甚的感覺。	40′	課本 學習 單	口說 評量

	6.問：承上題，請問銀蟻真的「得意忘形」、「欺人太甚」嗎？為什麼？ 答：不是。他們跳躍式得動作是因為沙粒太燙，他們必須換腳前行。 7.問：作者文中說：「如果你也有過赤腳走在滾燙的沙灘上的經驗，就會對這些銀蟻的跳躍動作發出會心的微笑了！」想一想，為什麼會發出「會心的微笑」呢？ 答：因為如果你有走在滾燙沙灘上的燙腳經驗，就會以同理心知道銀蟻為何跳躍，因此發出會心的微笑。 8.問：想一想，瑞士科學家為什麼以「好幾部採取同步進行資訊處理的電腦」來形容銀蟻呢？ 答：因為每一隻銀蟻都同一時間以腦中特殊結構進行偏振光計算，找到回到巢穴的路，看起來就像是好幾部採取同步進行資訊處理的電腦。 9.問：沙漠高溫對蜥蜴有絕對影響，對銀蟻是否也有致命的危機？請說說你的看法。 答：（略）			
	總結階段			
	1.請各組訂正學習單及習作。 2.回家功課請完成全部題本內容。	2′	習作 學習單	
第四節	**準備階段**			
	一、課堂準備 （一）教師：準備小白板、油性筆，每組一份。 （二）學生：分組坐好。 二、引起動機 1.檢討各題題目，抽到組別報告該題回答。 2.每一組有白板和油性筆，報告完畢後請給予評分。 3.課程檢討完畢再訂正習作和題本。	3′	課本 學習單	
	發展階段			
	一、達成目標 （一）檢討學習單題目10-12。 （二）畫文本線軸。 （三）檢討習作、題本。	15′	課本 學習單	口說 評量
	二、主要內容／活動 （一）檢討學習單題目10-12。	25′	習作 題本	口說 評量

10. 問：每一篇文章都有作者想要傳遞的情感、啟示或是價值觀。請問，你從〈非洲銀蟻〉這篇文章中獲得什麼樣的想法呢？為什麼？

答：逆境中求生存。銀蟻面對天敵和高溫，並未放棄求生，而是運用中午短暫時間覓食，獲取生機。

11. 問：請問你認為課文「第一段」和本課主題「銀蟻」有無關係呢？為什麼？

答：有，為了讓讀者聯想大熱天的情景，同理銀蟻求生環境的艱難，並引起讀者閱讀興趣。

12. 問：論說文分成「議論文」和「說明文」兩種，請問你認為〈螞蟻雄兵〉屬於何種呢？請說說你的看法。

答：本文屬「說明文」，因為全篇在介紹銀蟻的求生環境及方法，並沒有提出作者的評論或建議。

（二）畫文本線軸。

```
  人的經驗              非洲銀蟻
 ──────────────────────────────────────▶

 人  35度，難耐！      問題  銀蟻為何在大熱天跳躍覓食？

 銀蟻 60度，求生？     觀察  躲避蜥蜴，手舞足蹈。

                      發現  此外，以偏振光辨位。

 「人和銀蟻對比」
 ～吸引讀者閱讀。                「說明文的寫作架構」
 ～聯想經驗。
```

※補充：此部份課文脈絡，強調寫作架構。

（三）檢討習作、題本。

1. 小組討論。（題本已有詳解，因此討論時間無需太長）
2. 開放提問，老師檢討，重點提示。

總結階段

1. 收學習單，訂正加分。
2. 請預習下一課〈蠍子文化〉。

2'

檔案評量

6.4省思建議

反思	1. 課文內容：〈螞蟻雄兵〉一文脈絡明確，敘述簡潔，並不難懂。學生閱讀課文，寫學習單，多半能夠順利完成。唯第1題「研究問題」，多數學生回答偏離所問。
	2. 小組討論：運用小組討論方式，可以增進學生之間的互動，並且確實訂正。
	3. 小組發表：在發表的時候，多數學生傾向拿學習單唸回答，此要再加強訓練。
	4. 小組互評：用白板互評機制，多數學生有專心聽同學分享，但由於互評結果只有給予分數，有學生建議希望能夠知道評分規準為何。
	5. 考試：這學習授課，沒有大、小考卷，採用他法，發現效果不錯。
	（1）小考：每節下課抽5-8位同學口頭背誦注釋。
	（2）大考：以題本取代考試，一則可以節省課堂安排考試的時間，二則學生寫完題本可以先自行閱讀附錄詳解，並且訂正不會的題目。
	此外，若是題本用抄的或是隨機亂寫，小組討論時就會先被組員修理揶揄，省下教師費心費力追作業的時間。
	6. 段考後補充：這次段考的注釋、形音義題，雖然沒有小考練習，但是答對率反而比以往好，原因是平常督促學生記憶，考前發一份紙本練習卷加強記憶。

6.5學習單

B2-L7-螞蟻雄兵　七年＿＿班＿姓名：＿＿＿＿＿

一、作者介紹＋課文前哨站

基本三提問整理：

（一）曾志朗的求學時代（資料來源：翰林七年級下學期國文備課包）

　　成績不錯但卻調皮愛玩的曾志朗，初中留在旗山中學就讀。原本胸無大志的他，受到老師的鼓勵，產生了非讀大學不可的雄心，進而激勵他考上高雄中學、政治大學。研究所畢業後，他申請公費到美國攻讀博士，並至加州大學任教一年。後來在當時中正大學校長林清江的邀請下，返國投入心理系教授職務，貢獻所學。

　　一般來說，鄉下孩子若想要升學，國小畢業後，父母都會安排他們到師資條件較佳的城市讀書。留在家鄉的孩子有的開始就業，有的則懵懂上初中。曾志朗原本只想讀完初中就好，但因旗山中學的吳寶廉老師不斷鼓勵他，讓他有了升學的壯志。猶記高中放榜前夕，他跑去看電影，在黑暗之中他突然問自己：「明天放榜後，我的命運大概就會不一樣了？」果然他的命運有了轉折，他考上高雄中學，也轟動了當時這個淳樸的香蕉小鎮。那時為了上學，每天得坐火車來回奔波，但他不覺得苦，只感覺這是一條人生必走的路，是老師為自己定下的路。

　　上了高中後，大家都意識到升大學是很重要的事，所以都很用功。但曾志朗一邊念書，一邊當上樂隊小喇叭手、校隊羽球選手，由於玩得太

凶，父母擔心他考不上大學，甚至在聯考放榜後，媽媽因為看到臺大榜單沒有他的名字，誤以為他落榜，忍不住潸然淚下。

考上大學的他，對未來並沒有規畫，就連升學的志願卡也是同學幫他填的，所以進了政大教育系真的是純屬意外。由於課程與志趣不合，他每日到揮棒打球，又到後山柑園去摘橘子吃，蹺課的戲碼也時常上演。後來，曾志朗結識了一位要好的同學林建，他的祖先是清代大臣林則徐，父親林紀東是位大法官，家裡有很多藏書，曾志朗整日到林建家看書，因此涉獵了許多世界名著、古典文學，以及尼采、卡謬等思想家、文學家的作品，當然還有科學方面的書籍，也讓他養成閱讀的習慣，對學問產生興趣。

（二）洪蘭與曾志朗的「相對論」（節錄自民國93年2月17日聯合報，記者李名揚、張錦弘報導）

問：很多人覺得曾副院長講話很跳躍，妳認為呢？

洪：他很邋遢，但我家的信念是每樣東西都要很嚴謹，所以家事都我做，錢也是我管。一開始我還給他零用錢，後來就不給了，因為他根本不在意錢放在哪裡，我常常洗衣服洗到他的錢，鈔票貼在牆上風乾。有一次，我為了讓孩子學游泳，買了較大的房子，家都搬了，他還不知道。

曾：那是一九八八年，我從美國去大陸講學，回到家，哇！一看怎麼全搬光了，人去樓空。找不到人，只好回實驗室等她出現。

問：個性南轅北轍的夫妻，相處容易嗎？

洪：我們志同道合，彼此都有成長。我最欣賞的是，他不愛名牌，不虛浮。但我看的東西比他多，我不看電影，可以省下時間多看書。

曾：夫妻相處最重要的，我認為是要相信對方，讓另一半做自己想做的事。我從她那邊得到很多，她寫的專欄，我都是第一個拜讀。我們生活很簡單，最大的樂趣在研究、讀書。

二、課文提問

1. 請根據課文內容，找出下列研究觀察筆記應該填入的內容。

非洲銀蟻觀察筆記		
照片	研究者：	
	研究地點：	
	研究時長：	
研究問題：		
觀察記錄		
銀蟻的行動	研究發現（研究問題的答案）	

2. 根據課文第二段，為什麼銀蟻要這麼辛苦地在大熱天裡外出覓食呢？

3. 根據課文第二段，為什麼作者會以「唯我獨行」形容銀蟻的覓食活動？

4. 想一想，作者用『「虎」視眈眈』來形容守洞待蟻的蜥蜴，「虎」字是想要強調什麼樣的感覺呢？

5. 為什麼在課文第三段中，作者會說銀蟻看起來「得意忘形」、「欺人太甚」呢？

6. 承上題，請問銀蟻真的「得意忘形」、「欺人太甚」嗎？為什麼？

7. 作者在文中說：「如果也有過赤腳走在滾燙的沙灘上的經驗，就會對這些銀蟻的跳躍動作發出會心的微笑了！」想一想，為什麼會發出「會心的微笑」呢？

8. 想一想，瑞士科學家為什麼以「好幾部採取同步進行資訊處理的電腦」來形容銀蟻呢？

9. 沙漠高溫對蜥蜴有絕對影響，對銀蟻是否也有致命的危機？請說說你的看法。

10. 每一篇文章都有作者想要傳遞的情感、啟示或是價值觀。請問，你從〈非洲銀蟻〉這篇文章中獲得什麼樣的想法呢？為什麼？

11. 請問你認為課文「第一段」和本課主題「銀蟻」有無關係呢？為什麼？

12. 論說文分成「議論文」和「說明文」兩種，請問你認為〈螞蟻雄兵〉是屬於哪一種呢？請說說你的看法。

※昆蟲成語大會串：（資料來源：翰林七年級下學期國文備課包）

雀躍不已	心中喜悅至極。	烏合之眾	暫時湊合，無組織紀律的一群人。
杯盤狼藉	酒席完畢，杯盤散亂的情形。	魚貫入場	依序排列，如游魚前後相續。
蜂擁而至	比喻如蜂般擁進來。	露出馬腳	暴露出真相或漏洞。
滿腹狐疑	充滿疑惑，不能確定。	噤若寒蟬	形容不敢作聲
金蟬脫殼	比喻用計謀脫身。	蠅頭小利	形容微少的利益
飛蛾撲火	比喻自尋死路、自取滅亡。	蚍蜉撼樹	比喻不自量力
螻蟻得志	比喻小人得勢。	莊周夢蝶	比喻人生變幻無常。
映雪囊螢	人在艱困環境中勤奮讀書。	蠶食鯨吞	比喻不同的侵略併吞方式。
蝗蟲過境	成群的蝗蟲掠食而過。	蛛絲馬跡	比喻有線索跡象可以尋查推求
蛇蠍心腸	比喻人心地陰險、惡毒。	聚蚊成雷	比喻眾口詆毀，積小可以成大。
螳臂擋車	比喻不自量力。	蜻蜓點水	比喻膚淺而不深入的接觸
螳螂捕蟬，黃雀在後	比喻眼光短淺，只貪圖眼前利益而不顧後患。	蠅營狗苟	比喻四處鑽營，只為謀利；不顧廉恥，但求偷生的生活態度。
螻蟻尚且偷生	比喻一個人要能愛惜生命，不可輕生。	熱鍋上螞蟻	比喻陷入困境手足無措、坐立不安的樣子
招蜂引蝶	形容女子打扮得如花朵般美麗來引誘男子。	千里之堤，潰於蟻穴	比喻對小處的疏失不慎而導致大災禍。

L7-螞蟻雄兵-形音義

(一) 眈、耽、忱、沈

形	字音	釋義	詞例
眈	ㄉㄢ	注視、逼視的樣子	虎視「眈眈」
耽	ㄉㄢ	1. 延遲、滯留	「耽」誤、「耽」擱
		2. 沉迷	「耽」溺、「耽」於逸樂
忱	ㄔㄣˊ	心意、實情	熱「忱」

(二) 橫

字形	字音	釋義	詞例
橫	ㄏㄥˊ	1. 水平、東西向	「橫」行而過、「橫」衝直撞
		2. 瀰漫、籠罩	老氣「橫」秋
		3. 東西向的線條，與「直、豎、縱」相對	縱「橫」交錯
		4. 貫穿兩側地	「橫」跨、「橫」越
	ㄏㄥˋ	1. 放肆、粗暴、不講理的	蠻「橫」無理、專「橫」跋扈
		2. 意想不到的、不正常的	「橫」財、飛來「橫」禍

(三) 蜴、踢、惕、剔

形	字音	釋義	詞例
蜴	一ˋ	爬蟲類，也叫四腳蛇	蜥「蜴」
踢	ㄊㄧ	抬起腿用腳觸擊	拳打腳「踢」
惕	ㄊㄧˋ	戒懼	自我警「惕」
剔	ㄊㄧ	1. 將不合適的挑出	無從挑「剔」
		2. 形容器物透明精巧	晶瑩「剔」透

(四) 冒

字形	字音	釋義	詞例
冒	ㄇㄠˋ	1. 由下往上或往外透出、發散	「冒」煙、「冒」汗
		2. 衝犯、不顧	「冒」險、「冒」犯
		3. 假稱、假託	「冒」名頂替、假「冒」
		4. 鹵莽、莽撞	「冒」失

(五) 斃、弊、幣、蔽

字形	字音	釋義	詞例
斃	ㄅㄧˋ	死	坐以待「斃」
弊	ㄅㄧˋ	1. 作假	集體舞「弊」
		2. 害處	「弊」端叢生
幣	ㄅㄧˋ	用來買賣的錢	新臺「幣」
蔽	ㄅㄧˋ	遮蓋	烏雲「蔽」日

(六) 蹈、滔、韜

字形	字音	釋義	詞例
蹈	ㄉㄠˋ	1. 踩踏	赴湯「蹈」火、重「蹈」覆轍
		2. 遵循、履行	循規「蹈」矩
滔	ㄊㄠ	1. 瀰漫	白浪「滔」天
		2. 大水滾滾不絕的樣子	海浪「滔滔」
韜	ㄊㄠ	隱藏	「韜」光養晦

(七) 慨、概

字形	字音	釋義	詞例
慨	ㄎㄞˇ	1. 悲嘆、感傷	「慨」嘆、感「慨」萬千
		2. 大方、豪爽不吝嗇	慷「慨」解囊
		3. 激憤、憤怒	慷「慨」激昂
概	ㄍㄞˋ	1. 總括	「概」括
		2. 一律	「概」不退換
		3. 大略	大「概」
		4. 度量、品格	英雄氣「概」

（資料來源：翰林七年級下學期國文備課包）

附件七、〈蠍子文化〉教案

7.1教學目標

認知：能提取訊息、理解文本、指出寫作目的、指出文本脈絡。
情意：能認識何謂良性競爭。
技能：能藉小組討論熟練閱讀技巧。

7.2教學架構圖

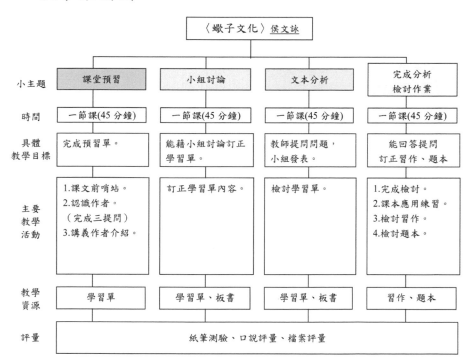

※課程流程：課前預習→課中學習→課後檢核。

(1) 課前預習：學生在課堂上先寫預習單，教師批閱後，了解學生起點行為。

(2) 課中學習：學習單評分結果選出組長，進行分組討論、訂正、發表。

(3) 課後檢核：課後收回學習單，評估學習成效，並依學生課中補充筆記，進行檔案評量，並安排補救教學。

7.3 教案

教學主題	〈蠍子文化〉		設計者	蕭文婷	
教學對象	培英國中七年級學生		教學時數	4節課（180分鐘）	
教學對象分析	具備獨立基本獨立閱讀能力，且於七年級上學期使用學習單進行課程，對於課堂運作模式有一定瞭解情形。				
教材來源	103年版國民中學國文課本1下第八課〈蠍子文化〉				
設計理念	認知：能提取訊息、理解文本、指出寫作目的、指出文本脈絡。 情意：能認識何謂良性競爭。 技能：能藉小組討論熟練閱讀技巧。				
教學內容分析	1.本文藉非理性的蠍子形象，諷刺那些為了求得勝利而不擇手段的人們，將吞噬整個社會的善意與關懷，進而呼籲互助共存的重要性。 2.本文屬論說文中的議論文。				
教學目標	國文科閱讀能力表現標準				
	一、語文知識：能理解常用詞語的意義及其在文句中的作用。 二、文意理解： （1）能提取訊息、理解文本涵義。 （2）能指出作者寫作目的或觀點，並說明理由。 三、綜合評鑑：能整合文本間的重點與細節，並提出完整個人的觀點。				
節次	教學活動流程		時間	教學資源	教學評量
第一節	準備階段				
	一、課堂準備 （一）教師：教師準備學習單。 （二）學生：先閱讀課文，並標上注釋，畫出重點。 二、引起動機 （一）講解課文前哨站。 （二）詢問閱讀課文是否有生難字詞需要解釋。		5′	課本	

	發展階段				
	一、達成目標 （一）預習課文。 （二）完成預習單。 二、主要內容／活動 （一）預習課文。 （二）完成預習單。		40'	學習單	紙筆測驗
	總結階段				
	下課鐘響，收回學習單。 回家功課請完成應用練習、習作。				
第二節	**準備階段**				
	一、課堂準備 （一）教師：批改學習單，瞭解學生起點行為並評分。 課前收習作，先批改。 （二）學生：完成學習單，不會的題目可以空著。 二、引起動機 （一）分組活動： 1.教室排成ㄇ字型，如右圖。 2.宣布2名弓箭手名單。 3.宣布7名組長名單。 4.請各組組長挑選一名強者。 5.請各組強者挑選一名中介。 6.其餘同學自行擇一組擔任游擊手，一組限一名游擊手。	黑板／講臺／弓箭手 弓箭手	5'	學習單	
	發展階段				
	一、達成目標 （一）檢討課本應用練習。（二）小組訂正學習單。 二、主要內容／活動 （一）檢討課本應用練習。 1.小組討論應用練習題目，並提問。 2.教師講解提問內容，補充資料，對答案。 （二）小組訂正學習單。 1.小組討論、訂正學習單。 2.教師巡視各組，並指派弓箭手到各組進行討論協助。		10' 30'	課本學習單	紙筆測驗 口說評量
	總結階段				
	1.回家功課請先完成部份題本內容。 2.明天課堂要小組發表學習單訂正內容。				

第三節	準備階段			
	一、課堂準備 （一）教師： 1.發回批改完畢的習作。 2.準備小白板、油性筆，每組一份。 （二）學生：分組坐好。 二、引起動機 1.檢討各題題目，抽到組別報告該題回答。 2.每一組有白板和油性筆，報告完畢後請給予評分。 3.課程檢討完畢再訂正習作。	3'	課本 學習 單	
	發展階段			
	一、達成目標 （一）檢討學習單題目1-3。 二、主要內容／活動 （一）檢討學習單題目1-3。 抽籤請各組回答問題，並於該組回答完指定題後，用小白板給予小組評分，教師統計在黑板上。 1.蠍子和青蛙的故事： （1）問：〈蠍子文化〉一文中，提到蠍子和青蛙的故事。當蠍子請青蛙過河時，蠍子說服青蛙背牠過河的理由，為什麼能夠讓青蛙卸下心防？ 答：因為蠍子若咬青蛙，會導致兩方同歸於盡，損人不利己，因此青蛙卸下心防。 （2）問：青蛙背著蠍子游到半途後，蠍子卻咬了青蛙。請問，作者認為是什麼造就了蠍子的非理性？ 答：因為蠍子自小被訓練要採在別人的頭上求生存。 2.蠍子文化： （1）問：請問作者認為「蠍子」就像是社會中哪一種類型的人？ 答：發現愛拚才會贏，無所不用其極地努力往上爬的人。 （2）問：根據課文第四段，我們的社會中，有哪些現象會造就越來越多蠍子產生？ 答：從小教育強調競爭，出社會後「愛拚才會贏」。 （3）承上題，為什麼這些現象會造就越來越多蠍子產生？	40'	課本 學習 單	口說 評量

　　答：因為從小我們的教育強調競爭，出社會後
　　　發現不參與競爭就會被淘汰，為了求得自身的
　　　自由與生存，人們搶著咬噬別人，造成愈來愈
　　　多的蠍子產生。
（4）問：根據課文第五段，請問「蠍子文化」的定
　　　義是？
　　答：人們不在乎真正的努力與成就，著重從權
　　　力邊緣到中心的競爭與較勁的情形。
（5）問：根據課文第五～六段，請問「蠍子文化」
　　　帶來的負面影響有哪些？請用「因…果」方式
　　　呈現。
　　答：①因為強調競爭，忽略了真正的努力與成
　　　就。
　　　②因為蠍子文化強調競爭，結果互助共存的重
　　　要性不再被強調。
　　　③因為蠍子愈來愈多，舊時代美好的善意與守
　　　望相助的關懷被淹沒了。
3. 總結：
（1）問：作者在文章最後一段說：「誰來救救我
　　　們？也救救這些蠍子？」想一想，這句話中的
　　　「我們」和「蠍子」，分別指我們社會中的哪
　　　種類型的人？
　　答：「蠍子」指著重惡性競爭，藉咬噬他人，
　　　求得自由與生存的人們；「我們」則是在蠍子
　　　文化下被迫參與競爭卻努力保有美好善意與守
　　　望相助關懷的人們。
（2）問：承上題，你認為作者在文末以「救救我
　　　們、救救蠍子」提出疑問，目的是什麼？
　　答：表達對現實的無奈，希望激起人們重視這
　　　些問題。
（3）問：請根據本文，找出合適資訊填入下表：

對象	司機	蠍子	競爭者
行為	闖紅燈	咬青蛙	咬噬別人
結果	交通紊亂	同歸於盡	吞噬自己

總結階段		
1. 請各組訂正學習單及習作。 2. 回家功課請完成全部題本內容。	2'	習作 學習 單

第四節	準備階段			
	一、課堂準備 （一）教師：準備小白板、油性筆，每組一份。 （二）學生：分組坐好。 二、引起動機 1.檢討各題題目，抽到組別報告該題回答。 2.每一組有白板和油性筆，報告完畢後請給予評分。 3.課程檢討完畢再訂正習作和題本。	3′	課本 學習 單	
	發展階段			
	一、達成目標 （一）「競爭」思辯。 （二）畫文本線軸。 （三）檢討習作、題本。	20′	課本 學習 單	口說 評量
	二、主要內容／活動 （一）競爭思辯。 問：〈蠍子文化〉這一課中，作者的立場是反對競爭嗎？ 答：作者並不全然反對競爭，而是反對蠍子式互相咬噬彼此的惡性競爭。 問：競爭有分成惡性與良性，那麼你認為什麼是良性競爭？ （開放小組討論，各組發表一個回答） 答：誠意、互助、努力、能向上追求進步、共同成長、負責、謙虛、有所得、能有收穫……（開放討論）。 問：為什麼良性競爭可以讓你獲得上述？ 答：（略）。 問：如果遇到蠍子式競爭的環境，如何自處？ 答：（略） （二）畫文本線軸。 	15′	習作 題本	口說 評量

	※補充:此部份課文脈絡,強調寫作架構。 (三)檢討習作、題本。 1.小組討論。(題本已有詳解,因此討論時間無需太長) 2.開放提問,老師檢討,重點提示。			
	總結階段			
	1.收學習單,訂正加分。 2.請預習下一課。	2′		檔案 評量

四、省思建議

反思	1.課文內容:〈蠍子文化〉的題目設計偏向綜合討論,單一題目的回答可能必須透過整合段落或者是從多段細節處尋找,發現不少學生的回答不完整,即統整能力有待加強。 2.小組討論:運用小組討論方式,部分學生較消極,雖是自由分組,但是教師可以留意選組順序,盡量讓較消極的學生可以搭配到與之合作意願高的組。 3.小組發表:在發表的時候,要求學生避免照本宣科,能力略若,要再加強訓練。 4.小組互評:用白板互評機制,多數學生有專心聽同學分享,但由於互評結果只有給予分數,有學生建議希望能夠知道評分規準為何(預計製作互評表)。 5.考試:這學習授課,沒有大、小考卷,採用他法,發現效果不錯。 6.段考後補充:這次段考的注釋、形音義題,雖然沒有小考練習,但是答對率反而比以往好,原因是平常督促學生記憶,考前發一份紙本練習卷加強記憶。

7.4學習單

B2-L8-蠍子文化　七年＿＿＿班＿姓名：＿＿＿＿＿＿

一、作者介紹＋課文前哨站：

（下列資料來源：翰林七年級下學期國文備課包）

> 基本三提問整理：
>
>
>
>
>
>

（一）觀察敏銳的醫生作家

　　自賴和以後，臺灣文壇裡有王溢嘉、莊裕安、陳克華、歐陽林等醫生作家，藉著行醫診療的機會，他們接觸社會各階層的人士，看到體制間的矛盾與人性的衝突，因而視野較一般人來得廣闊，更容易有感而發。他們筆下的文字有如手術刀般，銳利地劃開現實黑暗面，成為一篇篇反映現實的箴言小品，如賴和的一桿稱仔等。當然，侯文詠也繼承了這樣的傳統，不僅善於觀察醫院百態，更結合生活見聞，並加上自我省思，創作出一部部平易近人而又發人深省的暢銷作品，如烏魯木齊大夫說、白色巨塔等書。

（二）針砭時事的書寫主軸

　　侯文詠的創作題材多變，從早期的溫馨趣味小品頑皮故事集、烏魯木齊大夫說，至後來訴求較為沉重的社會寫實小說白色巨塔、危險心靈，直到近期的沒有神的所在，可以得知他不斷擴大書寫範圍，唯一不變的是對現實社會的關切。侯文詠希望透過能被大眾接受的語言文字，以文學的角度來喚起讀者對日常生活的偏頗缺失，進行思考與反省。也因此，從他多部暢銷的作品來看，讓人體悟到原來大眾文學也可以同時兼具廣度與深度。

（三）作者兩三事

1. 認識世界的窗口

　　生長於嘉義古樸小鎮的侯文詠，鎮上沒有什麼消遣或休閒娛樂，書本便成為他認識世界的唯一窗口。小學五年級時，他陸續看完了福爾摩斯、亞森羅蘋全集的偵探小說，以及封神演義、水滸傳等經典作品，當時的他只要一下課就會衝到書店裡看書，因而培養出濃厚的閱讀興趣。國中時，他接觸到黃春明、余光中等人的作品，他坦言其中印象深刻的作家是琦君與張曉風，也影響了他日後的創作風格。

2. 與生俱來的文學痴

　　侯文詠自小就熱愛文學，曾發行地下刊物而遭導師責問。就讀臺南一中時，一度因成績不佳而暫停投稿、編校刊等外務，後來考上臺北醫學院醫學系，不覺欣喜，反倒感傷青春的逝去。畢業後至臺大醫院實習，考量到能有較多的閒暇時間可以用來寫作，因而選擇當一位麻醉科醫師。升任主治醫師後，他以幽默的文字與特有的醫界見聞，推出大醫院小醫師、離島醫生等作品，皆為暢銷書。

3. 報告！他蹺課沒來

　　大學時代曾選修日文課，那時考前才抱佛腳的侯文詠，憑著過人的記憶力，成功將五十音及許多單字默寫出來，考取滿分。後來該課臨時換了教授，要求全班改用日文會話上課，讓同學們無法應答。沒想到教授竟抽點全班分數最高的人來回答問題，正巧抽中侯文詠。只見他鎮定地站起來，抱著士可殺不可辱的心態，大聲說：「報告老師，他蹺課，沒來。」

二、課文提問

1. 蠍子和青蛙的故事：

（1）〈蠍子文化〉一文中，提到蠍子和青蛙的故事。當蠍子請青蛙過河時，蠍子說服青蛙背牠過河的理由，為什麼能夠讓青蛙卸下心防？

（2）青蛙背著蠍子游到半途後，蠍子卻咬了青蛙。請問，作者認為是什麼造就了蠍子的非理性？

2. 蠍子文化：

(1) 請問作者認為「蠍子」就像是社會中哪一種類型的人？

(2) 根據課文第四段，我們的社會中，有哪些現象會造就越來越多蠍子產生？

(3) 承上題，為什麼這些現象會造就越來越多蠍子產生？

(4) 根據課文第五段，請問「蠍子文化」的定義是？

(5) 根據課文第五～六段，請問「蠍子文化」帶來的負面影響有哪些？請用「因…果」方式呈現。

因為（事件、情形……）	結果（如何、影響…）

3. 總結：

(1) 作者在文章最後一段說：「誰來救救我們？也救救這些蠍子？」想一想，這句話中的「我們」和「蠍子」，分別指我們社會中的哪種類型的人？

(2) 承上題，你認為作者在文末以「救救我們、救救蠍子」提出疑問，目的是什麼？

(3) 請根據本文，找出合適資訊填入下表：

對象	司機	蠍子	競爭者
行為			
結果			

三、補充資料：（資料來源：翰林七年級下學期國文備課包）

（一）藉動物來說理

學術界常藉著觀察大自然生物，結合相關的哲理，進而提出鮮明的理論，來吸引聽眾注意。

蝴蝶效應	氣象學裡有句話說：「巴西的一隻蝴蝶展翅，可能引發加州刮起颶風。」這屬於渾沌理論中的重要論點，用來告誡人們應注意平常不起眼的小因素或肇因，避免因疏於防範而導致日後災禍的發生。即「防微杜漸」、「防患未然」。但「蝴蝶效應」若運用在好的、微小的機制，只要正確指引，經過一段時間的努力，將會產生不同凡響的效果，或稱為「革命」。
紫牛效應	一般常見的牛，膚色就那幾種，例如：有黃色的黃牛，灰色的水牛，黑白相間的乳牛。但，怎會有「紫色的牛」存在呢？因此，這裡的「紫色」就代表著與眾不同的「特色」。在競爭激烈的時代裡，如何凸顯個人特色，讓自己成為眾所矚目的搶眼「紫牛」，便是一門重要的學問。即「聚光燈理論」。
百猴效應	猴子生性膽小，個體常不敢輕舉妄動。一旦有隻猴子前去嘗試某事，便會引起其他猴子紛紛仿效，一呼百諾，造成不可收拾的局面。運用在企業管理上，若想建立「團體學習」或是推動某些改革，可先行組織一個小組，讓此組帶頭示範，產生共鳴並且得到認同，之後再逐步拓展影響範圍，達到全面改變的目標。即「一傳十，十傳百」的原理。
老鷹文化	老鷹是鳥類中最強壯的，這可能跟牠們的餵食方式有關。老鷹一次可以生下四、五隻小鷹，但獵捕回來的食物一次只夠供給一隻小鷹食用，因此所有的小鷹在窩裡就得開始競爭，哪一隻小鷹搶得凶就有得吃。在此情況下，瘦弱的小鷹搶不到食物就會死去，而其中最凶狠的就得以存活下來。如此代代相傳，導致老鷹變得愈來愈強壯。即「強者愈強」。
螃蟹文化	如果在簍子中放一群螃蟹，那麼就算不蓋上蓋子，螃蟹也是爬不出來的。因為只要其中有隻螃蟹想往上爬，其他螃蟹便會紛紛攀附在牠的身上，結果造成螃蟹們只能把彼此拉下來，最終沒有一隻可以出得去。在團體之中，也存有某些人，就像螃蟹一樣，不樂見別人成功或傑出，時時刻刻想要打壓對方、貶抑他人的成就，卻造成內部的混亂與分裂，而無法讓團體獲得進步與提升。即「扯後腿文化」。

（二）補充成語

與「惡性競爭」有關的成語		與「合作真誠」有關的成語	
鉤心鬥角	比喻刻意經營，競鬥心機。	同舟共濟	比喻同心協力，共圖解救，戰勝困難。
爾虞我詐	彼此互相詐騙。	眾志成城	比喻團結一致，同心協力。
爭功諉過	爭奪功勞，推諉過失。諉，音ㄨㄟˇ，推卸、推託。	肝膽相照	比喻赤誠相處。
意氣之爭	一時情緒激動所起的爭執。	患難與共	共同承擔憂患與災難。
爭強好勝	與人競爭，務求勝過別人。	推誠相見	真心誠意待人。
爭名逐利	形容人喜好名利，唯名利是圖。	推心置腹	比喻真心誠意的待人。

L8-蠍子文化-形音義

(一) 梭、唆、浚、峻、竣、駿

形	字音	釋義	詞例
梭	ㄙㄨㄛ	織布器具	歲月如「梭」
唆	ㄙㄨㄛ	1. 指使、慫恿	教「唆」
		2. 說話煩多	囉「唆」
浚	ㄐㄩㄣˋ	疏通水道	疏「浚」河道
峻	ㄐㄩㄣˋ	1. 高的高山	「峻」嶺
		2. 嚴厲的	嚴刑「峻」法
竣	ㄐㄩㄣˋ	完畢	「竣」工
駿	ㄐㄩㄣˋ	良馬	「駿」馬

(二) 紊、絮、紮

形	字音	釋義	詞例
紊	ㄨㄣˋ	雜亂無秩序	有條不「紊」
絮	ㄒㄩˋ	1. 彈鬆的棉花	金玉其外，敗「絮」其中
		2. 零碎的事	花「絮」
紮	ㄓㄚ	1. 軍隊屯駐	穩「紮」穩打
		2. 纏束	包「紮」

(三) 塌、榻、蹋

字形	字音	釋義	詞例
塌	ㄊㄚ	1. 崩倒、垮落	大樓倒「塌」、坍「塌」
		2. 凹陷	兩頰「塌」陷
榻	ㄊㄚˋ	狹長的矮床	病「榻」
蹋	ㄊㄚˋ	不加以珍惜	蹧「蹋」（亦作「糟蹋」）

(四) 鑽

字形	字音	釋義	詞例
鑽	ㄗㄨㄢ	1. 鑽子旋轉穿洞	「鑽」孔
		2. 穿行、穿進	「鑽」山洞
		3. 深入研究	「鑽」研
	ㄗㄨㄢˋ	1. 金剛石	「鑽」石
		2. 穿孔的器具	電「鑽」

(五) 悚、速、辣

字形	字音	釋義	詞例
悚	ㄙㄨㄥˇ	恐懼、害怕	「悚」然心驚
速	ㄙㄨˋ	快、急	「速」戰「速」決
辣	ㄌㄚˋ	1. 刺激性味道	酸甜苦「辣」
		2. 狠毒	心狠手「辣」

(六) 眩、炫、弦

字形	字音	釋義	詞例
眩	ㄒㄩㄢˋ	眼睛昏花，看東西晃動不定	頭暈目「眩」
炫	ㄒㄩㄢˋ	誇耀、顯示	「炫」耀
弦	ㄒㄧㄢˊ	緊繫在弓或樂器上的線	弓「弦」
忱	ㄔㄣˊ	心意、實情	熱「忱」

(七) 競、兢

字形	字音	釋義	詞例
競	ㄐㄧㄥˋ	比賽、爭逐	「競」爭
兢	ㄐㄧㄥ	小心謹慎的樣子	「兢兢」業業

(八) 贏、羸

字形	字音	釋義	詞例
贏	ㄧㄥˊ	得勝	「贏」得勝利
羸	ㄌㄟˊ	瘦弱、疲憊	弊車「羸」馬

(九) 噬、誣、巫

字形	字音	釋義	詞例
噬	ㄕˋ	咬	吞「噬」
誣	ㄨ	陷害、毀謗	「誣」衊、「誣」賴
巫	ㄨ	求鬼神賜福或解決問題的人	女「巫」

(十) 沉

字形	字音	釋義	詞例
沉	ㄔㄣˊ	1. 沒入水中	石「沉」大海
		2. 迷戀	「沉」迷
		3. 深、深切	「沉」醉、「沉」睡
		4. 重	「沉」重

（資料來源：翰林七年級下學期國文備課包）

附件八、〈櫻花精神〉教案

8.1教學目標

認知：能提取訊息、理解文本、指出寫作目的、指出文本脈絡。

情意：能認識「櫻花精神」，並落實在生活中。

技能：能根據文本繪製心智圖。二、教學架構圖

8.2教學架構圖

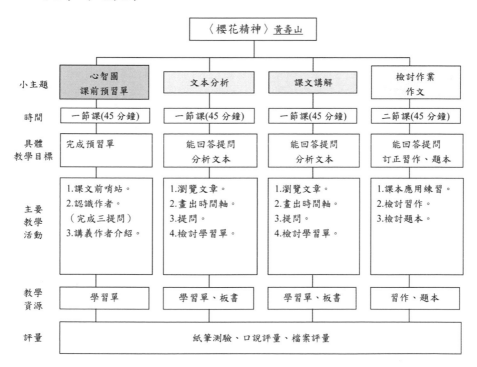

※課程流程：課前預習→課中學習→課後檢核。

(1) 課前預習：學生課堂上先繪製心智圖，再寫學習單。教師批閱後，了解學生起點行為。

(2) 課中學習：課中教師運用提問畫出文本線軸，請學生用紅筆補充重點。

(3) 課後檢核：課後收回學習單，評估學習成效，並依學生課中補充筆記，進行檔案評量，並安排補救教學。

8.3教案

教學主題	〈櫻花精神〉		設計者	蕭文婷
教學對象	培英國中七年級學生		教學時數	5節課（225分鐘）
教學對象分析	具備獨立基本獨立閱讀能力，經過小組討論、學習單自學，對於課堂運作模式有一定的認識及默契。			
教材來源	103年版國民中學國文課本1下第九課〈櫻花精神〉			
設計理念	認知：能提取訊息、理解文本、指出寫作目的、指出文本脈絡。 情意：能認識「櫻花精神」，並落實在生活中。 技能：能根據文本繪製心智圖。			
教學內容分析	作者藉自身經驗寫櫻花美景，並領略日本人敬業認真的櫻花精神，以此反思臺灣當前景況，以日本為他山之石，相較之下又如何？			
教學目標	國文科閱讀能力表現標準			
	一、語文知識：能理解常用詞語的意義及其在文句中的作用。 二、文意理解： （1）能提取訊息、理解文本涵義。 （2）能指出作者寫作目的或觀點，並說明理由。 三、綜合評鑑：能整合文本間的重點與細節，並提出完整個人的觀點。			

節次	教學活動流程	時間	教學資源	教學評量
第一節	準備階段			
	一、課堂準備 （一）教師：準備學習單。 （二）學生：預習課文（標注釋、畫重點） 二、引起動機 （一）說明：	10'	課本學習單	紙筆測驗

		由於部份同學寫學習單時，只是為了找答案而閱讀，並沒有全盤閱讀理解，因此從這次上課開始，課前會先發一張心智圖繪製單，請同學先以心智圖整理筆記後再寫學習單。 （二）引導步驟： 1.紙張中間先寫上課文標題，並圈起來，作為重點核心。 2.文章細節請以「事」、「理」、「情」三個脈絡來發展。 3.課文標題可區分為哪些部份？（櫻花＆精神） 4.「櫻花」和「精神」分別在「事」、「理」、「情」哪部份？ 5.由核心圖案衍申線索，每一層都是小主題，小主題可根據課文內敘述標示，或是自己給他一個標籤。 6.每個小主題、標籤或是細節的字數要精簡，最多7個字。 7.盡量用顏色區分層次。		
	發展階段			
	一、達成目標完成課文心智圖繪製。 二、主要內容／活動 1.學生：繪製心智圖。 2.教師：巡視課堂給予協助。	35'	課本 學習單	紙筆測驗
	總結階段			
	心智圖未完成，當回家作業。			
第二節	準備階段			
	一、課堂準備 （一）教師：教師準備學習單。 （二）學生：先閱讀課文，並標上注釋，畫出重點。 二、引起動機 （一）講解課文前哨站。 （二）詢問閱讀課文是否有生難字詞需要解釋。	5'	課本	
	發展階段			
	一、達成目標 （一）預習課文。 （二）完成預習單。 二、主要內容／活動 （一）預習課文。 （二）完成預習單。	40'	學習單	紙筆測驗

	總結階段			
	下課鐘響，收學習單。明天開始抽背注釋（下課時間背）。			
第三節	準備階段			
	一、課堂準備 （一）教師：批改學習單，瞭解學生起點行為並評分。 （二）學生：完成學習單，不會的題目可以空著。 二、引起動機 （一）分組。 1.教室排成ㄇ字型，如右圖。 2.宣布6名弓箭手名單。 3.宣布6名組長名單。 4.請各組組長挑選一名強者。 5.請各組強者挑選一名中介。 6.其餘同學自行擇一組擔任游擊手，一組限一名游擊手。 （二）課堂前發下學習單，請學生先觀看錯誤情形。	5′		
	發展階段			
	一、達成目標 （一）各小組：完成學習單討論訂正。 （二）弓箭手組： 1.完成訂正。 2.「梅花精神」為題，繪製寫作心智圖。 二、主要內容／活動 （一）各小組：完成學習單討論訂正。 1.學生：討論。 2.教師：巡視課堂。 （二）弓箭手組： 1.完成訂正。 2.「梅花精神」為題，繪製寫作心智圖。	35′	學習單 課本	紙筆測驗
	總結階段			
	1.訂正學習單。 2.寫課本應用、習作。			
第四節	準備階段			
	一、課堂準備 （一）教師：備課。 （二）學生：訂正學習單。弓箭手組準備寫作心智圖報告。	5′	學習單	紙筆測驗

二、引起動機 課堂前請學生彼此先觀看訂正情形。				
發展階段				
一、達成目標 （一）運用提問完成課文文本線軸。 （二）弓箭手組報告「梅花精神」寫作心智圖。 （三）訂正學習單。 二、主要內容／活動 （一）運用提問完成課文文本線軸。		35′	學習 單 課本 板書	紙筆 測驗

引言　｜　櫻前線　｜　東瀛之旅　｜　總結反思

事+理	事	事	事	事+情	事+情	事	事	理	事+理	事+情+理
1	2	3	4	5	6	7	8	9	10	11

1. （理）熱烈、認真。
2. （事）櫻花期短。
3. （事）日本氣象廳因報錯花期道歉。
4. （事）介紹櫻花、櫻前線。
5. （事）櫻前線預測方式。
6. （事）作者到日本賞櫻。（情）花美不勝憶念。
7. （情）撫今追昔、生命無常。
8. （事）櫻花詩句。
9. （事）作者日本入住經驗。
10. （事）作者日本送別經驗。
11. （理）經理敬業熱忱。（理）台灣服務業。（理）以日本為他山之石。（事+情）想念櫻花及旅館經理（理）想念日本「櫻花精神」

（二）弓箭手組報告「梅花精神」寫作心智圖。		5′	學習 單	口說 評量

〈櫻花精神-文本脈絡〉

（三）訂正學習單。				
總結階段				
1.寫習作、題本。 2.完成學習單訂正。				

第五節	準備階段			
	一、課堂準備 （一）教師：備課。 （二）學生：完成習作、題本。 二、引起動機 （一）課堂前請學生彼此先觀看訂正情形。	5'	學習 單	紙筆 測驗
	發展階段			
	一、達成目標 （一）檢討課本應用練習。 （二）檢討習作、題本。 二、主要內容／活動 （一）檢討課本應用練習。 （二）檢討習作、題本。	35'	課本 習作 題本	紙筆 測驗
	總結階段			
	1.收習作、學習單。 2.請學生預習下一課課文。	5'	學習 單	

8.4省思建議

反思	〈櫻花精神〉一文脈絡明確，唯段落較多，要引導學生找到每個段落的重點及共通點後，區分出寫作脈絡。這一課的重心放在文章寫作，組別先確定花的種類後，課前先自行蒐集資料，在請弓箭手組分散到各組別指導寫作。在討論過程中，發現組員認真用心，而且共同補強意見，是很棒的活動！

8.5學習單

〈櫻花精神〉心智圖　七年＿＿＿班＿＿＿號姓名：＿＿＿＿＿＿

※心智圖繪製引導：

一、指出〈櫻花精神〉的寫作重點是什麼？

二、找出跟這兩個部份相關的事件。

三、作者如何用事件來說明寫作重點。

四、說說看作者的看法是？你的看法是？

B2-L9-櫻花精神　七年＿＿＿班＿姓名：＿＿＿＿＿＿

一、作者介紹＋課文前哨站

基本三提問整理：

※作家散文觀：一篇好的散文

王壽來認為一篇好的散文一定要寫得清順自然，才能具有高度感染力。現代散文的開山祖師周作人曾說：「寫文章的兩大困難就是『說什麼』跟『怎麼說』。」對此，不少倡導白話文的學者，強調口頭如何說，下筆就如何寫。但王壽來認為口語可佐以聲音的抑揚頓挫、口氣、神情及身體的姿態動作，而文章所能仰賴的，卻只有文字，必須下一番工夫方能達到同樣效果。他認為一篇散文的優劣高下，可從以下幾方面作觀察：

（一）內容與生活場景的接合

散文的素材來自於作者的生活，唯每個人的生活體驗，以及生活的廣度與深度，均有所不同，海明威能寫出老人與海，是因為他多次去墨西哥灣海釣。小說如此，散文亦是如此。

（二）感性與理性的貫穿

一篇散文是否能予人清順自然之感，抑或是上氣不接下氣，跟文章的行氣有關。所謂行氣，是一種條理，非僅是語法上、邏輯上的條理，也是情感上的真情流露。散文跟小說的最大區別之一，就是前者必須真實無欺。

（三）文章必須講究修辭與美感

「一句話，百樣說」是人盡皆知的道理。一位作者的文學修養，以及駕馭文字的功力、文章的結構、情境、趣味、韻律、色彩等美感，當然是文章成功的關鍵。

※作家故事：不輸人的終身學習

服務新聞局多年後，王壽來轉任文建會，從事文化推廣的業務。由於部屬全是藝術相關科系出身，讓他不免有點心虛，因此私下拜師苦學素描，狠背中西美術史，以第一名的成績考入臺灣師範大學美術研究所，利用公餘攻讀美術理論碩士。後來王壽來還報考了博士班，謝小蘊知道後，很不以為然地說：「等你拿到學位都幾歲了？更何況再過些年不就可以退休，還去湊這個熱鬧幹啥？」王壽來知道老婆一生最佩服武俠小說大師金庸與聖雄甘地，便以金庸八十多歲還去英國劍橋大學深造為例，強調進修不論年紀的道理，並搬出甘地所說：「生活，要活得像明天就會死去一樣；求知，要像可以永遠不死一般！」強調終身學習的人生理念。終於，王壽來在年近花甲之際，順利取得博士學位，真正落實「終身學習」的概念。

二、課文提問

（一）櫻花精神

1. 找一找，課文中有哪些事情和標題中「櫻花」有關？

2. 找一找，課文中提到的「櫻花精神」是指什麼樣的精神？

（二）櫻花前線情報

1. 櫻花是日本的國花，當地最常
   見的品種有哪些？

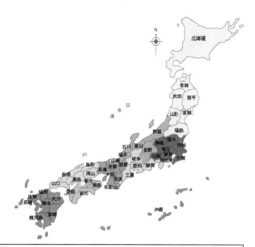

2. 請根據課文第三段及下列文
   章，回答以下問題：

(1) 請在右側地圖上畫出櫻花開
    放的順序。

(2) 請參考下列文章內容圈出最
    早及最遲開放的地點，並填
    入開放月份。

日本各地的櫻花（以染井吉野櫻為標準觀測樹木），每年的開花預測日期，是將開花日在同一天的地點以曲線連接起來，形成類似等壓線一般的曲線圖。日本從一九六七年開始使用櫻花前線，一直到今天仍為日本人期待櫻花開放的一個指標圖。依照歷年資料，櫻花前線在三月上旬從暖和的九州南部、四國南部漸漸往北，順著九州北部、四國北部、瀨戶內海沿岸、關東地區、北陸地區、東北地區，最後約五月上旬到達北海道。因為北海道氣候較冷，在全日本是櫻花開花最慢的地區。日本人愛櫻成痴，也有追逐櫻花前線，從九州開始沿著日本列島賞花北上的賞花迷。在北海道的櫻花賞花季節恰逢日本的黃金週連續假日，每年一到五月初氣象局宣布櫻花開花宣言之後，各個賞花名勝人潮擁擠，也正顯示了北海道人度過嚴寒期待櫻花盛開、春天來臨的喜悅。

3. 找一找，日本氣象廳用什麼方式進行櫻花預報？

過去 預測方法	
現在 預測方法	

4. 日本氣象廳發布「櫻花前線情報」的目的是？

5. 想一想，日本.氣象廳報錯花期，必須向全國民眾鞠躬道歉的原因是？

（三）王壽來的東瀛之旅（根據課文五～九段，回答下列問題）

1. 請將作者的東瀛之旅，依季節、地點、同行人、物（感）、事（感）……
   整理成表格：

2. 作者的東瀛之旅，有哪兩件事情令他印象深刻？

3. 承上題，為什麼這兩件事情會令他印象深刻？

4. 請翻譯下列詩句：

※蘇曼殊〈本事詩－九〉

春雨樓頭尺八簫，	何時歸看浙江潮。	芒鞋破缽無人識，	踏過櫻花第幾橋。
作者以（ ）事，寫（ ）情。

①春雨：曲名。曲風哀戚。

②尺八：自中國傳入的日本傳統吹奏樂器。面四孔，背一孔，因管身長一
   尺八寸而得名。

③浙江潮：即錢塘潮，平均潮高達十三公尺，雄奇壯觀。

※周恩來〈春日偶成〉

櫻花紅陌上，	柳絮綠池邊。	燕子聲聲裡，	相思又一年。
作者以（ ）事，寫（ ）情。

①陌：鄉間小路。

5. 作者在第十段以「平心而論，比起可作為他山之石的日本，又是如何
   呢？」提出對臺灣朝野發展觀光業的反思，卻沒有確實提出看法。請你
   試著**以課文內容為根據，寫出作者的真實看法**。

（四）思考時間（可事先寫寫看，以便課堂討論）：

1. 以時間軸上半整理〈櫻花精神〉一文的寫作脈絡，下半說明作者如何鋪
   陳段落進行寫作。

2. 「日本深受「武士道精神」的影響，因此有著「拚命」、「堅持到底」
   之民族精神。日本武士道精神，重視生命所展現的價值，不在乎生命的
   長短，正好符合「櫻花」短促卻熱情綻放的特性。「武士道精神」與
   「櫻花精神」在日本民族的身上被發揮得淋漓盡致。」
   我國的國花是梅花，請問你認為**梅花**所代表的意義與精神為何？

L9-櫻花精神-形音義

(一) 鞠、掬、菊、麴

形	字音	釋義	詞例
鞠	ㄐㄩˊ	彎曲	「鞠」躬盡瘁、「鞠」躬
掬	ㄐㄩˊ	用兩手捧取	「掬」水而飲、笑容可「掬」
菊	ㄐㄩˊ	植物名	還來就「菊」花、澎湖天人「菊」
麴	ㄑㄩˊ	把麥子或白米蒸過,使它發酵後再晒乾,可用來釀酒	紅「麴」香腸

(二) 綻、錠、碇、靛

形	音	釋義	詞例
綻	ㄓㄢˋ	1. 花朵開放	花朵「綻」放
		2. 疑點、矛盾	露出破「綻」
		3. 裂開	皮開肉「綻」
錠	ㄉㄧㄥˋ	1. 計算塊狀物品的單位	一「錠」銀子
		2. 製成塊狀的金屬或藥物	止痛「錠」
碇	ㄉㄧㄥˋ	繫船的大石	拔「碇」開船
靛	ㄉㄧㄢˋ	藍青色的染料	「靛」青色

(三) 撇

字形	字音	釋義	詞例
撇	ㄆㄧㄝ	不顧、拋棄	無計拋「撇」、「撇」在一邊
	ㄆㄧㄝˇ	1. 書法向左斜下的一筆,永字八法中稱為「掠」	八字沒一「撇」
		2. 斜向一邊	「撇」嘴
		3. 計算撇狀物的單位	兩「撇」鬍子

(四) 勝

字形	字音	釋義	詞例
勝	ㄕㄥ	1. 禁得起、承受不得了	「勝」任、不「勝」其擾
		2. 盡	不「勝」枚舉、不可「勝」數
	ㄕㄥˋ	1. 占優勢	「勝」利
		2. 超越	略「勝」一籌
		3. 美好、優越的	名山「勝」景

(五) 慎、縝、鎮、稹

字形	字音	釋義	詞例
慎	ㄕㄣˋ	1. 小心	謹言「慎」行
		2. 切、千萬	施人「慎」念,受施「慎」勿忘
縝	ㄓㄣˇ	仔細、細密	心思「縝」密
鎮	ㄓㄣˋ	1. 壓制、壓服	「鎮」壓
		2. 用冰使飲料或水果冰涼	冰「鎮」西瓜
		3. 安定	「鎮」定
		4. 整、全	「鎮」日
稹	ㄓㄣˇ	人名	元「稹」

(六) 撫、蕪、嫵、無

形	音	釋義	詞例
撫	ㄈㄨˇ	1. 輕摸	「撫」摸秀髮
		2. 安慰	安「撫」情緒
		3. 拍、擊	「撫」掌大笑
蕪	ㄨˊ	1. 亂草叢生	田園荒「蕪」
		2. 比喻繁雜的事	去「蕪」存菁
嫵	ㄨˇ	嬌美	「嫵」媚動人
無	ㄨˊ	1.沒有	有頭「無」尾、獨一「無」二
		2.不論、不管	事「無」大小,都由他決定

附件九、〈在大地上寫詩〉教案

9.1教學目標

認知：能提取訊息、理解文本、指出寫作目的、指出文本脈絡。

情意：能認識「在大地上寫詩」中，認真經營生命的態度，落實在生活中。

技能：能根據文本繪製心智圖。

9.2教學架構圖

※課程流程：課前預習→課中學習→課後檢核。

(1) 課前預習：學生課堂上先繪製心智圖，再寫學習單。教師批閱後，了解學生起點行為。

(2) 課中學習：課中教師運用提問畫出文本線軸，請學生用紅筆補充重點。

(3) 課後檢核：課後收回學習單，評估學習成效，並依學生課中補充筆記，進行檔案評量，並安排補救教學。

9.3教案

教學主題	〈在大地上寫詩〉		設計者	蕭文婷		
教學對象	培英國中七年級學生		教學時數	5節課（225分鐘）		
教學對象分析	具備獨立基本獨立閱讀能力，經過小組討論、學習單自學，對於課堂運作模式有一定的認識及默契。					
教材來源	103年版國民中學國文課本1下第十二課〈在大地上寫詩〉					
設計理念	認知：能提取訊息、理解文本、指出寫作目的、指出文本脈絡。 情意：能認識「在大地上寫詩」認真經營生命的態度，落實在生活中。 技能：能根據文本繪製心智圖。					
教學內容分析						
教學目標	國文科閱讀能力表現標準					
	一、語文知識：能理解常用詞語的意義及其在文句中的作用。 二、文意理解： （1）能提取訊息、理解文本涵義。 （2）能指出作者寫作目的或觀點，並說明理由。 三、綜合評鑑：能整合文本間的重點與細節，並提出完整個人的觀點。					
節次	教學活動流程			時間	教學資源	教學評量
第一節	準備階段					
	三、課堂準備 （一）教師：準備學習單。 （二）學生：預習課文（標注釋、畫重點） 四、引起動機 （一）說明：					

	由於部份同學寫學習單時，只是為了找答案而閱讀，並沒有全盤閱讀理解，因此從這次上課開始，課前會先發一張心智圖繪製單，請同學先以心智圖整理筆記後再寫學習單。 （二）引導步驟： 1. 紙張中間先寫上課文標題，並圈起來，作為重點核心。 2. 文章細節請以「事」、「理」、「情」三個脈絡來發展。 4. 由核心圖案衍申線索，每一層都是小主題，小主題可根據課文內敘述標示，或是自己給他一個標籤。 5. 每個小主題、標籤或是細節的字數要精簡，最多7個字。 6. 盡量用顏色區分層次。	10'	課本 學習 單	紙筆 測驗
	發展階段			
	一、達成目標完成課文心智圖繪製。 二、主要內容／活動 1. 學生：繪製心智圖。 2. 教師：巡視課堂給予協助。	35'	課本 學習 單	紙筆 測驗
	總結階段			
	心智圖未完成，當回家作業。			
第二節	準備階段			
	一、課堂準備 （一）教師：教師準備學習單。 （二）學生：先閱讀課文，並標上注釋，畫出重點。 二、引起動機 （一）講解課文前哨站。 （二）詢問閱讀課文是否有生難字詞需要解釋。	5'	課本	
	發展階段			
	一、達成目標 （一）預習課文。 （二）完成預習單。 二、主要內容／活動 （一）預習課文。 （二）完成預習單。	40'	學習 單	紙筆 測驗
	總結階段			
	下課鐘響，收學習單。明天開始抽背注釋（下課時間背）。			

第三節	準備階段			
	一、課堂準備 （一）教師：批改學習單，瞭解學生起點行為並評分。 （二）學生：完成學習單，不會的題目可以空著。 二、引起動機 （一）分組。 1.教室排成ㄇ字型，如右圖。 2.宣布6名弓箭手名單。 3.宣布6名組長名單。 4.請各組組長挑選一名強者。 5.請各組強者挑選一名中介。 6.其餘同學自行擇一組擔任游擊手，一組限一名游擊手。 （二）課堂前發下學習單，請學生先觀看錯誤情形。 黑板 講臺 弓箭手　弓箭手　弓箭手 弓箭手　弓箭手　弓箭手	5′		
	發展階段			
	一、達成目標 （一）各小組：完成學習單討論訂正。 （二）弓箭手組： 1.完成訂正。 2.分析課文寫作脈絡圖。 二、主要內容／活動 （一）各小組：完成學習單討論訂正。 1.學生：討論。 2.教師：巡視課堂。 （二）弓箭手組： 1.完成訂正。 2.分析課文寫作脈絡，繪製文本線軸。	35′	學習單 課本	紙筆測驗
	總結階段			
	1.訂正學習單。 2.寫課本應用、習作。			
第四節	準備階段			
	一、課堂準備 （一）教師：備課。 （二）學生：訂正學習單。弓箭手組準備寫作心智圖報告。 二、引起動機 課堂前請學生彼此先觀看訂正情形。	5′	學習單	紙筆測驗

	發展階段			
	一、達成目標 （一）運用提問完成課文文本線軸。 （二）弓箭手組報告本課文本線軸。 （三）訂正學習單。 二、主要內容／活動 （一）運用提問完成課文文本線軸。	35′ 5′	學習單 課本 板書 學習單	紙筆測驗 口說評量

〈在大地上寫詩-文本脈絡〉

（二）弓箭手組報告「在大地上寫詩」寫作脈絡。

（三）訂正學習單。

	總結階段			
	1.寫習作、題本。 2.完成學習單訂正。			
第五節	**準備階段**			
	一、課堂準備 （一）教師：備課。 （二）學生：完成習作、題本。 二、引起動機 （一）課堂前請學生彼此先觀看訂正情形。	5′	學習單	紙筆測驗

發展階段			
一、達成目標 （一）檢討課本應用練習。 （二）檢討習作、題本。 二、主要內容／活動 （一）檢討課本應用練習。 （二）檢討習作、題本。	35′	課本 習作 題本	紙筆 測驗
總結階段			
1.收習作、學習單。 2.請學生預習下一課課文。 3.嘗試搭配下一課次〈記承天夜遊〉內容，以「也無 　風雨也無晴」為題，寫作一篇短文。	5′	學習 單	

9.4學習單

〈在大地上寫詩〉心智圖　七年＿＿＿班＿＿＿號姓名：＿＿＿＿＿＿
※心智圖繪製引導：

B2-L12-在大地上寫詩　七年＿＿＿班＿＿＿姓名：＿＿＿＿＿＿

一、作者介紹＋課文前哨站

基本三提問整理：

（一）陳幸蕙

1.只有貓和書陪伴的少女

　　陳幸蕙的細膩，一如洛夫所言，展現在她「流麗如錦，心思綿密」的文采上；陳幸蕙的敏感，則讓她在留意滾滾紅塵的同時，倍顯溫柔多情。所以，余光中說：「陳幸蕙是一個銀匙勺海的世間女子。」

　　陳幸蕙，一九五三年出生於臺中，成長於高雄。小時候的她，其實是個寂寞的鑰匙兒童。因為父母都是公務員，陳幸蕙放學後只有兩個不會說話的朋友陪伴—貓和書。常常，她只能抱著貓，分享彼此的體溫。幸好，還有一個由童話和故事構築的文學世界，讓她悠然沉浸。在那個遼闊、豐富的充實天地裡，小小陳幸蕙逐漸找到快樂，忘卻孤寂。

2. 站在莎士比亞的角落寫作

陳幸蕙喜歡站著筆耕。她寫作的地方，叫做「莎士比亞的角落」，是一個沒有椅子，只有高高五斗櫃的角落。身材嬌小的她，有時得在腳下墊幾本書，以便與櫃子取得協調。為什麼不選擇輕鬆一點的方式創作呢？陳幸蕙說，一旦挺直脊椎，就能振作精神，紀律獲得強化，靈感也活躍起來。隨後，她指證歷歷：美國作家海明威亦站著寫作，知名詩人朗法羅也是伏在冰箱上創作的呢！

3. 寫作理念：一路走來始終陽光

寂寞的歲月使陳幸蕙多情而敏感，成長地高雄的熱情陽光，則養成她明朗、細膩的文品與人格。她說，生活中充滿困難與挫折，但我們應該學習正向思考，快樂面對太陽，將陰影拋諸腦後。這個「陽光念頭」，活潑了陳幸蕙的生命觀和文學觀。

4. 馬拉松式的寫作鍛鍊

陳幸蕙注重腦力激盪與身體運動，她把自己定位為「生活詩人」，欣賞已故作家楊逵拿鋤頭「在大地上寫詩」，也信奉鄭板橋所說的「鍊筆必先鍊心」。

擅長慢跑的陳幸蕙，以跑步來鍛鍊體能，以體能來提高心境，以心境來經營文學世界。她認為任何人都可以寫作，最重要的是你的心觀照到什麼？

「文學必須扎根於生活，才有真實靈動的生命。」陳幸蕙篤定地說。寫作不只是白紙黑字的創作，每天把生活過好，就是最基礎也最重要的創作。

對於有心寫作的人，陳幸蕙提出建議：「勿心急，多閱讀，多思考，多觀察，多寫作，多修改。」不過，就像蠶要吃桑葉才能吐絲，她認為寫作基本上是沒辦法教的，因為素材必須自己去發掘，「你」才能擁有與眾不同的人生歷練。所以，一切必須靠自己慢慢淬鍊、鎔鑄，「創作歸結到最後，還是要靠你自己去摸索出一條個人化道路。」

當她的創作還在構思階段，就善用「生命中的碎珠」，邊思考，邊尋找另一個主題來研究，或者乾脆去編書。像悅讀余光中、小詩森林與小詩

星河等書，以及多年來費心編綴的年度散文選，都是她創作之餘所收成的豐美果實。

（二）楊逵

楊逵是臺灣文學與社會運動的實踐家，他擅長以劇本、詩歌、小說、散文描繪百姓的生活，是日本殖民時代首位進軍日本文壇的臺灣文學家。

1. 東渡日本攻讀文學，接觸馬克斯主義與無階級思想

民國十年，楊逵自新化公學校畢業，翌年考進以招收臺灣人為主的臺南州立第二中學，在此期間，楊逵閱讀日本夏目漱石、芥川龍之介，和俄國托爾斯泰、屠格涅夫、果戈里、杜斯妥也夫斯基，以及英、法十九世紀寫實主義的文學作品，開啟了世界性的文學視野。民國十三年東渡日本，從事各種勞動，並進入日本大學攻讀文學，此際日本共產黨剛創立，馬克斯主義盛行，左翼分子活躍，普羅文學大行其道，楊逵廣泛接觸了馬克斯資本論及無政府主義的思想著作。

2. 積極參與農民運動，送報伕在日本文壇締創佳績

民國十六年，楊逵為了響應臺灣農民組合的召喚，束裝返臺，從事農民運動，先後被捕兩次。二十一年，代表作送報伕因受賴和推荐，發表於臺灣民報，可惜只刊登前半篇，後半篇被禁；二十三年，入選東京文學評論第二獎，全文得以在日本刊出，此為臺灣文學作品首次出現於日本文壇。

3. 因和平宣言入獄

民國三十六年，楊逵與妻子葉陶因二二八事件雙雙被捕，八月獲釋。二年後楊逵因「和平宣言」觸怒臺灣省主席陳誠，而被判刑十二年之久。在綠島的監獄裡，他仍創作不輟，如：春光關不住、園丁日記等。民國五十年，楊逵出獄，葉陶亦榮獲「模範母親」。兩人後來在臺中貸款買下荒地，辛苦地開墾出「東海花園」。但好景不常，民國五十八年，葉陶心臟病、腎臟病併發，八月一日因罹患尿毒症去世。七十二年九月，楊逵因病移居臺北縣鶯歌鎮（今新北市鶯歌區），由孫女楊翠照顧起居。七十四年三月十二日病逝，享年八十一。

4. 和平宣言

西元一九四九年一月二十一日，楊逵發表一篇文長不過六百多字的「和平宣言」，同年四月六日，也就是當時臺灣陳誠政府逮捕以臺灣大學與師範學院（今國立臺灣師範大學）為中心的學生活躍分子共兩百餘人（後來拘留約二十來人，其餘皆釋回）的同一天，楊逵在臺中被捕，因「和平宣言」的事件，被判徒刑十二年之久。

二、課文提問

（一）在大地上寫詩

1. 請根據課文第1-2段，整理「在大地上寫詩」相關內容於以下表格：

創作者		地點	
創作內容			
創作者感受			

2. 楊逵說：「我仍然在寫，只是，我是以鋤頭在大地上寫詩而已。」請解釋這句話的涵義。

3. 為什麼陳幸蕙認為「在大地上寫詩」是更重要、更莊嚴的創作？

（二）用生命寫詩

1. 找一找，根據課文第3段，作者認為「生命創作」可以有哪些形式？

2. 承上題，作者舉哪些例子來說明創作存在於廣大的生活裡？

3. 請根據課文第4-5段，整理「生命創作」相關內容於以下表格：

創作者		工具－筆	
		工具－稿紙	
創作內容			
作品類型			

（三）作者經驗

1. 課文第6段中，陳幸蕙為什麼認為「楊逵先生的話」可以回應聽眾「忙碌的現實生活，使人無暇寫作，或寫不出自己滿意的作品來。」的煩惱？

2. 作者認為身為一位筆耕者，如何才能寫出好的作品？

3. 作者認為「生活比文學還重要」，你認同這個觀點嗎？為什麼？

（四）總結

1. 你認為「在大地上寫詩」的涵義是什麼？請從文中舉出證據，支持你的看法。

2. 請分析本課的寫作脈絡。

L12-在大地上寫詩-形音義

(一) 逕、徑、痙、脛、勁

形	字音	釋義	詞例
逕	ㄐㄧㄥˋ	直接	「逕」行告發
徑	ㄐㄧㄥˋ	1. 通過圓心以圓周為界的直線	直「徑」
		2. 小路	羊腸小「徑」
痙	ㄐㄧㄥˋ	筋肉不自主性急遽收縮	肌肉「痙」攣
脛	ㄐㄧㄥˋ	小腿	不「脛」而走
勁	ㄐㄧㄥˋ	1. 堅強	疾風「勁」草
		2. 強而有力	遇到「勁」敵

(二) 愧、瑰、塊、蒐

形	字音	釋義	詞例
愧	ㄎㄨㄟˋ	1. 因理虧或做錯事,而難為情	慚「愧」、「愧」不敢當
		2. 羞慚	問心無「愧」
瑰	ㄍㄨㄟ	1. 植物名	玫「瑰」
		2. 奇偉的、珍奇的	「瑰」寶、「瑰」麗
塊	ㄎㄨㄞˋ	1. 團狀的東西	冰「塊」
		2. 計算塊狀或片狀東西的單位	一「塊」地
		3. 計算錢幣的單位,「元」	十「塊」錢
		4. 一起、一同	一「塊」兒來
蒐	ㄙㄡ	聚集、尋求	「蒐」羅、「蒐」集

(三) 躍、耀、擢、濯

字形	字音	釋義	詞例
躍	ㄩㄝˋ	跳動	雀「躍」不已
耀	ㄧㄠˋ	照射	「耀」眼
擢	ㄓㄨㄛˊ	提拔、選用	拔「擢」人才
濯	ㄓㄨㄛˊ	洗滌、清洗	洗「濯」

(四) 創、蒼、搶、槍、瘡、愴

形	字音	釋義	詞例
創	ㄔㄨㄤˋ	1. 開始、開啟	開「創」
		2. 獨特的	「創」舉
蒼	ㄘㄤ	頭髮斑白的	白髮「蒼蒼」
搶	ㄑㄧㄤˇ	1. 奪取	「搶」劫
		2. 爭先的、趕緊的	「搶」修
槍	ㄑㄧㄤ	武器名,可發射子彈以射擊目標的武器	「槍」炮彈藥
瘡	ㄔㄨㄤ	一種皮膚潰爛的病	膿「瘡」
愴	ㄔㄨㄤˋ	哀傷的	悲「愴」

(五) 暇、瑕、假

形	字音	釋義	詞例
暇	ㄒㄧㄚˊ	空閒	閒「暇」、目不「暇」給
瑕	ㄒㄧㄚˊ	玉的斑點。比喻過失、缺點	「瑕」疵、白璧無「瑕」
假	ㄐㄧㄚˇ	皮肉破損的地方	療「傷」止痛
	ㄐㄧㄚˇ	不真的、虛偽的、人造的,與「真」相對	「假」髮、虛情「假」意

(六) 饒、撓、澆、翹、遶

形	字音	釋義	詞例
饒	ㄖㄠˊ	寬恕、赦免	得理不「饒」人
撓	ㄋㄠˊ	屈服、屈曲	不屈不「撓」
澆	ㄐㄧㄠ	液體由上往下淋灌	「澆」水
翹	ㄑㄧㄠˊ	特出	「翹」楚
遶	ㄖㄠˋ	圍繞	媽祖「遶」境

(七) 涉、陡

形	字音	釋義	詞例
涉	ㄕㄜˋ	徒步渡水	千里跋「涉」
陡	ㄉㄡˇ	坡度峻峭垂直	坡「陡」水急

附件十、搭配課程繪製的作文心智圖

1. 〈梅花精神〉

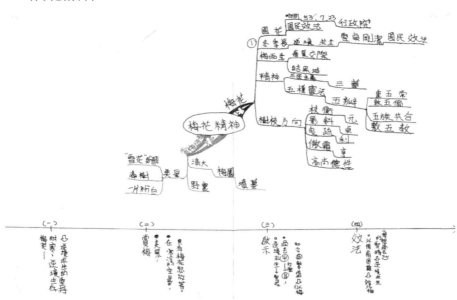

2. 〈油桐花精神〉

□ 雪白的花瓣，點綴著朱紅的花蕊，在幽幽山坡上，翩翩起舞。這就是象徵著純純初戀，客家精神的「五月雪」。有著五月雪之稱的油桐花，因為它的翩翩英姿，每年都吸引著大批遊客上山。

□ 還記得有一朝，我和好友一同去賞花。從山下看，只見幾片雪白的花影，在翠綠樹林中若隱若現，住如白紗。走進山林，映入眼簾的是一派的蒼白，兩側的油桐樹在林道間共成了隧道。飄落的油桐花，尤如輕盈優雅的仙女，在紛飛的雪花中翩翩起舞，仿彿闖入人間仙境。

□ 但，誰會想到它生長的地方，原是一塊貧瘠的紅土？在愈惡劣的環境，它就開得愈美！油桐花繁殖力、生命力強的特點，更是恰恰反應了客家精神。客家人吃苦耐勞，不易打倒，隨遇而安的態度就是他們客家文化如今盛行的原因。在未來，他們也會秉持著客家人的堅持順油桐花的堅強，發展出不滅的客家精神！

3. 〈菊花精神〉

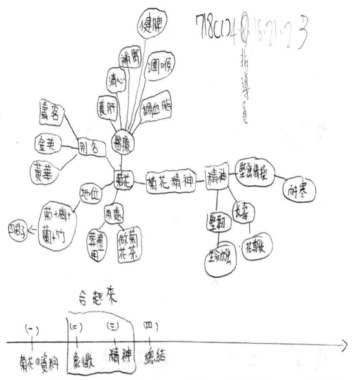

九月九日九九重陽，常常看到菊花　，而菊花的功能可多的是。它的別名有金英、黃華，又是四君子其中之一的它經常在葉禮上出現，而別小看它，它還可以用來養肝、清心呢！[71]

　　菊花象徵著堅韌不拔、長壽、堅強情操，它通常是用來餐起、可葉禮時送人的，所以不要隨便送人在寒冷冬中，能夠經歷風雪，且具頑強的生命力，又被稱花中隱士。[75]

　　人們應當學習菊花的精神，在逆境中克服困難；相對的，當我們在生活中遇到困難，也要像生命堅強的菊花一樣，克服困難，成為逆境中的強者。[64]

4. 〈也無風雨也無晴〉

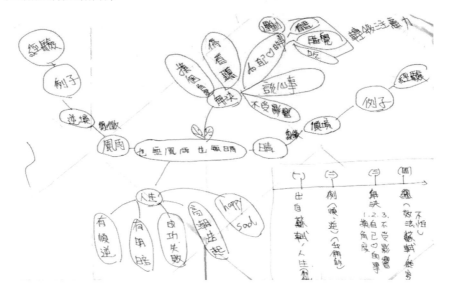

5. 〈也無風雨也無晴〉

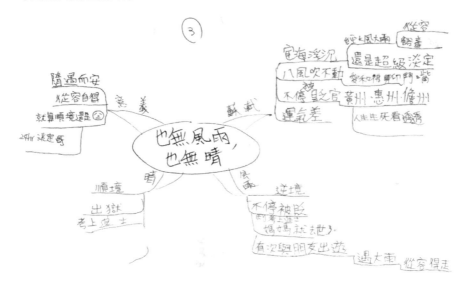

參考文獻

[1] 何琦瑜、賓靜蓀、陳雅慧等著，翻轉教育：未來的學習，未來的學校，未來的孩子，臺北：天下雜誌，188-189，2013。

[2] 史美瑤著，「21世紀的教學：以學生學習為中心的教師發展」，評鑑雙月刊，36，42-44，2012。

[3] 十二年國民基本教育，十二年國民教育實施計畫，2015年5月24日，取自：http://12basic.edu.tw/Detail.php?LevelNo=8

[4] 翻轉教室@臺灣，學思達翻轉，2015年5月24日，取自：http://www.fliptw.org/

[5] 鄭圓鈴，「國中國語文有效閱讀教學的課堂實踐——建構式學習單的製作與運用」，中等教育，64（3），92-108，2013。

[6] 臺南市立復興中學，悅讀心世界，2015年5月24日，取自：http://www.fhjh.tn.edu.tw/reading/

[7] 王政忠，MAPS教學法文字檔，2015年5月24日，取自：http://flipedu.parenting.com.tw/blog-detail?id=750

[8] （美）KennthGoodman著，洪月女譯，談閱讀，台北：心理，159，1998

[9] 廖鳳伶，直接教學與全語教學對國中低閱讀能力學生閱讀理解表現之研究，國立彰化師範大學，碩士論文，2000，11,31-33。

[10] 張靜嚳，何謂建構主義？2015年5月13日，取自：http://www.dyjh.tc.edu.tw/~t02007/1.htm

[11] 國立臺南大學PISA國家研究中心，PISA2009精簡報告（含附錄），2015年4月10日，取自：http://pisa.nutn.edu.tw/download/data/1209_2009_ShortReport.rar

[12] 國立臺南大學PISA國家研究中心（2008），PISA閱讀素養應試指南，2015年4月10日，取自：http://pisa.nutn.edu.tw/download/Publishing/pisa_read_guide.pdf

[13] 藍慧君，學習障礙兒童與普通兒童閱讀不同結構文章之閱讀理解與理解策略的比較研究，國立臺灣師範大學，碩士論文，1991。

[14] 連啟舜，國內閱讀理解教學研究成效之統合分析研究，國立臺灣師範大學，碩士論文，2002，9-21。

[15] 陳密桃，「從認知心理學的觀點談閱讀理解」，教育文粹，21，62-125，1992。

[16] 教育大辭書a，2015年4月15日，取自：http://terms.naer.edu.tw/detail/1314195/?index=1

[17] 柯華葳、詹益綾、張建妤、游婷雅，PIRLS2006報告：臺灣四年級學生閱讀素養，2015年4月10日，取自：http://lrn.ncu.edu.tw/pirls/PIRLS%202006%20Report.html

[18] 陳惠珍，運用提問策略提升學生閱讀理解能力之研究，載於黃文瓊（主編），閱讀理解與兩岸課程教學，臺北：五南，110，2012。

[19] 林寶貴、錡寶香，「中文閱讀理解測驗之編製」，特殊教育研究學刊，19，79-104，2000。

[20] 姚崇坤，閱讀理論與英語教學之探究，人文及社會學科教育通訊，10（4），14-31，1999。

[21] 莊雅筑，運用眼球追蹤法輔助國小六年級學生不同形式科學文本閱讀效益之研究，國立臺中教育大學，碩士論文，2012，6-7。

[22] 洪月女，「以古德曼的閱讀理論探討中英文閱讀之異同」，新竹教育大學人文社會學報，3（1），87-114，2012。

[23] 蘇玲巧，外籍生華語文閱讀策略之研究，國立屏東大學華語文教學研究所，碩士論文，2011，13。

[24] 陳密桃，「兒童和青少年後設認知的發展及其教學效果之分析」，教育學刊，9，107-148，1990。

[25] （美）RichardE.M.著，林清山譯，教育心理學：認知取向，台北：遠流，318，1997。

[26] 胥彥華，學習策略對國小六年級學生閱讀效果之研究，國立彰化師範大學，碩士論文，1989，7-12。

[27] 張廣濤，圖式理論與中學語文閱讀理解，2015年4月11日，取自：http://www.pep.com.cn/kcs/kcyj/ztyj/ktjx/201008/t20100824_708423.htm

[28] 吳敏而，探究型的閱讀教學，小語匯，17，3-11，2009。

[29] 賴苑玲，「從學童之閱讀習慣、閱讀理解能力與自我認知等層次探討閱讀活動實施成效—以台中市國小五年級學童為例」，區域與社會發展研究期刊，1，9-11，2010。

[30] 蔡幸錦，以閱讀解理論增進說明文可讀性對成人閱讀解理解的影響，國立中正大學，碩士論文，2005，13-15。

[31] 柯華葳、詹益綾，「國民中學閱讀推理篩選測驗編製報告」，測驗學刊，54（2），429-450，2007。

[32] 鄭圓鈴，有效閱讀，台北：親子天下，22，2013。

[33] 黃政傑、林佩璇，合作學習，台北市：五南，2008。

[34] 陳茹玲，三種閱讀策略教學課程對低閱讀能力大學生閱讀策略運用與摘要表現影響之研究，國立台灣師範大學，博士論文，2010。

[35] 陳滿銘，文章結構分析—以中學國文課文為例，臺北：萬卷樓，54，1999。

[36] 梁崇輝，九年一貫與文領域第二學習階段國語教科書說明文與議論文篇章結構分析研究，臺中師範學院與文教育學系碩士論文，未出版，台中，60-82，2004。

[37] 徐慧芳，國中國文教科書篇章結構之研究—以南一版為例，國立東華大學，碩士論文，2013，19-42。

[38] 姚素蓮、陳浙雲、陶道疏等，「台北縣提升學生閱讀理解關鍵學習能力之探究」，臺北縣九十七年度教育研究成果報告，17-22。

[39] 教育大辭書b，2015年5月15日，取自：http://terms.naer.edu.tw/detail/1313454/?index=1

[40] 教育大辭書c，2015年5月15日，取自：http://terms.naer.edu.tw/detail/1307399/?index=2

[41] 鄒美華，閱讀學習策略教學對國小五年級兒童閱讀理解、後設認知及自我效能之影響，國立屏東師範學院，碩士論文，2003，9-13。

[42] 吳訓生，「國小高、低閱讀理解能力學生閱讀理解策略之比較研究」，特殊教育學報，16，71-72，2002。

[43] 林文藝、楊滿春，「數位時代閱讀：紙本閱讀與線上閱讀閱讀理解比較分析」，雲林國教，59，2015年4月18日，取自：http://sys.ylc.edu.tw/~wupig/ylc59/

[44] 陳文安，國小學生摘要策略之教學研究一以六年級為例，國立屏東教育大學，碩士論文，2006，35-37。

[45] 柯華葳等，閱讀理解教學手冊，台北：教育部，2012。

[46] 潘麗珠，閱讀的策略，台北：商周，2009。

[47] 鄭圓鈴，閱讀How上手，台北：萬卷樓，2012。

[48] 張佳琳，「有效促進理解的閱讀教學方法」，教育人力與專業發展雙月刊，29（3），85-86，2012。

[49] 柯華葳、方金雅等，中文閱讀障礙，台北：心理，192-200，2010。

[50] 黃淑津、鄭麗玉，「電腦化動態評量對國小五年級學生閱讀理解效能之研究」，國民教育研究學報，12，171-177，2004。

[51] 教育大辭書d，2015年4月15日。取自：http://terms.naer.edu.tw/detail/1311733/?index=1

[52] 史美瑤，「評量也是學習」，評鑑雙月刊，43，34-36，2013。

[53] 陳嘉陽，教育概論（下冊），陳嘉陽出版，133-142,183-189，2008。

[54] 王文中、呂金燮、吳毓瑩、張郁雯、張淑慧等，教育測驗與評量—教室學習觀點，臺北市：五南，12-16，2003。

[55] 李坤崇，「檔案評量理念與實施」，教育人力與專業發展雙月刊，27（2），3-16，2010。

[56] ——，教學評量的概念：談多元化教學評量的理念與實例，2015年4月14日，取自：http://health-nursing.lygsh.ilc.edu.tw/99夥伴研習網頁/講義內容/李坤崇教授講義-高中職教學評量理念與實例.pdf

[57] 教育大辭書e，2015年4月15日，取自：http://terms.naer.edu.tw/detail/1313295/?index=1

[58] 周俊良，幼兒特殊教育導論，66，2015年4月14日，取自：http://content.edu.tw/wiki/index.php/課程本位評量

[59] 張世慧，課程本位評量理論與實務，臺北：臺北市立大學特殊教育中心，2-3，2012。

[60] 葉靖雲，「課程本位閱讀測驗的效度研究」，特殊教育與復健學報，6，239-260，1998。

[61] 課文本位閱讀理解教學資料庫，2015年4月14日，取自：http://pair.nknu.edu.tw/pair_system/Search_index.aspx

[62] 國立臺灣師範大學心理與教育測驗研究發展中心，國文科閱讀能力表現標準，2015年5月2日，取自：http://www.sbasa.ntnu.edu.tw/ch3-1.html

[63] 鄭圓鈴，提昇國中生閱讀認知能力的教學設計，載於孫劍秋（主編），閱讀評量與寫字教學，臺北：五南，115-138，2011。

[64] 國立臺灣師範大學心理與教育測驗研究發展中心（2014），國文科閱讀能力表現標準，2015年5月4日，取自：http://www.sbasa.ntnu.edu.tw/ch2-1.html

[65] （美）GrantWiggins&JayMcTighe著，賴麗珍譯，重理解的課程設計，台北：心理，2008。

[66] 陳品華，大學生課堂筆記策略教學方案之成效，教育研究期刊，59（1），73-112，2013。

[67] （日）佐藤學著，黃郁倫、鍾啟泉譯，學習的革命：從教室出發的改革，台北，親子天下，2013。

[68] 鄭圓鈴，閱讀速養一本通，臺北，親子天下，2013。

[69] 閱讀理解季刊，2014（3），臺北，品學堂文化，2014。

[70] Goodman, K. S. (1996). On reading. Portsmouth, NH: Heinemann.

[71] Pressley, M. (2000). What should comprehension instruction be the instruction of ? In M. L. Kamil, P. B. Mosenthal, P. D. Pearson, & R. Barr, (Eds.), Handbook of Reading Research Volume III (pp.545-561). Mahwah, NJ: Lawrence Erlbaum Associate.

[72] Don R.Pember. (1983) Mass Media in America .Chicago: Science Research Association.

[73] Van den Broek, P., & Kremer, K. (2000).The mind in action: What it means to comprehend during reading.In B. M. Taylor, M. F. Graves, & P. van den Broek (Eds.), Reading for meaning: Fostering comprehension in the middle grades (pp. 1-31). Newark, DE:International Reading Association.

[74] Gough, P. B. (1972). One second of reading. In Kawanagh, J.F. & Mattingley, I.G. (Eds.), Language by ear and by eye. Cambridge, MA: MIT Press.

[75] Goodman, K. (1967). Reading: A psychological guessing game. Journal of the Reading Specialist, 6, 35-126.

[76] Rumelhart, D. E.(1997). Toward an interactive model of reading. In S. Dornic (Ed.), Attention and performance (vol, 6 pp. 573-603). Hillsdale, NJ : Erlbaum.

[77] Gough, P. B. (2004). One second of reading: Postscript. In R. B. Ruddell & N. J. Unrau (Eds.), Theoretical models and processes of reading (5th ed., pp. 1180-1181). Newark, DE: International Reading Association.

[78] Goodman, K. S. (1967). Reading: A psycholinguistic guessing game. Journal of the Reading Specialist, 6, 126-135.

[79] Stanvich, K. E.(1991). Discrepancy definitions of reading disability:Has intelligence led us astray? Reading Research Quarterly , 26, 1-29.

[80] Just, M. A., & Carpenter, P. A. (1987). Speeding reading. In M. A. Just & P. A. Carpenter (Eds.), The Psychology of Reading and Language Comprehension (pp. 425-452). Newton, MA: Allyn and Bacon, Inc.

[81] Piaget, J.(1964). Development and learning. In R.E. Rip-ple & V.Rockcastle (Eds.).Piaget Rediscovered. NY: Cornell University Press.

[82] Armbruster, B. B. (1986), Schema theory and the design of content-area textbooks, Educational Psychologist, 000(021), 0253-0267.

[83] Baker & Brown(1984). Metacognitive skills of reading. In P.D.Pearson(Ed.), Handbook of reading research. (pp.353-394).New York: Longman.

[84] Rosenblatt, L. M. (1994). The reader, the text, the poem: The transactional theory of the literary work.Carbondale: Southern Illinois Univ. Press.

[85] Stennett, R. G. (1978). Elementary French program evaluation:Preliminary report. The Base-Line Cohort: The Grade 8 Class of 1977-1978.

[86] Schunk, D. H., & Rice, J. M. (1993). Strategy fading and progress feedback: Effects on self-efficacy and comprehension among students receiving remedial reading services. Journal of Special Education, 27, 257-276.

[87] Meyer, B. J. F., &; Poon, L. W. (2001). Effects of structure training and signaling on recall of text. Journal of Educational Psychology, 93, 141–159.

[88] Rosenshine, Barak V.(1986).Synthesis of Research on Explicit Teaching. Educational Leadership, 43(7), 60-69.

[89] Canney, G., & Winograd, P. (1979). Schemata for reading and reading comprehension performance (Tech. Rep. No. 120). Champaign, IL: University of Illinois, Center for the Studying of Reading. (ERIC Document Reproduction Service No. ED 169 520)

[90] Brown, A. L., & Palincsar, A. S.(1986). Guided, cooperative learning and individual knowledge acquisition. (ERIC Document Reproduction Service No. ED 270738).

[91] Knight, S. L., Waxman, H. C., & Padron, Y. N.(1989). Student's perceptions of relationships between social studies instruction and cognitive strategies. Educational Research , 82(5) , 270-276.

[92] Resnick,L.& Beck,I.L.(1976) Designing instruction in reading:Interaction of theory and practice. In J.T. Guthrie

[93] Wiggin,G. (1989).A true test : Toward more authentic and equitable assessment. Phi Delta Kappa, 72,pp703-713.

[94] Kibler, R. J. (1974). Objectives for instruction and evaluation. Boston London :Allyn & Bacon.

[95] Gardner, H. (1983). Frames of mind: The theory of multiple intelligences. New York: Basic Books.

[96] Wiggins, G. P. (1989). A true test: toward more authentic and equitable assessment. Phi Delta Kappan, 70(9), 703-71

[97] Feuerstein, R., Rand, Y.& Hoffman, M. B. (1979) . The Dynamic Assessment of Retarded Performers: The Learning Potential Assessment Device, Theory, Instruments, and Techniques Baltimore. MD: University Park.

[98] Brown, A. L., Campion, J. C., & Day, J. D. (1981). Learning to learn: On training students to learn from texts. Educational Researcher, 10 (2), 14-21.

[99] Burns, M. S., Vye, N. J., &; &; Bransford, J.D. (1987). Static and dynamic measures of learning in young handicapped children. Diagnostique, 12(2), 59-73.

[100]Tucker, J. (1987).Curriculum-based measurement is no fad. The CollaborateEducator , 1(4), 4-10.

[101]Deno, S. L. (2003). Curriculum-based measures: Development and perspectives. Assessment for Effective Intervention, 28 , 3-12.

[102]Blankenship, C. S. (1985). Using curriculum-based assessment data to make instructional decision. Exceptional Children, 52 (3), 233-238.

[103]Gickling, E. E. & Thompson, V.P.(1985). A personal view of curriculum-based assessment. Exception Children, 52(3),205-218.

[104]Peverly, S. T., Ramaswamy, V., Brown, C., Sumowski, J., Alidoost, M., & Garner, J. (2007). What predicts skill in lecture note taking? Journal of Educational Psychology, 99(1), 167-180.

秀威經典　　　　　　　　　　　　　　　　　　新視野20　PF0177

白話文閱讀教學之實證研究
——以建構式提問法進行

作　　者 / 蕭文婷
責任編輯 / 李冠慶、辛秉學
圖文排版 / 楊家齊
封面設計 / 王嵩賀

出版策劃 / 秀威經典
發 行 人 / 宋政坤
法律顧問 / 毛國樑　律師
印製發行 / 秀威資訊科技股份有限公司
　　　　　114台北市內湖區瑞光路76巷65號1樓
　　　　　電話：+886-2-2796-3638　傳真：+886-2-2796-1377
　　　　　http://www.showwe.com.tw
劃撥帳號 / 19563868　戶名：秀威資訊科技股份有限公司
　　　　　讀者服務信箱：service@showwe.com.tw
展售門市 / 國家書店（松江門市）
　　　　　104台北市中山區松江路209號1樓
　　　　　電話：+886-2-2518-0207　傳真：+886-2-2518-0778
網路訂購 / 秀威網路書店：http://www.bodbooks.com.tw
　　　　　國家網路書店：http://www.govbooks.com.tw

2016年4月　BOD一版
定價：400元

國家圖書館出版品預行編目

白話文閱讀教學之實證研究：以建構式提問法進
行 / 蕭文婷著. -- 一版. -- 臺北市：秀威經典，
2016.04
　　面；　公分. -- (新視野；20)
　　BOD版
　　ISBN 978-986-92498-8-1(平裝)

　1.漢語教學　2.閱讀指導　3.實證研究　4.建構
教學

802.03　　　　　　　　　　　　　105003911

讀 者 回 函 卡

感謝您購買本書，為提升服務品質，請填妥以下資料，將讀者回函卡直接寄回或傳真本公司，收到您的寶貴意見後，我們會收藏記錄及檢討，謝謝！
如您需要了解本公司最新出版書目、購書優惠或企劃活動，歡迎您上網查詢或下載相關資料：http:// www.showwe.com.tw

您購買的書名：_____

出生日期：_____年_____月_____日

學歷：□高中 (含) 以下　　□大專　　□研究所 (含) 以上

職業：□製造業　□金融業　□資訊業　□軍警　□傳播業　□自由業
　　　□服務業　□公務員　□教職　　□學生　□家管　□其它_____

購書地點：□網路書店　□實體書店　□書展　□郵購　□贈閱　□其他

您從何得知本書的消息？

　□網路書店　□實體書店　□網路搜尋　□電子報　□書訊　□雜誌

　□傳播媒體　□親友推薦　□網站推薦　□部落格　□其他_____

您對本書的評價：（請填代號　1.非常滿意　2.滿意　3.尚可　4.再改進）

　封面設計____　版面編排____　內容____　文／譯筆____　價格____

讀完書後您覺得：

　□很有收穫　□有收穫　□收穫不多　□沒收穫

對我們的建議：_____

_____

_____

_____

11466
台北市內湖區瑞光路 76 巷 65 號 1 樓

秀威資訊科技股份有限公司 　　收

　　　　　　BOD 數位出版事業部

··

（請沿線對折寄回，謝謝！）

姓　　名：＿＿＿＿＿＿＿＿＿　年齡：＿＿＿＿　性別：□女　□男

郵遞區號：□□□□□

地　　址：＿＿＿＿＿＿＿＿＿＿＿＿＿＿＿＿＿＿＿＿＿＿＿＿

聯絡電話：(日) ＿＿＿＿＿＿＿＿＿＿　(夜) ＿＿＿＿＿＿＿＿＿＿

E-mail：＿＿＿＿＿＿＿＿＿＿＿＿＿＿＿＿＿＿＿＿＿＿＿＿